冬泳

班宇 著

自序

《冬泳》是我的一個起點，我在逝去的冬天和春天寫下它們，秋天用以等候，而在整個夏天，我好像無所事事，不知要去何處，氣溫上升，精神近於恍惚，缺乏講述和懷戀的耐心。

寫下這些小說後，沒想過有誰會讀、讓誰來讀，不過是在與自己低聲交談，它們不是一封封信件，沒那麼規矩、克制，也不是一件件工藝品，不那麼精湛、嚴謹。這種私語以及長久的沉默，更近於一次不間斷的邀約——希望有人的願望能被重新拾起，離自己的本質更近一些，儘管在從前，它們是如此地不值一提；也希望能與諸位成為短暫的同伴，相互提供一點必要的勇氣，敢於凝神與回望，敢於相聚和分離，如在病中的春日裡聆聽雨水滴過屋頂，也如在盛夏的夜晚扎進泳池，游向冬天的大海。

目次

盤錦豹子

孫旭庭昂起頭顱，挺著脖子奮力嘶喊，向著塵土與虛無，以及浮在半空中的萬事萬物，那聲音生疏並且淒厲，像信一樣，它也能傳至很遠的地方，在彩票站，印刷廠，派出所，獨身宿舍，或者他並不遙遠的家鄉裡，都會有它的陣陣迴響。

孫旭庭第一次來我家裡時，距離那年的除夕還有不到半個月，我正在院兒裡放鞭[1]，一整掛大地紅被拆成五百個小鞭，我捋順火藥捻兒，舉著半根衛生香[2]逐個點燃，這些小鞭我已經連續放了三天，炸過冷空氣、鐵罐和下水井蓋，悶啞的、低沉的、脆亮的、空洞的，各種各樣的動靜都聽過，到最後覺得索然無味，口袋裡還剩著大半兜的火藥，沒處施展。

我站在門口雪堆的最高處，望見有人朝我家的方向走過來，方臉，眼睛亮，個子挺高，得有一米八，但背有些駝，穿一身灰色呢子大衣，敞著懷兒，繫一條奶白色圍脖，戴黑皮手套，遠看挺有派，眉眼兒周正。我不認識這個人，準備嚇唬他一下，於是吹了兩下香灰，想要在他走近時，點根小鞭朝他扔過去，然後跑掉。他走到一半時，忽然立在原地，不再前行，而是直直地看向我，彷彿能洞穿我的心思，沒過幾分鐘，我的小姑推著自行車從另一條路走過來，車輪在她身後的雪地留下一道淺淡的印跡。他們說了幾句話後，小姑忽然發現雪堆上的我，於是揮著手高喊我的名字，我很不情願地從雪堆上滑下來，走過去迎接。

走到近處，我才注意到，他左手拎著柳木筐，裡面裝著半把蒜毫、兩瓶黃桃罐頭和一隻光溜溜的白雞，右手拎著一個紮緊的編織袋，上面寫著兩個粉色大字。我指著編織袋問小姑說，這第一字我認識，念尿，撒尿的尿，第二個字念啥。小姑翻過來編織袋看了看，瞪了他一眼，然後對我說，念素。我問，啥是尿素。小姑說，我也不知道。我說，可能是從尿裡面提煉出來的精華。我轉過頭去問孫旭庭，我說得對不？他尷尬地咳嗽兩聲，伸出手將編織袋遞向我，我有點猶豫，但還是接了過來，發現袋子根本沒什麼重量，飄輕兒，稀哩嘩啦亂響，好像大風一吹，它就能在空中擺起來。

孫旭庭跟在小姑後面進屋，滿面紅光，精神十足，點頭哈腰打招呼，我奶用白瓷缸子給他沏了一杯濃濃的花茶，離著老遠都能聞見漾出來的苦味兒，然後便拎著那隻白雞鑽進廚房裡。孫旭庭脫下呢子大衣，問小姑說，有衣裳掛兒沒？小姑說，沒有，我家衣服都堆炕上。他說，借的，明天得還回去，版型不能給整亂了。小姑想了想，把大衣的領子口兒戳在門口的拖把上，看上去像一位窩囊的丑角兒。孫旭庭憨笑著說，還得是

1 即鞭炮。
2 即薰香。

你，真有辦法，懂得隨機應變。小姑說，幹活吧，好好表現。

他半跪在地上，後腰結實而寬厚，像一堵牆，給自己點上根菸，輕快地伸出兩根手指，拽去繫在編織袋口的玻璃繩兒，再將袋子反向傾倒，幾十個空的鋁製易開罐呼啦一下跳出來，滾落滿地，同時傳出一股甘甜的汽水味兒。他吐著菸圈問我，知道幹啥的不？我說，知道，踩扁了賣給收破爛的，八分錢一個。他說，那不白瞎好東西了，你看我給你變戲法。

孫旭庭將易開罐上下蓋的部分用錐子各打一個孔，兩兩一組，每組之間隔著幾釐米，依序排好，兩側打頭的是粉紅色的珍珍荔枝，然後是白色的健力寶，黃色的棒棰島，扯去外皮的銅芯從中鑽進去，再用釦釘鉚實，這些空易開罐固定在絕緣條上，兩個絕緣條一橫一豎綁緊，直到最後勒上轉換插頭，另一端接到電視後面，這時我才看明白，他是在做接收天線。

小姑抓著一把毛嗑兒[3]，側身斜臥在炕上，跟我奶擺撲克，上下兩橫排，各六張打頭的，這叫十二月，算命用的，能看出來今年哪個月順當，哪個月裡有坎坷。

忙活了兩小時後，天線初具形態，孫旭庭小心翼翼地捧起一端，另一隻手推開窗戶，冷風迅猛灌入，他脫掉鞋子，踩在窗台的黃棕色瓷磚上面，將上身伸出去，左手舉著十字架一樣的天線，右手掏出兜裡的錘子，嘴裡咬著兩根長釘，臉抵在氣窗上，模樣有點可笑，看起來像是吊掛在外面，他嘴裡哈出的白氣將窗戶上的冰霜浸潤，幾粒水滴貼著玻璃快速流下，又忽然靜止於某處。我奶坐在炕上，拉長聲音朝他喊道，拔腳不，旭庭啊，別凍著。他連忙搖搖頭，抬高眼皮，繼續尋覓最佳的扎釘位置。小姑說，不用管他，媽，雞啥時候能燉好？孫旭庭在外面擺弄半天，又低頭貓起腰，縮回到窗口裡來，朝著屋裡的小姑說，那誰，彩電塔在哪個方向來著？天線得朝著那邊，不然信號不好。我小姑跳下炕，擰開電視機，說，你調天線就行，哪個方向效果好，彩電塔就在那邊唄，死腦瓜骨兒。

我爸下班回來時，接收天線已經安裝完畢，斜支在外屋頂，立於風中，直指天際，白雞也燉好了，分了兩大碗裝，表面都有一層黃澄澄的油花，又燙又膩，我只吃兩口就下桌了，掰開電視機上的小蓋兒，擰來擰去進行微調，發現有個頻道在播武俠劇，男的

3　東北方言，指葵瓜子。

女的頭髮都五顏六色，演的是仙魔二界，會施法術，有妖有神，我看得很入迷，死活不讓別人換台。孫旭庭坐在飯桌旁邊，瞥了一眼電視，說道，《蜀山奇俠之仙侶奇緣》，香港人拍的，是挺有意思，錄影帶我看過不少。我爸說，今天辛苦你了，沒這天線，電視也看不了幾個台。然後又給他倒滿一口杯散白酒，夾了一塊雞大腿肉，說，粉條你自己盛，鍋裡還有呢，別外道。他舉起白酒跟我爸碰杯，嘴角吸著氣，嗞啦喝下一大口，又跟我爸說，哥，我做的天線，十二個罐一組，覆蓋均衡，訊號超強，我自己的發明創造，咱這個天線能調夾角，四十五度能看中央台，九十度看地方台效果好，一百二十度能看隔壁家的錄影帶，現在就是一百二十度，鄰居要是有打遊戲機的咱也都能收著，過年時候調成四十五度角，中央電視台春節聯歡晚會，保證一個雪花點兒都沒有，李谷一站在你跟前兒唱歌。我爸說，這可見功夫，手挺巧，你懂電路啊。孫旭庭說，也是後學的，不是本職專業，我就愛琢磨。我爸說，我插隊時去過你們盤錦，洋柿子好吃。孫旭庭說，行，哥，再回家我給你帶柿子過來，不過也不知道啥時候能回去。我爸說，怎麼的呢。孫旭庭說，廠裡不放人，春節估計是回不去，生產任務重，得給小學生印教材，過完年這不就要開學了麼。我爸說，那是不能耽誤，教育問題必須得重視，而且教育要面向現代化，面向世界，面向未來。孫旭庭說，哥，你對社會理解挺深啊。

那天喝到夜裡八點多，孫旭庭將醉未醉，被小姑拉下桌子，及時鞠躬告辭，他從拖把上取下呢子大衣，兩臂一抖便套在身上，之後揮手惜別，轉過頭去，投入外面紛飛的大雪裡。我奶望著他衣服後領處鼓出來的大包，念叨著說，剛才撲克怎麼擺的來著，今年五月份好像挺順當。

孫旭庭在緊鄰建設大路的新華印刷廠上班，一線車間，兩手油污，三班輪轉，大年三十給放了半天假，廠裡分了兩袋凍蝦仁、兩瓶口子窖、一箱飲料和一袋麵粉，他綁在自行車後座上馱過來，全送給我們家了。我奶高興得合不攏嘴，說道，這得吃到啥時候去。孫旭庭說，大夥兒吃唄，今年我也不回盤錦，要加班，廠裡分的東西沒地方放。然後又從懷裡掏出來一袋豬肉脯，一袋牛肉脯，偷摸塞給我，朝我眨著眼睛說，過年了，給你的，以後想吃啥，跟我說就行，咱倆之間的事兒。

我其實一點也不愛吃肉脯，便將它們塞進沙發縫裡，跟著我爸出去放了好幾掛鞭，蹦得滿地開花，紅白一片，兩耳嗡嗡作響，回來吃涮鍋子和燉鯉子，我奶還把孫旭庭送來的蝦仁裹上麵糊，反覆炸了兩遍，相當酥脆，我空嘴兒吃下不少，後來筷子蘸白酒，我也舔了好幾口，不知不覺躺在炕裡頭睡過去了。等到春節晚會上的趙本山登場演小品時，外面的鞭炮聲也愈發劇烈，我迷迷糊糊地醒過來，看見全家人守在沒有雪花點兒的電視機旁，音量開到最大，目不轉睛地看趙本山和黃曉娟演的新小品，裡面有一句台詞說，水是有源的，樹是有根的，到電視徵婚也是有原因的，兜裡沒錢就是渴望現金的，單身的滋味是火熱水深的，打了這麼多年光棍，誰不盼著結婚呢。大家聽後開懷大笑，孫旭庭咂著嘴說，這小詞兒，一套一套的，真硬。我爸問他，旭庭啊，廠裡分的房子啥時候能下來。孫旭庭說，哥，馬上的了，過完年就能給我，以前橡膠四廠的家屬樓，套間，南北朝向，不把山[4]不封頂[5]。我爸說，行，好歹得有個地方，老住獨身宿舍可不行，以後更不方便。孫旭庭說，哥，放心吧，差不了，人格擔保。

孫旭庭的人格擔保並沒能迅速奏效，他和小姑還沒等到順當的五月份，便在印刷廠的職工食堂辦了婚禮，當天擺了十五桌，菜很硬，桌桌都有一道燉大王魚[6]，來的人也很多，他們之前沒有預料到，只好又臨時加兩桌，人多廳小，看起來就十分亂套，滿地油污，烏煙瘴氣。婚禮當天我是花童，負責提著小姑婚紗的一角，他們敬酒時，我也得跟著走，這點讓我很不耐煩。孫旭庭，或者說我的姑父，他在盤錦老家的一些朋友也趕過來送祝福，跟他的父母緊挨著坐，看起來有點拘束，整場婚禮都在不停地抽自己捲的旱菸，十分嗆人，到他們桌敬酒時，我被熏得差點昏過去。

那時我比桌子高不出多少，拎著蚊帳一樣的婚紗暈頭轉向，雙目恍惚，只能聽見上方傳來的聲音。有人說，豹子，新婚快樂，早生貴子啊。也有人說，豹子，以後是瀋陽人兒了，有出息。還有人說，豹子，以後好好過日子，洋柿子給你帶過來了。我心裡想，誰是豹子啊。然後抬頭一望，在噴吐出來的層層煙霧裡，孫旭庭瞇縫著眼睛，正仰頭將滿杯白酒一飲而盡。

結婚之後，小姑暫時搬去孫旭庭的獨身宿舍住，我只去過一次，在勾廉屯，屬於市區邊緣，需要換兩輛公車才能到達。我們去的那天，我媽臉色灰白，神情焦慮，左手提著一筐雞蛋，右手拉著我，在車上被擠得滿頭大汗，後來還有點暈車，別提多遭罪了。下車後，我們坐在馬路牙子上休息了好半天，胃裡的酸水直往上返。

---

4 指邊間。
5 指頂樓。
6 海魚、大黃魚。

孫旭庭的獨身宿舍是二層小樓中的一間，外層紅磚砌築，屋頂大四坡結構，鋪了水泥瓦，走進樓裡能感覺到一陣陰涼，樓梯旁邊的牆上寫著四個血紅的大字：禁止喧嘩。我們大氣也不敢出，七轉八拐，才找到他們的家。孫旭庭給我們開的門，我們進去一看，屋內空間確實很小，也就十幾平米，只擺了一張折疊餐桌、兩把電鍍椅子、一張雙人床和一個電視角櫃，小姑正躺在雙人床上吃果丹皮，見我們來也沒有起身，吃吃地笑著，電視裡播放著譯製片[7]，嘰哩哇啦，有些吵鬧。我媽把那筐雞蛋遞給孫旭庭，並囑咐他說，每天兩個，溜達雞下的蛋，營養絕對足，下麵條或者熬粥裡，千萬別炒著吃，那就白瞎了，營養成分都破壞了。

再後來，小姑的肚子一天比一天大，我媽私下託了朋友給她做檢查，檢查過後，大夫給孫旭庭手裡塞張紙條，他和小姑默默走出醫院，坐上十四路公車，經過十站地，回到我家裡。孫旭庭把紙條遞給我媽，說，嫂子，大夫給的。我媽說，那是給你的，你給我帶回來幹啥。他聽後一愣，舔舔嘴唇，輕輕展開那張被汗水洇濕的紙條，盯著看了半天，勉勉強強辨認出來一個彎曲的對號，於是問我媽說，嫂子，對號是啥意思呢，是確定懷上了的意思嗎？我媽說，對號就是兒子。孫旭庭說，哦，兒子，兒子，我操，我兒子要來了。

我的表弟出生之前的兩個月，小姑又搬回娘家，跟我們住在一起，在此之前，她已經不去工廠上班了，一方面是她所在的配件三廠效益很差，經常拖欠工資，另一方面她本身對於在生產線上當工人也毫無興趣，於是找關係辦理停薪留職，每天塗脂抹粉，打扮得花枝招展，開始去百貨商場站櫃台，挺著肚子賣二手的廣東時裝。小姑面容姣好，天生能說會道，很適合做推銷工作，所以業績頗為出色，但賣衣服每天需要拿著掛鉤取上取下，還要踩板凳、疊衣服、掖褲腳、改尺寸，眼看著小姑的肚子漸大，做這些動作都不是很方便，於是跟領導請求調離崗位，轉而去賣炒勺灶具。沒過幾天，我家就用上了宮廷紫銅火鍋，小姑說是因為業績優異，部門領導獎勵的，那個鍋子很精緻，也很厚重，中央銅盆頗有分量，外箍圈有好幾條鏤刻的龍，煤氣盆兒坐在底下點著時，那些龍就像是在火裡來回游動，殺氣騰騰，而放在鍋裡面的酸菜會變得鮮嫩、翠綠，宛如春季。

7　中文配音的影片。

生我表弟的那天中午，小姑正在陪我看《西遊記》電視劇，看到唐僧化緣時，我們忽然都很想吃白菜掛麵臥雞蛋，我奶去廚房剛把白菜切好細絲，小姑在屋裡已經疼得吱哇亂叫，我嚇得連忙跑去廚房打報告，我奶慌了神跑進來，說，這也沒到日子呢啊。小姑疼得咬著牙對我喊，疼死我了要，快他媽把孫旭庭給我叫回來，我要殺了他。

印刷廠距離我家隔著四條街，去印刷廠的這條路我並不陌生，但自己走還是頭一次，我在路上走得很快，心裡也著急，到後來甚至跑了起來，也不管交通燈是紅是綠，呼哧帶喘地跑到印刷廠。到了之後，我才想起來，自己根本不知道該去哪裡找孫旭庭。我在門口攔住好幾個人，問他們認不認識孫旭庭，他們都搖頭，問我是哪個車間或者哪個班組的呢，我說我也不知道。我滿頭大汗，口乾舌燥，不知如何是好，嗚嗚嗚地哭起來。這時，我看見門口的展示板上掛著一排照片，都戴著大紅花，孫旭庭也在其中，第三排最後一個，笑得很靦腆。我立即拉住一位路人，央求著他帶我去找照片上的這個人，他說，先進工作者啊，午休呢，不一定在，我把你領過去等他吧。我在他們班組的休息室等待，繞著沙發上竄下跳，過了有一會兒，孫旭庭才踱著步走進屋來，那時他剛剛吃完午飯，眼皮耷拉著，打了幾個很響的飽嗝，正準備放下飯盒去跟人去打撲克，見到我後猛然一驚，問我怎麼來了，家裡是不是有事，小姑還好嗎？我上氣不接下氣地說，快回家吧，我小姑要殺了你。

我們跑回家時，隔壁鄰居已經蹬著倒騎驢把我奶和小姑送往醫院去了，於是孫旭庭給廠裡打電話，求人借來一輛麵包車，拉著我們直奔醫院，這一路上，孫旭庭始終緊緊地拽著我，渾身發抖，嘴唇青紫，雙手冰涼。剛一下車，他的兩腿不聽使喚，邁不動步，一下子便跪在地上，試了好幾次都沒能順利站起身來。這時候，我奶和小姑剛剛趕到醫院門口，攙扶著翻身下車，緩緩走過來，小姑手裡還夾著半根黃瓜，指著他笑話說，孫旭庭，瞅你那副德行吧。他一見我小姑，腿也好了，三步兩步，趕忙奔過去，摸著小姑的大肚子說，還疼不疼。小姑說，陣痛，懂不懂，隔一陣兒一疼，別著急，等我吃完這根黃瓜，估計就又要疼了。話音未落，她便瞪大眼睛，呼吸急促，開始轉著圈地擰掐孫旭庭的胳膊，同時發出陣陣淩厲的罵聲與喊叫。

我表弟生下來時不到五斤[8]重，渾身皺巴巴，頭髮稀少，哭得很兇，直到滿月時，

8　一斤為五百公克。

他才完全睜開眼睛。表弟不愛喝母乳，只吃奶粉，幾個月便突飛猛晉，身強體壯，比同齡孩子還要大一圈，腦袋尤其突出，看起來可以存貯許多知識。孫旭庭給我的表弟起名叫孫旭東，很多人說這個名字不好，跟你犯同一個字，聽起來不像父子，反而像哥倆兒。孫旭庭說，你不懂，我有我的寓意，跟兒子就得當哥們處，心連著心呢。

我表弟出生一週之後，孫旭庭便又急匆匆地返回廠裡上班，那時，新華印刷廠正迎來一段飛速發展期，新上任一位姓郝的女廠長，以前是瀋陽捲菸廠的二把手，現在調過來當一把手了，很有魄力，雷厲風行，敢想敢為，不只印刷教材和字典，還在社會上攬來許多社科類暢銷書籍的印製工作，廠內業務繁忙，氣氛火熱，日夜開工，各級工種福利待遇都有上調，勾兌的汽水兒隨便喝，午飯天天都有溜肉段。為了提高工作效率，郝廠長甚至漂洋過海從德國進口來一台印刷機，試圖與國際接軌，運到廠內拆箱之後，大家傻眼了，對他們來說，這些只是一堆零碎的銅鐵零件，甚至連螺絲和安裝圖紙都沒有。郝廠長緊急聯繫賣家，對方說倒是可以聯絡技術人員過去協助，但至少要在幾個月後，還需要一筆不菲的服務費用，但接來的專案是不等人的，合約上白紙黑字寫著完成期限，郝廠長下了軍令狀，說不管哪個生產團隊，只要能在最短的時間內讓這台新買的機器運轉起來，每人給漲兩級工資，表現優異者考慮升至技術管理崗位。

孫旭庭聽說此事後，幾乎每天住在廠裡，跟同班組的四、五個人廢寢忘食地鑽研，一起琢磨該如何組裝這台龐然大物。他們先請了變壓器廠的專家，將德文說明書翻譯成中文，結果發現毫無用處，完全是一腔廢話，後來又自費去了趟北京，住在地下室裡，每天去北京印刷學院請教機電工程系的教授，教授看完說明書後，又研究了半天他們拍的圖片，打了好幾通電話，然後把他們請到辦公室來，倒好茶水，說道，你們這種刻苦鑽研、熱情上進的主人翁精神十分可嘉，我也很受感動，但是恕我直言，你們廠子在處理一些問題時，可能略有草率，德國的印刷機確實品質好，在世界上來說，技術也處於領先地位，他們最好的印刷機名叫海德堡，聞名遐邇，是這幾個字母，這個你們聽說過沒有，沒聽過也不要緊，來，你們再仔細看看帶來的這份說明書，發現差異沒有，你們買的這個不是海德堡，名牌上也不是德語，是花體的漢語拼音，我琢磨了兩天才反應過來，不信你們試著拼一下，波—奧，鮑，對，你們買的是鮑德海牌印刷機，我查了一下，內蒙古包頭的企業，總經理姓鮑，我估計這機器是出口轉了一圈，最後又落回到你們手裡，也算出口轉內銷了，機器是真機器，主要部件也不缺，就是技術有點落伍，屬於前蘇聯的款型，齒輪、凸輪、鏈輪和滾筒都是上一代的樣式，壞了都不好修配，照我看來，好像沒什麼進一步組裝的必要了，即便組裝好了，日後的動態保養和靜態保養也都成問題。同去的工友聽後頓時有些灰心，孫旭庭上前一步，眼神懇切，堅定地握著教授的手說，您還是教教我們怎麼組裝吧，這麼大的機器不能癱著，技術過不過時我不懂，能幹活就行啊，廠子裡的人都指著它幹活吃飯呢。

回到印刷廠之後，他們又花了一週的時間，幾經反覆，終於勉強將鮑德海牌印刷機組裝完成，當天午夜時分，機器首次加油潤滑空轉，震顫不停，發出一陣一陣波浪式的熱量，像是要推動附近的事物使之遠離，孫旭庭和工友們岔開雙腿，站定機器兩側，架起手臂，昂頭挺胸，讓機器散發出來的溫度將身上的汗水烘乾。

機器正式啟動之前，郝廠長特意舉辦了一次剪綵儀式，直接在車間裡鋪上紅地毯，兩旁擺彩色氣球，並安排專門的攝影師給她照相。她先跟鮑德海牌印刷機合影，又跟每個組裝機器的員工握手，點頭致謝說，同志，你好，同志，你辛苦了。廠裡的宣傳部門為此特意撰寫一篇報導，刊登在那一期的《當代工人》上面，講述敢闖敢拚的郝廠長帶領工人們排除艱險、克服萬難，最終征服進口機器巨獸的故事，過程跌宕起伏，耐人尋味。孫旭庭拿著發表出來的雜誌給我們全家人看，整篇文章裡只有一句話提到他：「印刷車間工人小孫暗地裡對郝廠長豎起了大拇指，他心裡想，不愧是我們的廠長，巾幗不讓鬚眉。」

工友普遍漲了兩級工資，其中一位還提為班長，孫旭庭有自己的打算，他報告科長說自己不要工資。科長說，旭庭，你當完勞模，還想當雷鋒啊，好好好，真是我們車間的優秀典型，明年咱們大門口還掛你相片。孫旭庭說，我不當雷鋒，我要找廠長。科長說，廠長有工夫見你麼，有啥事兒先跟我匯報。他有點不好意思地嘟囔道，科長，橡膠四廠的套間還沒下來呢，答應我快兩年了。科長說，怎麼說呢，你是功臣，組織上還是有考慮的，回去等信兒吧。孫旭庭說，科長，回不去了，媳婦鬧得太兇，獨身宿舍的鑰匙我都給你帶來了，要不我就得住你辦公室了。

臨近分房之前，又出現一些變動，本來說好的四樓，在最後關頭又換成頂樓。科長對孫旭庭說，你們小年輕，爬一爬樓沒關係，四樓讓給老同志，你發揚一下精神。孫旭庭問，頂樓是幾樓。科長說，六樓，其實也不錯，清靜，開闊，登高望遠，也不招蚊子，那邊風景獨好。孫旭庭問，如果我不要呢。科長說，你不要，有的是人要，我明白地告訴你，換是換不了，四樓已經搬進去了，或者你可以等下一批分房，但能分到幾樓，誰也說不好，此一時彼一時啊，到時候你別後悔，後悔也別來找我。

思來想去，孫旭庭還是領回六樓的鑰匙。橡膠四廠的家屬樓臨近齊賢街，灰色水泥牆體，窗戶半封閉，一層樓梯上去，左右兩側共住十戶，長長的走廊掛在外面，欄杆裡則堆積著花盆、兒童三輪車與酸菜缸，每戶的門上掛著細密的塑膠珠簾，一推開門便嘩啦嘩啦地響。

孫旭庭扛上來幾袋沙子和水泥，開始裝修新家，刮大白[9]、換燈管、刷牆圍，還借錢給我小姑買了一套帶梳妝台的組合櫃。整間屋子格局不錯，南北通透，景色也好，推開窗子便能看見冶煉廠聳入雲霄的雄偉煙囪。唯一的缺點是地面處理得欠妥，孫旭庭在重鋪地面時，將氧化鐵顏料摻在水泥裡，按照他預想的效果，這樣刷出來的地面會有黯淡的紅色，顯得高雅而整潔，但沒想到，來幫忙的朋友誰都沒有經驗，氧化鐵顏料的調和比例有問題，沒能很好地融在水泥裡，最後刷出來的地面像一張大花臉，到處都是不均勻的紅道兒，看起來十分抽象，他只好又買來地板革鋪在上面，但即便如此，他也還是不死心，每隔幾天便揭起一角，打著手電筒朝裡面看看，期望著時間會將那些紅色的氧化鐵均勻塗抹開來。

小姑帶著我表弟回到新房裡住下，孫旭庭的父母也從盤錦趕過來，以捨不得離開孫子為理由，開始在這套新房裡生活。一家五口人，守著五十平[10]左右的房子，在當時條件也算過得去，但各類矛盾也一一湧現。小姑的脾氣不是很好，吃不慣婆婆做的飯，也看不上婆婆做的家務，經常就爭吵起來，吵到後來也沒個結果，但她自己在家又什麼都不做，每天只躺在床上聊電話、打毛衣、擺撲克，或者出去給頭髮做造型，今天小波浪，明天又變成大波浪，有一次她染了滿頭的金黃捲兒，很時髦，像外國的洋娃娃，連我都要認不出來了。

即便是在表弟上幼兒園之後，小姑也沒有上班，在家裡無所事事，但每次回娘家時，又都會跟我奶抱怨大半天，說婆婆做飯埋汰[11]，不講衛生，為人奇怪，她講，婆婆的拿手菜之一是將澱粉用水攪開，再下油鍋裡，煎成黑煳的一片，再撒把白糖，我在一

9　整修牆面。

10　平方公尺。

11　東北方言，有不乾淨、骯髒之意。

旁聽了都要吐出來，然後又說公公半夜打婆婆，打得嗷嗷直叫喚，半扇樓的人都能聽見，搞得第二天她都沒臉出門，還有一次，她跟婆婆吵得很厲害，爭吵的原因是要不要給水龍頭安上過濾嘴兒，後來發展到相互對罵，什麼難聽的話都說了，她氣得真的舉起水瓶想砸過去，婆婆頓時嚇傻了，灰溜溜地關門走掉。小姑說，她就是欠收拾，我給她收拾卑服就好了。我奶擔心地說，要不你還是上班或者幹點啥吧，成天在家待著，太閒，打得這麼熱鬧，你們倆人都有毛病，你的毛病我看主要是閒出來的。

小姑許多年沒有工作，出去上班沒地方要，一來二去，又跟以前在百貨商場的小領導聯繫上，領導出錢投資，二人合作，臨花鳥市場租了個門市，開了一家茶葉店。小姑負責看店，按比例提成，有段時間裡，我總去小姑的茶葉店，看她很認真地寫茶葉的價格卡片，碧螺春、龍井、鐵觀音、毛尖，並逐一貼在玻璃罐子上。茶葉店裡總有一股微苦的清香之氣，很好聞，不過進店來的人，一般都只會問，有沒有勞保茶？小姑為他推薦其他品種，講清楚味道、口感與特色，他還是會說，我喝勞保茶就行，有沒有勞保茶。小姑只好無奈地丟過去一個牛皮紙包，說，二兩，四塊錢。

茶葉店經營不到一年就關張了，原因是小領導的妻子發現丈夫在上班時間內，並沒有一直堅守在工作崗位上，而是成天往茶葉店裡跑，於是產生了一些不必要的猜忌。其實她完全是誤會了，領導跟小姑並沒有任何超越友誼的關係發生，他們只是普通的生意合作夥伴，之所以他成天往茶葉店裡跑，是因為他和小姑都愛上了打麻將，天天都要打上八圈，茶葉店的櫃檯後面常年支開一張桌子，一百多張沉甸甸的麻將牌零散地攤在上面。

我的表弟孫旭東，小時候性格極為內向，話少、安靜，但長得可愛，也非常聰明，能背一百首古詩，印刷廠幼兒園裡經常拿他作為聯歡會的保留節目。有一次我也去看過，表弟塗著紅臉蛋，眉心一抹紅點，繫著領結，站在舞台中央搖頭晃腦地背誦，他拉長了音調，語氣裡有曠古悲愁，背完李白背孟浩然，老師不給他從台上抱下來他都不帶停的。

可惜小姑打上麻將之後，對這位詩詞天才不聞不問，很少在家吃飯，也不再去幼兒園接孫旭東，每日沉迷在麻將之中不能自拔，她走路時雙眼直勾勾的，步伐飄忽，若有所思，其實是在默默總結前一輪牌局的得與失。有一次，她跟我奶說，媽，昨天我上手三張幺雞[12]，我就想要摸到第四個，能上一槓，胡把大的撈一撈，結果我越摸越迷茫，腦袋裡自己圍著自己繞圈，牌我都不胡了，就想要幺雞，可越想要就越摸不到，後來有那麼一瞬間，我感覺自己是悟了，我想明白了，我全部的命運，或者說我後半生的主要任務，就是在等這第四張幺雞，前三張幺雞是你、孫旭庭和孫旭東，那麼這第四個是誰呢，媽，你分析分析。

孫旭東讀到小學三年級時，小姑終於等到了她的第四張幺雞。而她的丈夫孫旭庭可能是最後一個知道這件事的人。

那時我爸單位分了房子，我們已經搬出去住，老房子騰出不少空間，小姑由於跟公婆關係不好，便以照顧我奶為理由，每週要在老房子裡住上好幾天。孫旭庭的父母心有愧疚，認為自己沒有處理好與兒媳的關係，便離開橡膠四廠的家屬樓，在附近租房住下，可即便這樣，小姑仍然不愛回家。以前我爸媽的臥室被她改造成一間麻將室，拉著厚簾，擺上菸缸，人來人往，每日鏖戰，最開始打兩毛的，後來五毛一個子兒，再後來是一塊，雖有封頂，但一晚上的輸贏也要幾百塊，小姑憑藉經驗、腦筋與魅力，連唬帶騙，愈戰愈勇，勝多負少，每個月打麻將贏來的錢還能給我表弟繳納學雜費和餐費，連預防針打的都是進口的。

牌打了兩年多之後，忽然有一天，小姑消失了。我奶是第一個反應過來這件事的，給我爸打去電話，說，你妹妹最近怎麼沒過來。我爸說，估計是在醫院照顧孫旭庭呢吧。我奶說，不可能，她能照顧個屁，你趕緊過來一趟，我們商量商量。

我爸沒直接去我奶家，而是先提著一兜蘋果去醫院看望孫旭庭。大概一週之前，孫旭庭在上夜班時，由於精神不集中，沒有執行規範化操作，被他親手組建的鮑德海牌印刷機捲進去半個胳膊，據他後來自己描述，當時像被電打著了似的，腦袋是懵的，也不知道疼，整個人在空中翻了半圈，像一位體操運動員，向後翻騰一周半再接轉體，最終優雅地倒在紙槽裡，半邊臉貼在尚未裁剪的書頁上。他聽見旁邊很多人在喊叫，因為不知是死是活，也不知骨折的具體位置，沒人敢輕易搬動，他就以如此奇異的姿態在紙槽裡待了大概二十分鐘，他說，那是他第一次認真閱讀自己每天印的都是什麼東西，那篇文章的標題是〈為什麼他們會集體發瘋〉，裡面記載的是一個帕爾托的法國人，汽車修理工，長相英俊，生性浪漫，夢想是成為一名馬戲團演員，想在千呎高空表演走鋼絲，

12　東北麻將用語，指「一條」、「一索」。

他還有一個朋友，名叫約瑟，是一名拖拉機駕駛員，體格健壯，沉默寡言，他的夢想是成為長著翅膀的「鳥人」，渴望能像飛機一樣在藍天上翱翔，但二人生性靦腆，而且家裡有老有小，所以一直沒法實現夢想。忽然有一天，紀錄顯示，孫旭庭說他記得很清楚，當地時間八月二十六日的下午，這兩個法國人不約而同地開始行動起來：帕爾托撐著一把雨傘，爬上村邊吊橋的纜繩，在上面擺擺晃晃地走著，而約瑟則闖進鎮上的醫院，爬上三樓的窗台，大聲喊道：「我是飛機！我是飛機！我會飛，我想要上天！」幾乎是在同一時刻，他們高昂著頭顱，朝著湛藍的天空伸開雙臂。這個故事他沒有看全，孫旭庭後來遺憾地跟我說，他很想知道帕爾托和約瑟的結局，也想知道到底為什麼發瘋，但故事的下半部分已經超越他視力能及的範疇，而當時他的胳膊還在機器裡，沒法翻頁，而脖子又實在是無法動彈。

我爸趕到醫院後，看見只有孫旭庭一人躺在床上，穿著藍條紋病號服，鬍子拉碴，看起來好像還胖了一些。我爸洗了兩個蘋果，遞給孫旭庭一個，自己也吃一個。孫旭庭打著石膏，問我爸，哥，家裡都還好不？我爸說，都挺好。孫旭庭又說，哥，你單位效益咋樣？我爸說，不行，鬧下崗，走好幾批了，我也快了。孫旭庭說，哥，那誰，好幾天沒過來了。我爸打馬虎眼，假裝不知情，回答說，是嗎，我也沒看見她，誰知道忙啥呢，一天神神道道的。孫旭庭說，忙她的吧，我也沒啥事。我爸說，脖子沒事吧。孫旭庭說，脖子就當時扭了一下，問題不大，主要是胳膊骨折，裡面得打釘。我爸說，不用截肢吧。孫旭庭說，哥，沒那麼嚴重，大夫說好了之後平常也看不出來，就是回彎兒有點費勁。我爸說，那還行，算工傷不。孫旭庭說，算，廠長特批，費用全額報銷，我天天打好藥，進口紅黴素，放心吧，哥。我爸說，你好好休息，放寬心，身體才能恢復得快，現在你自己的身體最重要，出了其他什麼事情都別去管，更不要上火，急火攻心啊。孫旭庭說，哥，我明白，身體最重要，出啥事我也不上火。

出了醫院後，我爸立即騎車回家，把情況一五一十地匯報給我奶。我奶聽完之後說了句，么雞。我爸說，啥。我奶擺了擺手，說，別找人，也別張揚，不是什麼好事情，我最近準備腦袋疼，先搬去你家住幾天。

過了兩個多月，忽然有一天，小姑的電話打到我家裡來，我媽接的，她說目前她過得挺好，正在大連學做生意呢，一切很順利，有朋友幫襯，但現在需要借三千塊錢作為周轉，我媽聽後有點猶豫，因為我當時要上重點中學，她和我爸又都面臨下崗，三千塊錢不是小數目，思來想去，最終抹不開面子，還是決定把錢給她轉過去。後來才知道，小姑用這三千塊錢租了一間偏僻的門市房，又添了兩台二手自動麻將機，在大連開起麻將社來，並且經營得有聲有色，提供三餐，二十一鍋，童叟無欺，打完一鍋，不管輸贏，都可以在門口領兩個雞蛋回家，小姑對來打牌的那些大連彪子說，來我這裡玩就是圖個開心，你們能來捧場我就高興，老實說，我也不差這點桌錢兒，經濟實力我還是有的，我們家在瀋陽有個養雞場，這都是自家下的蛋，拿回去煮著吃，不要炒，那樣就白瞎了，營養成分都破壞了，這個我懂。

小姑消失之後，變化最大的是我表弟孫旭東，雖然小姑在身邊的時候，也很少管教他，但這一走後，孫旭東好像變成了另外一個人，不像從前那般安靜、乖巧，漸漸暴露出頑劣、蔫兒壞[13]、為虎作伥的另一面，成績直線下降不說，還經常惹是生非，抽菸、逃學、打仗、順手牽羊，他樣樣精通。此外，我聽人說過不只一次，孫旭東最大的愛好就是扒同學褲衩，不分男女，一視同仁，尤其是在夏天，他會裝作若無其事地經過你身旁，身子一沉，忽然下蹲，拽著褲衩使勁往下一扯，然後扭頭瘋跑，非常下流。這種行為使得他不僅被同學、老師狠揍，也被孫旭庭狠揍過不知道多少次，但他卻仍然不知悔改，樂此不疲。有段時間裡，沒人敢走在他身邊，學校裡的同學見他走過來都躲得很遠，但即便如此，還是抵擋不住他搞突然襲擊，在路上走著走著，忽然小跑起來，腳尖無聲點地，十分狡猾，臨近之時，他邁開大步，健步飛奔而至，迅速並流暢地完成下蹲、拉拽、嘲笑、跑開這一系列動作，令人猝不及防。等他上六年級的時候，已經成為遠近聞名的惡棍，頂著大腦殼，肥頭大耳，一身蠻力，皮笑肉不笑，所有人拿他都沒辦法，不過在那年夏天，他再也沒有機會施展自己熟練的本領，因為校長給全校學生訂了背帶短褲作為校服。他很不開心地跟我說，表哥，我感覺這幫逼都在針對我。我說，沒有的事情，你想太多了。

這樣的狀態自然沒能考取重點初中，於是孫旭東按戶口被劃分到一個名聲很差的學校，剛開學沒幾天，便給我打來電話，問我說，表哥，你好使不？我說，什麼意思。他語氣很急躁地說，表哥，認識人不，給我找一些過來。我說，要做什麼呢。他說，媽的，碰上點事情。我說，到底怎麼回事，你慢慢講。孫旭東說，前天我剛到學校，就聽

13 北方話，指表面規矩，背地使壞。

說一個事情，初三二班有個逼，要在咱們學校立棍兒[14]。我說，跟你有什麼關係呢。他說，立棍兒不行，雖然我剛上初一，但我必須得撅他。我說，他要找你麻煩嗎？他說，也沒有，但我是這樣覺得，在咱們學校，我雖然不立棍兒，但我們學校也不能有棍兒，有了我就得撅他。我說，為什麼呢，你又不認識他，他立他的去唄。他說，你別管了，我有我自己的思考，你就說能不能找來人吧，嗨，反正你來也好，不來也好，這場仗我是肯定要打的，誰立我撅誰，在我這兒他永遠不好使。

當時由於我中考失敗，轉去技校念中專，正在學氬弧焊，表弟約定打仗的那天，我剛好要去考證，但在中午時，還是有點不放心，便喊了兩個班級裡的朋友，讓他們跟我去看看到底什麼情況。我們騎了半個小時的自行車，來到孫旭東所在的那所學校，將三台自行車鎖在一起，綁在外面的欄杆上，另外兩把多餘出來的自行車鏈鎖揣進工具箱裡，以備不時之需。我們拎著工具箱走進學校，結果發現裡面一片祥和，根本沒有任何即將要發生一場大規模打鬥的跡象，我們又在教學樓裡來回晃了幾圈，保安問我們是幹啥的，我說是給學校實驗室焊電路板，並舉了舉手裡的工具箱，保安心領神會地點點頭，說道，有手藝就是好，不愁飯吃。我們覺得莫名其妙。後來，在初一四班的最後一排，我終於找到了孫旭東，他側著趴在桌子上，剛吃一半的便當擺在一旁，龐大的腦袋枕在一摞課本上，表情諂媚地說著悄悄話，一隻手在底下摸著旁邊女生的大腿。

孫旭東的種種惡行不斷，打架鬥毆不說，發展到後來，甚至組織團夥在偏僻的小道上截錢，問他截錢幹嗎呢，他說我這是劫富濟貧。我說，那你接濟誰了。他說，也沒有別人，主要是我自己，搞社團需要資金。孫旭庭每天下班後，總免不了要去學校報到，回家打兒子也成為每日的課後作業。而我的表弟面對毒打，態度十分令人欽佩，既不反抗，也不逃避，表現得相當頑強。忽然有一天，孫旭庭照例掄圓膀子毆打，可沒打幾下，便覺得氣力耗盡，身心俱疲，只丟下一句，這他媽的，皮也太厚了吧，像誰呢。然後推門出去換啤酒，他站在小賣店的門口，想著如果自己那天晚上能提起些精神，左胳膊便不會攪到機器裡，那樣的話，現在打得也會更有力一些，效果可能也會更好。他拎著兩瓶啤酒剛轉過身來，便看見小姑正從路邊的計程車裡鑽出，前座還下來一個穿著黑皮夾克的男人。孫旭庭一言不發，假裝沒看見，邁著大步上樓回家。

14　東北方言，指當老大。

小姑跟在他身後上樓，走到三樓時，輕輕喊了幾聲。孫旭庭猶疑地扭過頭來，故作驚訝，跟我小姑說道，回來了啊。小姑說，回來了。孫旭庭說，還行，知道回來，待幾天啊？小姑說，待不了幾天。孫旭庭說，沒地方的話，就住家裡吧。小姑說，我回來就一件事，咱倆把手續辦了吧。孫旭庭想了想說，不行，我沒整明白呢，這前前後後，到底是怎麼個情況呢。小姑說，你不用明白，離了吧，這樣對你不公平。

進屋之後，小姑又說，好聚好散，不要那麼倔，人生很長，我們都有各自的路要走，互相陪著走過一段，已經是很好的事情了，我先收拾一下衣服，你再仔細想想。孫旭庭沒理她，轉身對屋裡的孫旭東說，兒子，走了，咱倆今晚下飯館去。膀大腰圓的孫旭東從裡屋走出來，看也沒看小姑，大搖大擺，跟著孫旭庭徑直摔門而去。

孫旭東吃了兩屜燒賣，喝了一碗羊湯，說外面還有事情要擺平，便跑掉了。孫旭庭獨自喝了兩杯白酒，三瓶啤酒，然後一步一晃地往家裡走。他想，如果自己到家時，她還沒走，他就一把抱住她，像一些電影裡演的那樣，不過緊接著要說點什麼，他還沒想好。他回到家門口，擰動鑰匙，推門進去，發現小姑已經走了，屋子的裡裡外外都被收拾過一遍，散發著洗滌過的清潔氣息，櫃子裡他和孫旭東的衣物被分別疊放好，廚房裡洗手池被刷出白亮的底色，洗好的床單被罩掛在陽台上，正往下滴著水，而地上的橢圓形陰影正一點一點向著周圍擴張。

離婚一週後，孫旭庭的父親去世，他給我爸打來電話，說，哥，我離了。我爸說，知道，不賴你。他又說，哥，你還是我哥不。我爸說，我還是你哥。他說，哥，我爹沒了，我沒辦過喪事，想讓你過來指導一下。我爸說，行，你記住，喪事成不成功，主要就一點，就看你的盆兒摔得碎不碎。

出殯當天，我和我爸淩晨四點多鐘就趕過去了，天還黑著，靈堂設在屋裡，煙氣彌漫，兩側碗口粗的紅蠟燭燒到了底兒，我表弟往長明燈裡倒油，倒了大半碗，舉著透明油桶跟我說，看見沒，我爺這是幹部待遇啊，用的是金龍魚。孫旭庭紅著眼睛從屋裡出來，神情木訥，行動遲緩，雇來的執事者在他耳邊說，差不多到時候了，可以準備出發，於是我們一起下樓。我表弟打著靈幡走在最前面，孫旭庭捧著黑白遺照緊隨其後。走到一半時，孫旭庭好像忽然想起來什麼，又跑上樓去，我們也連忙跟他回去，看見他從兜裡拽出一條紅繩，一頭兒將他母親的腰捆住，另一頭兒繫在暖氣片上，他母親在極小的範圍內焦慮地來回走動，像一條被暖氣片牽著遛走的寵物。他跟我們說，這是我家那邊的規矩，剛走一個的話，另一個也得拴住，不然也容易溜過去做伴。

到樓下之後，執事者先安排好親友的站跪位置，衝著天空打了兩朵白花，紙錢緩緩下落時，他掏出打火機，燃著兩張黃紙，問孫旭庭說，盆兒呢。孫旭庭愣在那裡，眼神呆滯，沒有答話，經人提醒後，忽然反應過來，說，盆兒，有，準備了，忘帶下來了。於是又急忙跑上樓去，我們等了半天，才看見他捧著一個鹹菜罐子下來了，說，盆兒又找不到了，咱就用著這個吧，我爸也不挑，讓大家久等了，我剛把裡面醃的鹹菜騰出去。

執事者只好又點燃兩張黃紙，塞進鹹菜罐子裡，然後跟孫旭庭說，我說啥你說啥，大點聲兒，有點氣魄，來，把盆兒舉起來。孫旭庭跪在地上，盯著執事者，氣運丹田，斷喝一聲，把盆兒舉起來。執事者說，這句不用喊，做動作就行。孫旭庭連忙將鹹菜罐子舉過頭頂，黃紙在罐子燃燒得很快，幾縷黑煙從裡面裊裊升起，偶爾也有黃藍色的火苗冒出，像是蛇吐出來的信子，一股濃重的焦煳味道彌漫開來。執事者說，跟著我說啊，爸，三條大道你走中間。孫旭庭說，爸，三條大道你走中間。執事者又說，爸，五條大河你莫拐彎。孫旭庭說，爸，五條大河你莫拐彎。執事者說，兒孫送你大半程。孫旭庭說，兒孫送你大半程啊。執事者說，來，最後一句，憋足勁兒——別忘常回家看看。孫旭庭再次運足了氣，帶著哭腔喊道，別忘常回家看看。執事者說，行了，摔吧。孫旭庭將鹹菜罐子往下一砸，大概是由於他下跪的方位不對，膝蓋的正前方是一條雨後的軟塌土路，鹹菜罐子落在土路上時，只發出一聲低沉的悶響，如同一記硬拳打在胸口上，之後便毫髮無損地彈開，在場的人全都愣在那裡，眼睜睜地看著鹹菜罐子落下又彈起，冒煙轉著圈兒，像一顆拉動開關的手榴彈，三轉兩轉，最終滾落到靈車底下。

孫旭庭隻身趴進靈車下面，費了很大力氣，將鹹菜罐子單手勾出來，他爬出來時滿頭汗水，臉上被煙熏出好幾道黑印，衣服上全是髒土，樣子十分不堪，表情也很僵硬、尷尬，他似乎很想展露一點略帶歉意的笑容，但最終還是失敗了。執事者說，老爺子還挺頑固，這麼的吧，現在車少，咱們去馬路旁邊摔。於是我們所有人又都換了個位置，面對著電線杆子跪在馬路邊上，孫旭庭顫抖著再次高舉鹹菜罐子，所有的人心都揪了起來，心裡盤算著，如果這次還沒摔碎，那還能換到哪裡去呢。就在這時，後面等待的人群裡忽然爆發出幾聲渾樸而雄厚的外地口音叫喊，豹子，豹子，碎了它，豹子。開始是零星的幾聲，像是在開玩笑，但其中也不乏熱忱與真誠，然後是更多的聲音，此起彼伏地嚎著為他鼓勁兒，豹子，能耐呢，操，豹子，使勁砸，豹子，豹子。到了最後，連我爸也跟著喊，豹子，盤錦豹子，他媽的給我砸。

孫旭庭雙手舉到最高處，咬著牙綳緊肩膀，涼風吹過，那隻行動不便的殘臂彷彿也已重新長成，甚至比以前要更加結實、健碩，他使出畢生的力氣，在突然出現的靜謐裡，用力向下擲去，灰燼如瀑布一般，從半空傾瀉流落，形成一道屏障，將他隔絕在外。震耳欲聾的巨響過後，鹹菜罐子被砸得粉碎，砂石瓦礫崩裂飛散，半條街的塵土彷彿都揚了起來，馬路上出現一個新鮮的大坑，此時天光正好放亮，在朝陽的映襯之下，萬物鍍上一層金黃，光在每個人的臉上棲息、繁衍，人們如同剛剛經受過洗禮，表情莊重而深沉，不再喊叫，而是各自懷著憐憫與慨嘆，沉默地散去。我表弟向著灰藍色的天空長嚎一聲，哭得不省人事。

葬禮結束之後，孫旭庭的母親心灰意冷，決意離開瀋陽，回盤錦養老。孫旭庭向單位打報告，要求換崗位，由於受過工傷，在此之前他已經被調離印刷車間，不再從事一線生產工作，轉而在裝訂車間做些零碎的活計，這次他又向領導提出要求，說裝訂車間沒什麼活兒，賺錢太少，不夠維持父子二人的基本生活，想轉行去做銷售工作，領導勸他留在原車間，說銷售可不好做，沒有底薪，全靠提成，現在市場不好，你又沒什麼資源，很難做起來。但孫旭庭執意要去，領導便也只能放行，並叮囑他說，你可得想好，依照目前廠裡的情況，出去之後，再回來可就難了，好自為之吧。

那段時間裡，可以想像，孫旭庭家裡的經濟狀況十分緊張，剛開始的幾個月裡，儘管他每天騎著自行車東奔西跑，但一單也沒有簽成，所有的廣告公司都有固定客戶，而本地的出版社也都不十分景氣。直到三個月之後，他終於在郊區某個低矮的庫房裡簽下第一單，三千套全彩印刷，還帶覆膜，按照單位的提成制度，這一單能為他帶來大概六百元左右的收益。簽約成功後，他把合約展平，仔細放進印著「天下第一關紀念」的公事包裡，反覆檢查確認沒有折角後，騎著車往單位走，鄭重地向領導遞上合約。下班時，他又找到從前的幾位工友，在一起喝了頓酒，直至半夜，才醉醺醺地回到家裡，而那天也是他第一次發現，我的表弟孫旭東那麼晚還沒有睡覺，正在檯燈下面寫寫畫畫。他揉了揉眼睛，簡直不敢相信眼前的場景，他問我表弟說，孫旭東，你幹啥呢。表弟說，我在做題。他又問，什麼題。表弟說，老師留的作業。他一把搶過來表弟的作業本，借著檯燈的微弱光芒，醉眼朦朧地檢查半天，然後質問道，這個ＳＡＳ你寫錯了吧，應該是ＳＯＳ。表弟說，ＳＯＳ是救命的意思，這個ＳＡＳ的意思是，兩邊和夾角對應相等的兩個三角形全等。幾個月之後，我再見到孫旭庭時，他很得意地問我知不知道什麼是SAS。我說，知道啊，薩斯麼，非典型肺炎，可他媽邪乎了，喘氣兒就能傳染。他說，不對不對，這個你表弟都知道，還給我講過，具體是啥我記不全，但好像是什麼什麼兩個三角形全等。

那場葬禮結束後，孫旭東彷彿換過一身新血，將親手組建的犯罪團夥拆散，全身心地投入到學習生活之中去。雖然他十分刻苦，但無奈基礎較差，導致在中考時發揮不佳，沒能考取重點高中，孫旭庭堅持不讓他去讀技校，轉而去普高繼續念書，準備三年之後再戰高考。孫旭庭說，不管怎麼說，還是得有知識，有知識才能武裝自己，趁我現在能供得起，能多讀一天是一天。

孫旭庭確實可以供得起，他的境況正在一點點變好，雖然尚未邁入小康階段，但個人的印刷業務卻日益繁盛，作為銷售人員，其業績可圈可點，每月提成相當於從前工資的兩倍。很久之後，我才知道孫旭庭為印刷廠接來的專案，並不是印刷書籍，而是印皮子。所謂皮子，就是盜版光碟的封面，一個半小時的超長VCD，用化漿的廢紙殼去印封面，紅男綠女，飽和度極高，再覆膜後裁開，成本很低，很快就能印出來，而且也有一定的發行數量，那幾年印刷廠沒像其他工廠那樣有大批員工下崗，可以說孫旭庭對此亦有一定貢獻。我在表弟家裡發現了上百張皮子的樣品，有《龍在天涯》、《監獄風雲》，也有《肉蒲團》、《不扣鈕的女孩》，我翻來覆去仔細檢查，拆開又再闔上。孫旭東跟我說，哥，別翻騰了，沒用，我早都檢查過了，全是皮子，裡面一張碟也沒有。

孫旭庭剛開始在印刷廠做銷售時，打不開局面，走投無路，恰好碰見從前搞錄影帶出租的老闆，孫旭庭作為多年之前的親密客戶，熟絡地攀談起來，當時老闆已經不做錄影帶了，改做ＶＣＤ光碟租賃，經他牽線，孫旭庭跟在郊區灌錄盜版ＶＣＤ的作坊取得聯繫，並簽訂合約，持續為其提供封面印刷，後來ＶＣＤ日漸式微，他們又開始印ＤＶＤ的皮子，長條形，大開本，高檔塑封，全是外國字兒，片子很深刻，據說大部分都是講人性的電影。孫旭庭帶回家看過一部，他本以為是交誼舞的教學電影，想照著練習一下，強身健體，沒想到是個黑白片，開場是一群牛從棚裡湧出來，接下來的好幾分鐘也是這群牛，同一個鏡頭，走過來又走過去，他看著看著很快便睡著了，醒來之後發現電影還沒有結束。

孫旭庭知道販賣盜版光碟大概是非法的，但不知道給這些光碟印皮子也不行。所以當郝廠長找他去談話時，他也很困惑。那是他第二次跟郝廠長近距離接觸，上一次是鮑德海牌印刷機啟動時，他們親密握手並拍照留影。這一次，郝廠長招呼他坐在沙發上，先是給他沏了一杯茶，悶上蓋子，然後坐回到老闆椅上，蹺起腿來，露出一截長著老年斑的腳踝，語氣有些沉重地對他說，我記得你，孫旭庭，你是我們廠子的功臣。孫旭庭說，謝謝廠長，記性眼兒真好。郝廠長接著說，這次的事情，想必你也聽說了，上邊派人查下來了，目前給我兩個選擇的，認罰或者認關，就是要麼關掉廠子，要麼交人罰錢，該怎麼選，我徵求一下你的意見。孫旭庭舉起茶杯，揭開杯蓋，噓聲啜飲一小口，舌頭卻被燙到，他縮回身子，又把茶杯放回去，不解地說，廠長，我犯法了嗎？郝廠長皺著眉頭說，這麼說吧，我認為是沒有犯法，不然我也不能同意讓你們開印，但具體涉不涉及法律，我說了也不算。孫旭庭說，不好意思，得讓廠裡挨罰了。郝廠長說，不怪你，都有責任。孫旭庭說，廠長，水有點燙，等晾涼點兒，我喝完這杯就去自首，茶葉不能浪費。郝廠長說，不用自首，人已經過來了，你跟他們走一趟吧。

一老一少兩個警察，在印刷廠的多功能廳裡等待，他們坐在靠牆邊的綠色連排塑膠椅子上，一支接著一支地抽著菸。孫旭庭走進去，朝著他們點點頭，又退出來，兩個警察跟著走出來，他們一起去車棚裡取出自行車。孫旭庭跟在老警察後面，小警察又跟在孫旭庭後面，三人一起騎著車去往輕工派出所。路過紅綠燈時，老警察停下來，掏出一盒菸，抖出來兩顆，自己一顆，又遞給後邊的孫旭庭一顆。攏火點著之後，老警察指著街邊新開的酒店對小警察說，看見沒，我爸上個月過生日，就在這家飯店辦的，六百八十八一桌，還有南極籽蝦，冰鎮的，肚子溜兒鼓，我尋思這個肯定有營養，連扒好幾個，結果我外甥說，大舅，擦一擦，你嘴邊都是受精卵，這他媽給我噁心的，這個小癟犢子。小警察和孫旭庭聽完之後，一起笑了起來。

幾天之後，我和表弟孫旭東一起去接孫旭庭回來，印刷廠的罰款繳納得很及時，警察跟孫旭庭說，看你家庭條件也挺困難，自己帶孩子不容易，還是初犯，下不為例吧。然後便把人放回來了，從派出所出來後，孫旭庭發現怎麼也找不到自己的自行車了，嘆著氣樓前樓後繞著找了好幾圈，仍然一無所獲，最後只好坐在孫旭東的自行車後座上。我的表弟馱著他的父親騎了一整路，上坡之後是下坡，之後又是一條剛刨開的土路，底下埋著好幾條黑色的管道，還有施工的工人在朝上看。表弟蹬得很吃力，弓著背向前猛踹腳蹬子，孫旭庭佝僂著腰坐在後面，神情拘謹，腳面微微抬起，看起來有些滑稽，以他的身高，如果不蜷起來，鞋底就一定會趿拉到地上。到家之後，孫旭庭終於鬆了口氣，跟我說，嘿，在派出所上班的，待遇就是好，能吃得起在南極養出來的蝦。

第二年，我表弟孫旭東參加高考，大綜合考試，不分文理，一共九門課，他共計取得三百零二分，成績不算理想。我問他說，這個分數能去啥學校？表弟說，不愛念了，沒啥意思，不是那塊料兒。孫旭庭在一旁說，念吧，兒子，再重考一年，咱能供得起。此時孫旭庭已經與印刷廠徹底脫離關係，由於胳膊行動不便，也沒有其他從業經驗，很難再找到合適的新工作，於是他花去大半積蓄，將樓下的彩票站兌下來，以販賣彩票維生，每天在牆上的黑板更新上一期的開獎號碼，三十五選七，3D，大樂透，品種很豐富，我每次去也都買幾張碰碰運氣。

所有人都沒想到的是，經營彩票站期間，孫旭庭居然迎來一份遲來的愛情。彩票站隔壁是盲人按摩，裡面一共三位技師，其中一位女師傅也是彩票愛好者，姓徐，人很瘦，長相一般，但挺白淨，短頭髮，看起來利索，三十八九歲，沒結過婚，人們都管她叫小徐師傅。小徐師傅屬於先天弱視，確診時已經過了最佳治療期，視力基本等同於喪失，只能看清事物的輪廓，平時戴墨鏡，拄拐杖，話不多，比較文靜。她在工作時穿著一身白大褂，而去彩票站時，卻總要換另一身衣服，公私分明。每次去彩票站裡，她總要貼在黑板前面，才能看見前幾期的數字號碼，可如果她貼得那麼近的話，又很耽誤旁邊其他人的觀看和分析，於是她只能很不好意思地懇請孫旭庭幫她念某幾期的號碼，然後她用點字筆記錄下來，再回到店裡慢慢思考，過去大半天，她又換一身衣服，再次來到彩票站，謹慎地打出幾個號碼，小心翼翼地揣進口袋裡保存起來。孫旭庭覺得小徐師傅有意思，做事仔細，眼睛雖然看不大清，但還挺顧及別人的。碰上陰天下雨，他的胳膊和頸椎不舒服，也會去按摩店找小徐師傅做推拿，一來二去，他們聊得很投緣。小徐師傅說，你以前是印刷廠的，家裡肯定有很多書吧。孫旭庭說，是有一些，我偷著拿回來留著墊桌子的，自己倒是沒咋看過。小徐師傅說，那有空你帶來，給我念念。孫旭庭真的帶到彩票站一本，書名叫《名家經典美文》，選了其中一篇，讀得磕磕絆絆，小徐師傅皺著眉頭說，太難聽了，你以後還是給我念彩票號碼吧。沒過幾天，孫旭庭的肩膀受風抬不起來，去找小徐師傅調理。正按著按著，小徐師傅低聲跟孫旭庭說，下次別過來了，怪費錢的，還得給老闆分成，你再想按的話，我上你家去給你按吧。孫旭庭紅著臉，支支吾吾地說，不好吧。小徐師傅說，你不用有什麼負擔。孫旭庭說，我是沒負擔，一窮二白，主要是怕耽誤你。小徐師傅說，我自己有數，不用你管。

彩票站的生意不算好，孫旭庭有一次找我出主意，問我在哪兒能訂做橫幅，我問他要幹什麼用呢。他說，最近生意不好，需要刺激一下，你幫我做個橫幅，上面就寫：本站彩迷朋友劉先生喜中福利彩票二等獎，獎金五十萬元，讓我們對他報以真摯的祝福。我說，不愧是幹過銷售的，心思挺活，行，我給你整一條去。

做好條幅的那天正是週末，我取回來後給送到彩票站，蹬著梯子幫忙掛在招牌底下，兩邊用硬鐵絲固定住，風吹過來，紅底黃字的條幅輕微搖晃。孫旭庭抬頭看著說，劉先生，點子正啊，羨慕，你要是中五十萬的話，準備拿這錢幹啥。我想了一下，然後說，那我就不幹電焊了，刺激眼睛，買個標兒，去開計程車，剩下的存銀行裡，你呢。孫旭庭說，我全都存銀行裡，吃利息。

誰也沒有想到，條幅掛好之後，迎來的第一位顧客，竟然是我的小姑。別說孫旭庭，就連我都已經有很多年沒見過她了，逢年過節，她基本不會回來，這幾年更是連電話也很少打，只聽說她的麻將社生意一開始做得不錯，後來規模也有所擴張，但終歸是懶人，疏於打理，沒過多久，便將麻將社又兌出去，專職從事打麻將，從大連打到廣州，堅持穿著貂打，後來從廣州又打到成都，再從成都又打到首都北京，籌碼越來越大，對手也越來越狡詐，現在又回到自己的家鄉，不知道是不是還要繼續打下去。

小姑掀開彩票站的塑膠門簾後，先是微笑著朝我擺擺手，我一開始還以為是來買彩票的顧客。坦白講，我確實認不出她的模樣了，這些年裡，她大概胖了有一百斤。小姑穿著一件棕色大衣，把自己裹得嚴嚴實實，整個人像一隻灌滿水的木桶，行動十分笨拙，她小心地橫步挪動著自己渾身的肉，彷彿每走一步，肉都要漾出來一般。她的體型雖然變化很大，但卻依然伶牙俐齒，她先是巡視一圈彩票站，然後坐在桌子後面，對孫旭庭說，買賣做得挺大啊，公益事業，福利彩票，給自己積德了。孫旭庭問她說，你來有事啊。小姑也不說話，拿出一盒刮刮樂，埋頭挨張刮開，刮完全部一百張後，她吹掉桌子上的灰，拎出其中的幾張說，有十塊，也有五塊的，總共六十五，兌獎吧孫老闆。孫旭庭從兜裡掏出一百元遞過去，說，我求求你，孫旭東今年在重考，你要是有點良心，就趕緊走吧。小姑把一百元撇到一旁，說，連玩笑都開不起了，我問你，咱倆離婚幾年了。孫旭庭說，離婚多年了。小姑說，我碰見難處了。孫旭庭又說，我們離婚多年了。小姑說，這個事情，其實我也可以不回來跟你講的。孫旭庭說，我們離婚多年了。小姑說，最近生意不好做，大環境不好，資金有些轉不開。孫旭庭說，我們離婚多年了。小姑說，所以我在外面借了一些小額貸款。孫旭庭說，我們離婚多年了。小姑說，我押的是你家房子的房證，之前我回來收拾東西時，順手把房證也帶走了。孫旭庭說，我說我怎麼一直找不到，還以為丟了。小姑說，沒別的事情，貸款我自己會還，沒經任何手續，你家房子誰也收不走，不用擔心，等我還完了錢，房證就還給你。孫旭庭說，你辦的這叫什麼事啊。小姑說，不管怎麼說，事情已經發生了，我也是實在沒有辦法，當然，我也不指著你能理解，恨不恨我的，都無所謂，我就是過來跟你說一下，最近這段時間裡，怕有人要找你們麻煩，按理說應該不會，但我還是要來跟你說一聲。

我記得那是在三月份，剛過完年不久，我的表弟孫旭東重配了一副度數更高的眼鏡，並在學校裡迎來又一次的百日誓師大會，所有人的腦門青筋暴露，舉著拳頭要奮鬥一百天，而表弟書桌上去年的標語還沒有撕掉：披荊斬棘，看我旭東決勝高考；立馬橫刀，唯我旭東俯視群英。

那天清晨，孫旭庭起床很早，在廚房慢火熬了一鍋小米粥，又挑出來幾根鹹菜，切了兩片香腸，孫旭東吃過之後出門上學。孫旭庭看了半個小時靜音的電視節目，才轉進屋去，輕輕喚醒前一天工作到很晚的小徐師傅，兩人一起吃過早飯。飯後，孫旭庭刷乾淨碗筷，小徐師傅洗淨雙手，抹上雪花膏，穿好白大褂，準備一起下樓開工。孫旭庭在門口蹲下來，給小徐師傅穿鞋子，小徐師傅說，我想了一下，我以後還是不要買彩票了。孫旭庭說，該買買唄，咱自己家的生意，成本低，你也沒什麼其他愛好。小徐師傅說，買了好多年，也沒中過大獎，沒那命兒，還是省下點錢，你兒子還要考大學，我們現在這種關係，多多少少我也要出一點力。孫旭庭說，考上再說，實在不行房子一賣，我住彩票站去。小徐師傅說，總歸不是辦法。孫旭庭說，我有的是辦法。小徐師傅說，房證還沒要回來。孫旭庭說，明天我就去掛失，說弄丟了，補辦一張。小徐師傅說，你啊，什麼都不懂，房證丟了是要登報紙的，也要好多錢。孫旭庭說，什麼邏輯，我房證丟了還得告訴全市人民一聲啊。小徐師傅說，你啊，什麼都不懂。

我的表弟孫旭東給我講述了那天後來發生的事情。百日誓師大會結束之後，他忽然就不想再念書了，而且非常堅定，刻不容緩，對書上的每一個字都絕望透頂，他溜出學校，騎上自行車轉了幾圈，然後決定回家跟孫旭庭好好談一次，人生有很多條出路，他在這條彎路已經徘徊很久，如果再執迷不悟下去，對所有人來說，都只能是一種持續的負擔。他騎回到家樓下，將車鎖好，剛邁上幾層樓梯，便聽見上面有動靜，橡膠四廠宿舍的走廊在外面，他站在三層的緩步台抬眼向上看，發現有兩個不認識的人站在他家門口，他覺得有點奇怪，便又往上走兩層，再抬頭一看，發現孫旭庭攙著小徐師傅剛剛出門。其中一位陌生人走過去問他，你是姓孫不？孫旭庭說，對。陌生人又問，叫什麼玩意來著，孫旭庭是不是？孫旭庭說，是我，找我有啥事。陌生人說，沒啥事，就過來看看，來找個人兒。孫旭庭說，屋裡沒人了，你要找的人也不在這裡。陌生人說，那我看看你家房子，行不，就隨便瞅一圈。孫旭庭頓了一下，說道，行，你稍等，家裡亂，我稍微整理一下。陌生人說，太客氣了，謝謝哥們，主要看看戶型。孫旭庭扭頭開門，走進屋子，留下小徐師傅孤零零地站在走廊上，她不敢邁步，也不敢說話，孫旭庭那條僵硬的殘臂從她懷裡抽去之後，她一下子變得無所依靠，身前身後空空蕩蕩，風吹過來，塑膠珠子門簾嘩嘩作響。孫旭東在樓下雖然有些遲疑，但仍繼續邁上臺階，待他走上六樓時，在走廊的另一端，他看見他的父親，也就是我的姑父孫旭庭，咣當一把推開家門，挺著胸膛踏步奔出，整個樓板為之一震，他趿拉著拖鞋，表情凶狠，裸著上身，胳膊和後背上都是黑棕色的火罐印子，濕氣與積寒從中徹夜散去，那是小徐師傅的傑作，在逆光裡，那些火罐印子恰如花豹的斑紋，生動、鮮亮並且精純。孫旭東看見自己的父親手拎著一把生銹的菜刀，大喝一聲，進來看啊，我操你媽，然後極為矯健地騰空躍起，從裂開的風裡再次出世，小徐師傅跟隨著他的聲音伸出手去，想要將他拽住，卻又撲了個空，跌倒在地上。孫旭庭怒吼著直奔兩個陌生人而去，他右手裡的菜刀似乎剛剛沖洗乾淨，在半空中甩動的時候，還散落幾滴晶瑩的自來水珠。兩個陌生人掉頭就跑，樓梯另一側的孫旭東匆忙側身讓開，之後他的父親便撲過來，像真正的野獸一般，鼻息粗野，雙目佈滿血跡，他拚盡全力一把摟住失控的父親，孫旭庭撞在兒子懷裡，兩人跌落在樓梯上，打了好幾個滾，但始終緊抱在一起。兩人落地後，孫旭庭幾番掙扎想要起身追趕，卻被他的兒子死死摟住，不敢放鬆，我的表弟幾乎是哭著哀求說，爸，不要追了，我求求你，不要再追了，爸啊，爸。孫旭庭昂起頭顱，挺著脖子奮力嘶喊，向著塵土與虛無，以及浮在半空中的萬事萬物，那聲音生疏並且淒厲，像信一樣，它也能傳至很遠的地方，在彩票站，印刷廠，派出所，獨身宿舍，或者他並不遙遠的家鄉裡，都會有它的陣陣迴響。終於，力竭之後，他癱軟下來，躺在地上，身上的烙印逐漸暗淡，他臂膀鬆弛，幾次欲言又止，只是猛烈地大口喘著氣。這時，小徐師傅的哭聲忽然從頭頂上傳過來，他們父子躺在樓梯上，靜靜地聆聽著，她的哭聲是那麼羞怯、委婉，又是那麼柔韌、明亮，孫旭東說，他從來沒有聽見過那麼好聽的聲音，而那一刻，他也已看不清父親的模樣。

肅殺

十月底的風在這城市的最低處徘徊，吹散廢屑、樹葉與積水，他看見載滿球迷的無軌電車駛過來時，忽然瘋狂地揮舞起手中的旗幟，像是要發起一次衝鋒。

我爸下崗之後，拿著買斷工齡的錢，買了台二手摩托車拉腳兒[1]。每天早上六點出門，不銹鋼盆接滿溫水，仔細擦一遍車，然後把頭盔扣在後座上，站在輕工街的路口等活兒，沒客人的時候，便會跟著幾位同伴烤火取暖。他們在道邊擺一只油漆桶，裡面堆著廢舊木頭窗框，倒油點燃，火苗一下子便竄開去，有半人多高，大家圍著火焰聊天，炸裂聲從中不時傳出，像一場貧寒的晚會。他們的模樣都很接近，戴針織帽子，穿派克服，膝蓋上綁著皮護膝，在油漆桶周圍不停地跺著腳，偶爾伸出兩手，緩緩推向火焰，像是對著蓬勃的熱量打太極，然後再縮回來捂到臉上。火焰周圍的空氣並不均衡，光在其中歷經幾度折射，人與事物均呈現出波動的輪廓，彷彿要被融化，十分夢幻，看得時間久了，視線也恍惚起來，眼裡總有熱浪，於是他們在放鬆離合器後，總要平順地滑行一陣子，再去慢慢擰動油門，開出去幾十米後，冷風喚醒精神，浪潮逐漸消退，世界一點一點重新變得真實起來。

拉腳兒沒有固定價格，全靠協商，普遍規則是，先問客人要去什麼地方，然後一撇嘴，說那地方可不好走，得五塊錢。客人說，別扯了，最多三塊錢，我都去多少回了。最後勉為其難地說，三塊就三塊，上來吧，給你跑一圈，權當交個朋友。客人說，行，穩當點兒。

夏天坐摩托車的較多，車沿著大道開起來，頭髮被風梳在後面，兩側的景色飛速後移，袖口裡灌進幾分涼爽，滿目生機；冬天生意相對就差一些，天氣冷，風嗖嗖地颳起來，像一把刀子，不僅割在臉上，也鑽進膝蓋縫兒裡，落下的全是硬傷，另外就是路面也不好走，積雪數月不化，到處冰凌，不好把握平衡。

我爸趕上的年月不好，青春期下鄉，中年又下崗，本想順應時代洪流，成為其中微不足道的一員，但到最後才發現，只有自己四處碰壁。剛開始拉腳兒的時候，又趕上是冬天，整天也沒幾個客人，在外面乾受凍，成天吸溜著鼻子，運氣好的時候，一天下來，能剩三十來塊錢，運氣差的時候，也就十幾塊。轉過年去，開春之後，天氣變暖，境況也有所好轉，中小學生愛睡懶覺，經常來不及上學，又捨不得錢打出租，便都來坐摩托車，經濟實惠，速度也快，趕得上升旗儀式。那陣子我爸心情不錯，已經斷了小半年的菸酒，又給自己續上了，一天半盒黃紅梅。

---

1 泛指以人力搭配簡易交通工具搭載客戶的代步模式。

從禮拜一到禮拜五，摩托車都能維持生意，但週末就比較慘澹，很多人選擇騎自行車或者坐公車出行。我爸在週末也比較清閒，通常會馱著我送到補課班，然後回來跟那幾個騎摩托的朋友打撲克，消磨時間，偶爾掛點小彩兒[2]。玩牌的間歇，他們會問我爸，送你兒子去學啥特長了，練琴呢。我爸說，沒學特長，補課呢，學數學和英語。他們說，怎麼還得補課呢，學習跟不上了啊。我爸說，能跟上，提高班，學校老師辦的，不去的話，課堂上對你家孩子沒好臉兒。他們說，這不合理，變相收費。我爸說，嘮[3]這些沒有用，都是心甘情願，錢都沒少花，但孩子以後能學成啥樣，說不好。他們勸我爸說，好好培養，學吧，肯定有出息，學外語，以後能當翻譯官。

有一天下午，剛打完兩圈撲克，我爸抖抖肩膀，準備點根菸，倚在後座上休息一下，這時走過來一個男的，朝著這幾個騎摩托的擺手示意，年紀大概四十歲出頭，佝僂著背，眼眶很深，嘴唇烏紫，挺瘦，皮膚鬆弛，臉上的皮也耷拉下來，他穿著棕色皮夾克，褲腰帶上掛著一串鑰匙，走起路來稀哩嘩啦亂響，還沒走到近前，便扯著嗓子喊，我要去五里河，有能走的沒。

摩托車拉腳兒一般都是近道，十分鐘以內的距離，五里河較遠，位於青年大街南邊，橫跨兩個區，公車也要十七、八站地，騎摩托過去的話，要走南八或者兩洞橋，這兩個地方經常有警察出沒，躲在橋墩底下，見有騎摩托的經過，便緊跟著追上去，抓到就扣車罰錢，沒得商量，一般沒人願意走，怕產生不必要的麻煩。所以那人問完之後，大家互相看了看，都很猶豫，沒人接話，我爸隨口問一句，那麼老遠，你能給多少錢啊。他說，你說多少吧。我爸想了想，說，那邊總有警察蹲點兒，跑一趟風險挺大，至少也得二十。他說，二十塊錢，那我還不如再添點錢叫計程車呢，十五，能走就走，我主要是有點著急，你們摩托能突能鑽，能打遊擊戰，靈活，跑得快，估計不能耽誤我事兒。我爸心裡一橫，說，反正現在也沒活兒，十五就十五吧，給兒子賺補課費，你上來吧。

剛開出去幾步，我爸頂著大風跟他喊道，我得提前跟你打個招呼，你不能坑我，一會兒要是遇上警察，你就說咱倆認識，是老朋友，一起串門去，千萬別說我是拉腳兒的，這車要被扣，那我可廢了，我還得指它過日子呢。他在後面回應道，放心吧，咱倆

2　指贏錢。
3　東北方言中，嘮嗑為閒聊之意。

對好台詞兒，我姓肖，小月肖，肖樹斌，以前麵粉廠的，在食堂裡顛大勺[4]。我爸說，麵粉廠啊，現在效益也不行了吧，我以前是變壓器廠的。肖樹斌說，雞毛效益啊，廠子都黃好幾年了。我爸問，那你這大中午的，去五里河要幹啥呢。肖樹斌說，我看球去啊，瀋陽海獅，今天新賽季的第一個主場，我觀摩一下。我爸笑著說，觀摩，這詞兒用的，你是領導唄。肖樹斌說，領導誰啊，你看我像是咋的，麵粉廠下崗後，我去海獅隊上過幾天班，在他們食堂做飯，相互比較熟悉，也有點感情。我爸說，聽說海獅今年請來一個南美外援守大門。肖樹斌說，對，你平時也是看球啊，那趕巧了，新來的叫里能達，秘魯國家隊待過，我今天主要看看他發揮咋樣。我爸說，彈跳應該挺好。肖樹斌說，美洲人麼，身體柔韌性都不錯，你看蠍子擺尾那個，哥倫比亞伊基塔，後背一挺，能打對折。我爸說，今年能保級就行。肖樹斌說，保級問題不大，但得往長遠點展望，年年保級年年保，有驚無險又一年。

我爸一路騎得兩腿生風，肖樹斌坐在後面，高出我爸半個腦袋，雙目逼視前方，不斷地規劃、指揮、督促，統率全程。他們穿過陡坡、橋洞和紅燈，飛躍泥潭與坑陷，與長途客車並駕齊驅，在比賽開始之前，順利抵達五里河體育場門口。肖樹斌揚腿下車，摘下頭盔，表情嚴肅，凝望著賽場外沿灰色的水泥高牆，幾綹被汗水浸透的頭髮貼在頭皮上。他頗為鄭重地將頭盔連同十五元錢一起遞給我爸，提議說道，沒啥事一起看球唄。我爸說，今天不行，還得接孩子，以後有機會的吧。

那天晚上，我爸從補課班把我接回來，將摩托存在車庫裡，又用乾抹布撣去表面灰塵，然後去樓門口的小賣鋪換啤酒，門口正好碰上肖樹斌，他坐在板凳上一邊剔著牙，一邊跟我爸點頭打招呼，昏黃的路燈之下，他半張著嘴，頭髮凌亂，看起來古怪而又猙獰。我爸跟他說，回來了，還挺快。肖樹斌說，還行，坐別人的麵包回來的。我爸說，今天贏沒？跟誰踢的？肖樹斌說，零比零，大連萬達，踢得還行，撲險球了，你沒看可惜了，今天羅西都去了，就那個撇家捨業的全國第一球迷，總戴個雞巴牛仔帽，老活躍了。我爸問，你住咱們變壓器廠宿舍麼，以前沒見過。肖樹斌說，不住這邊，住對面東藥宿舍，剛換的房子，單間，搬過來沒多久，那邊小賣鋪裡沒電視，我過來等著看體育新聞。我爸點點頭，走進去拎了兩瓶啤酒，肖樹斌手裡捏著牙籤，笑著朝我抬抬下

4 顛勺為翻炒之意。

巴，說，你兒子啊？我爸說，嗯，我家的。肖樹斌接著問，多大了。我爸替我回答說，十一了。肖樹斌盯著我看了一會兒，音調忽然挑高，對我說道，還夾個公事包呢，小樣兒挺愛學習唄。我爸說，補課剛回來，也不愛學，愛看電視，你家是兒子還是閨女。肖樹斌說，也是兒子，不愛學習，寫作業費勁，我給他送體校去了，培養他踢球呢，司職主力前鋒。我爸說，那有發展，以後最次也是李金羽。肖樹斌說，目前來看，就是個頭兒差點，還沒長起來，技術那是一點兒問題也沒有，過人跟玩兒似的。

此後的兩、三個月，每逢瀋陽海獅的主場比賽日，肖樹斌都會坐我爸的摩托車去體育場看球。有幾次還拎著一柄長長的旗杆，旗面在前端捲折起來，肖樹斌坐在後面，將旗杆斜著提至腰間，遠看像一杆紅纓槍，到體育場門口後，他翻身下車，劈開雙腿，舒展大旗，迎風一揮，開始吼唱隊歌，緩步入場，他的嗓音低沉怪異，旗子上寫的正是其中兩句歌詞：我們的海獅劈波斬浪，我們的海獅奔向前方。

那陣子，各行各業對足球重燃熱情，單位機關均設有球迷協會，有一次，我們學校組織去看瀋陽海獅隊的比賽，給球隊加油助威，我也報名參加。我爸聽說我要去，提前跟肖樹斌說，這禮拜兒子他們學校組織看球，我也跟著去湊個熱鬧，順道兒免費給你拉過去。肖樹斌聽後很興奮，推心置腹地反覆提醒我爸，千萬要記得，你來看球，必須帶著下崗證，下崗職工有專門看台，持該證在正規售票處買票，只需一塊錢，不然至少也得五塊，沒有那個必要。

那場是瀋陽海獅對陣深圳平安，上半場我們的後衛陳波先進一球，李瑋鋒在下半場頭球扳平，幾分鐘之後，海獅的王牌外援里貝羅再度幫助球隊領先比分，全場氣氛達到頂點，高唱一條大河波浪寬，氣勢浩蕩。四面看台基本全部坐滿，我們前面的方陣坐著的是炮兵學院的，穿著軍裝，帽子放在膝蓋上，坐得筆直，一片汗流浹背的淺綠色，他們玩人浪時很有秩序，齊刷刷地起立，然後再坐下，看不出層次，卻博得不少歡呼；正對面是本地最大的球迷協會，他們要嘛穿著黃色隊服，要嘛光著上身，極具激情地敲鑼打鼓，紙屑和彩帶漫天飛揚；而在西側球門後身，則是相對稀疏的下崗工人看台，我爸也在其中，他們大多穿著深色衣服，站得很鬆散，不聚堆，全場基本沒坐下來過，雙手揣在褲兜裡或者抱在胸前，深沉觀望，每個人好像都是一副隨時準備轉身離開的樣子，只有肖樹斌在那裡孤零零地揮舞著大旗，像茫茫大海上的開拓者，劈波斬浪，奔向前方。

那天比賽結束之後，肖樹斌死活不讓我們回家，非要請客吃飯。我們跟著他來到球場附近的一家飯館，肖樹斌將旗杆貼著牆根放好，舉著菜單問我愛吃啥，我說啥都行。他點了一盤尖椒乾豆腐，一盤溜三樣，一鍋脊骨燉酸菜，又拌了個老虎菜，並叮囑老闆要往上面多倒點兒辣椒油，然後他拿起兩個扣在桌上的口杯，跑到後廚裡接回來兩杯白酒，跟我爸說，嘗嘗這個，綠豆酒，純糧食釀的，有甜味，不纏頭。

肖樹斌情緒高昂，手舞足蹈，話也很多，先是跟我爸聊本場比賽的戰術安排與球員表現，又對後面幾輪海獅隊的整體形勢做了一些預判分析。兩杯白酒下肚，球場上的事情已經聊盡，我爸問他，我看你好像沒跟孩子一起住。肖樹斌說，離了，孩子跟他媽呢。我爸說，那你活得挺自在，看球喝酒，一人吃飽全家不餓，沒有負擔。肖樹斌說，咋沒有，贍養費每個月得給吧，你是不知道，孩子踢球開銷也很大，買斷工齡給的那點錢，花得基本不剩啥了。我爸說，你那是不願意幹，你有做飯的手藝，不怕找不到活兒。肖樹斌聽後很高興，說道，這個問題你看得挺透，真的，那是我不愛幹，不願意遭那份罪，我要是愛幹，那還能有別人啥事，比方說吧，這乾豆腐炒的，就不合格，勾芡之前必須得掛上老湯。我爸說，那還說啥，放了老湯味道就是不一樣，不早了，再喝瓶啤酒漱漱口，然後我得回家了，孩子明天還要上學。

肖樹斌從上衣的口袋裡掏出菸盒，抖出兩根菸，遞給我爸一根，自己也點上，深吸幾口，將菸灰撣到桌子底下，說道，著啥忙，回去也沒事兒，提起做飯這方面，我有幾道拿手菜，你記得前年的三駕馬車麼。我爸說，有印象，北韓過來的三個外援，挺玩命，場場踢得頭破血流。肖樹斌接著說，那時候我在隊裡當廚師，咱們海獅隊在渾河旁邊的瀋水園拉練，這仨兄弟剛來瀋陽，沒怎麼吃過肉，我有道菜做得很厲害，扣肘子[5]，熬過的醬油與白糖掛色，過明油再上鍋蒸，最後澆肉汁芡，裡外透亮，老少咸宜，那是真解饞，他們第一次看見扣肘子時，眼冒綠光，連皮帶肉地夾起一大筷子就往嘴裡塞，根本不怕膩，從此之後，青菜一口不吃，頓頓肘子配戧麵大饅頭[6]，有一個姓李的，吃完還跟我哭了，嘰哩哇啦說一堆，我也聽不懂朝鮮話啊，就拍著他的肩膀說，啊，好，行，

5 滷豬蹄。
6 有嚼勁的饅頭。

行，知道了，好好踢，肘子有的是。我爸說，北韓還是困難，他們過來就相當於改善生活了。肖樹斌說，後來連續吃了半個月，再也不吃了，肉類一口不碰，我估計是頂著了，隊裡讓我想辦法，調節飲食，我去西塔給他們買來幾罐辣醬，這可正對胃口，他們又開始吃辣醬拌大米飯，一天三頓，吃得嘴唇紅腫。我爸說，營養跟不上吧。肖樹斌說，他們也習慣了，體質比較頑強，還有個事情，一般人都不知道，跟著這三駕馬車一起過來的，其實還有個監管。我爸說，監管誰啊？肖樹斌說，監管球員的日常生活，按照我的理解，類似於咱們監獄裡的管教，訓練結束之後不讓球員出門，天天就在宿舍給他們放電影，全是愛國戰爭片，監管是個老頭兒，五十多歲吧，也會說中國話，長得慈眉善目。我爸說，擱在部隊裡就是政委吧。肖樹斌說，那咱不知道，反正就是這麼個角色，我後來被開除，主要就壞在他身上了。我爸說，到底怎麼回事呢。肖樹斌說，他們幾個來隊裡半年之後，相互都比較熟悉了，我跟他們每天也都打招呼，有一次晚飯過後，全隊組織看比賽錄影，這個監管在後廚把我喊出來，敬了根菸，聊了挺長時間，他問我家庭情況，我告訴他我兒子也學踢球呢，他說那挺好，有空帶過來，讓三駕馬車帶著踢一踢，我說那不好吧，違反隊裡的規定，他說北韓球員他說了算，都得聽他的，讓我放心帶兒子過來，我聽後還挺高興，第二天休息日，就把兒子喊過來了，跟著三駕馬車練了大半天，我兒子覺得確實有收穫，我也高興，感謝一番，到了晚上，正準備睡覺，監管咚咚咚地敲我房門，我披著衣服出去，他火急火燎地跟我使著眼色，讓我別睡了，帶他出去轉轉，我說這都幾點了，商店都關門了，他說，不去商店，我說，那你要上哪兒去，他說，你們做飯時不經常討論麼，我還是沒弄明白，就問他，我們討論什麼來著，他嬉皮笑臉地模仿我上菜時的調侃語氣說，小雞兒操大鵝，哐哐就是殼，這我才明白過來，原來他是要讓我帶他出去找小姐，有這種需求，咱也不好拒絕，畢竟為我兒子出力了，以後還指望著他給帶進梯隊呢，不敢得罪，但那天後來的事情，現在想起來，我也有一定責任，那天時間有點太晚，洗浴中心又離得很遠，我就帶他在附近找了個足療店，我尋思趕緊整完拉倒，回去好繼續睡覺，進店之後，老闆娘拉開粉燈，小妹兒在沙發橫七豎八地躺著，讓監管自己選，他翻過來這個，又摸摸那個，像在市場裡買魚，挑挑揀揀好幾遍，嘬著嘴老也不滿意，我有點不耐煩，忽悠他說，都是一樣的玩意兒，你知不知道，咱們中國有句老話，兩眼一閉都是李麗珍，大被一蒙全是葉玉卿，後來好不容易摟著一個進屋了，結果還沒過兩分鐘，褲子剛脫下來，外面的警察就直接衝進來了，我腦袋嗡地一下，心想這下可壞了，釣魚執法，根本說不清楚，監管被帶出來的時候還假裝聽不懂漢語，滿嘴嘰哩咕嚕地噴朝鮮話，喊得很兇，各種掙扎，但也沒用，照樣被銬上塞警車裡了，第二天下午，隊裡派人把我倆接回去的，屁股還沒坐穩，我就被通知開除了，他媽的，真也想不通，最後給我定的罪名是影響國際關係。肖樹斌自己講得很來勁，沒注意到我爸的臉已經拉得很長。正說到興頭上，我爸一揮手，說道，打住吧，當著孩子的面兒，別嘮這些了。

大概半個月之後，有天我放學回家，發現肖樹斌正坐在我家的陽台上喝酒，他側著身子，手裡舉著筷子，滿臉通紅，唾星飛濺，朝我爸比劃著說，這麼大一個金鎦子[7]，給送過去了，就他媽讓踢十五分鐘，黑不黑。我爸說，沒辦法，培養特長就是費錢。肖樹斌嘆了口氣，雙手抱著腦袋說，這教練，太現實了，不塞錢就不讓上場，一點辦法也沒有，真的，一點辦法也沒有。我爸說，都理解，我這不也一樣，咬牙堅持，你再想想辦法吧。肖樹斌看了我一眼，說道，你兒子回來了，沒事那我走了，別耽誤他學習。我爸說，有空過來喝酒。肖樹斌走之前，笑著跟我說，給你買小食品了，在屋裡呢，得好好學啊，不能辜負你爸。我爸說，快說謝謝。我說，謝謝肖叔。

肖樹斌離開之後，我和我爸隔著門聽他下樓，拖鞋趿拉在樓梯臺階上，發出清脆的聲音，一層又一層，他走得很慢，彷彿不知道接下來的一步要邁向何處。我問我爸說，他咋來了呢。我爸說，推不走，來借錢的，贍養費給不起了。我說，前幾天我看見他兒子了，在東藥宿舍那邊。我爸說，哦，他幹啥呢。我說，跟他爸站在外面嘮嗑。我爸自己補了口酒，說，哦，沒進屋呢。我說，不知道，後來我看見他兒子上去捲他一腳。我爸愣了一下，說，然後呢。我說，然後我看見肖叔被踢到的那條腿打了個彎，他一隻手扶著那條腿，栽著肩膀不停地說著話，那條腿後來就那麼彎著，再也沒直起來。我爸聽後想了想，跟我說，搞體育的，可能脾氣都不好，你回屋寫作業吧。

在此之前，我媽總吵著睡不好覺，只能睡前半夜，瞪眼到天亮，第二天沒精神頭兒，哈欠連天，又過不到半個月，她開始頭疼，成天總揉著太陽穴，早先像是神經痛，一跳一跳的，挺有節奏，後來發展得比較嚴重，抱著腦袋起不來床，我爸半夜送去醫院，拍

---

7 金戒指。

片化驗，忙得眼花繚亂，第二天專家會診，說是腦袋裡長了東西，建議立即做開顱手術。這對於我家來說，無疑是個巨大的打擊。我爸措手不及，每天東跑西走，騎著摩托出門借錢，親戚基本求了個遍，打了一沓白條[8]，拉腳兒的朋友也給湊了一些，最後總算把錢攢齊。做手術那天，我和我爸在門外站著等了很長時間，他把派克服蓋在我身上，讓我瞇一會兒，我坐在醫院的塑膠椅子上睡不著，看著很多人推進去又推出來，門外的人們互相小聲地說著話，空曠的走廊將這些低語來回反射，使其變成嗡嗚，龐雜而喧嘩。

我爸也在走廊裡出出進進，一根接著一根地抽菸。護士把我媽推出來時，大聲喊家屬，我爸正好不在，我朝著走廊喊了好幾聲，也沒聽見回應，外面太冷，我趕忙先把床接過來，準備自己推回病房。那張床很有分量，底下的滑輪也有些故障，我推得很吃力，點滴瓶子搖晃一路，手術床還磕到電梯門上，咣噹一聲，我媽的腦袋也跟著一晃，我爸這才匆忙從後面趕來，滿身菸味，我當時十分怨恨他，情緒很激烈，差點兒也捲他一腳。

做完手術後的前幾天裡，我媽的視力受了一些影響，看東西模糊，像蒙上一層薄霧，生活不能自理，我爸沒法出去拉腳兒，整天在醫院裡照顧我媽，我放學後也過去，跟他們一起吃病號飯，幫著我媽一點一點恢復，晚上跟我爸一顛一倒，睡在租來的行軍床上。有一天，吃過晚飯，我一邊寫作業，一邊聽著半導體裡播的新聞，女主持人說，長春流竄到我市作案的刨錛幫，目前已有三人落網，群眾拍手稱快。我問我爸，啥叫刨錛幫。我爸說，就是刨後腦勺的組織，趁你上樓梯的時候拿著錛子照你腦袋來一下。我說，刨別人後腦勺幹啥。我爸說，搶錢，現在人都渴。我說，能把人刨成啥樣？我爸說，點子正的，能直接被刨死，點子背的，一輩子變植物人。

我們都很意外，我媽住院期間，肖樹斌還來探望過一次。他好像瘦了不少，白襯衫很不合身，仍趿拉著拖鞋，拎來半盤香蕉和一塑膠袋國光蘋果，坐在板凳上，低著腦袋，雙手無處可放，講話前言不搭後語。肖樹斌先是發表一通對於醫療制度的看法，然後問我爸，弟妹恢復得咋樣。我爸說，還行，再過幾天就能出院了。肖樹斌又問，能走醫療保險不？我爸說，能走一少部分，用的藥裡有很多都需要自費。肖樹斌說，那你看

---

8 借據、欠條。

看，醫院就賺這份錢呢。我爸說，也沒辦法，有病不能不治，你找工作沒呢。他回答說，出去找了，沒找到，試了幾家，都不行，我這大鍋飯手法，飯店不愛要，還是不行，不夠細緻。我爸說，別著急，慢慢來，最近去看球沒有。肖樹斌說，球是必須得看啊，最近幾場都關鍵，保級大戰，沒想到，買了好幾個外援，最後還要在保級線上掙扎。

臨走之前，肖樹斌從褲兜裡掏出皺皺巴巴的五十塊錢，掖到我媽枕頭底下，我爸上前阻攔，說，心意領了，錢不能要。肖樹斌說，給弟妹的，多少就這點兒意思，剛做完手術，營養得跟上。我爸再三推辭，但肖樹斌仍十分堅持，最後我爸只好收下來。我爸把肖樹斌送出門，走下樓梯之前，轉頭跟我爸說，還有個事情，想跟你研究研究，你看方不方便。我爸說，你直說，只要我能幫上忙。肖樹斌說，這幾天你要是不用摩托的話，借我騎幾天，我去看場球，另外，可能還要帶兒子出門一趟，當郊遊了。我爸猶豫了一下，有點勉強地說，也行，我倒是不騎。肖樹斌說，就借三天，到時候加滿油給你騎回來，保管原封不動。

第二天，醫生通知我們可以準備出院，中午時候，我爸在樓上幫我媽整理行李，找大夫開藥，我捧著不銹鋼碗去食堂打飯，路過醫院的大廳時，發現很多人都在往門外跑，有大夫和護士，也有穿著病號服的患者，他們有的跑得很快，像在衝刺，有的身體不便，緩慢地挪動步伐，但神色卻十分焦急。越來越龐大的人群開始向外湧動，不知不覺，我也變成其中一員。

我被人群簇擁著走出醫院，外面正下著小雨，溫熱的雨水落在地面上，很快又蒸發掉，不留任何痕跡，隨著他人的目光，我望見馬路對面有陣陣黑煙上升擴散，藍綠色的火焰繚繞，如同閃電一般迅疾而易逝，鐵的骨架在其中若隱若現。半空裡火花閃現，霧氣之中有觸手一般的陰影來回甩動，驚恐、淒厲而無助的喊叫聲也從中傳來，無法分辨性別，我們所有人在路的另一側沉默地注視著，災難在眼前逐漸變得具體起來。

消防車趕到的時候，我已經能分辨出來那是一輛無軌電車的骨架，越來越多的雨水被蒸發掉，煙塵濃重，十分嗆人，哭聲停止了，更多的烏雲從遠處席捲而至，聲勢浩大，人群仍舊沒有散去，像是凝滯在這場雨中。

新聞報導說，環路電車辮子脫落線網，正好搭到高壓線上，辮子的牽引繩瞬時燃燒，車裡的集電器發紅，車內乘客毫不知情，抵達站點推門下車時，當場被高壓電擊倒在地，瞬間燒焦死去，總共六個人，在車門口有序地排成一行，像活著的時候一樣。我心想，原來是六個人。當天很多圍觀者都在查數，踮腳默念，瞪大眼睛去分辨燒焦的白骨，有人數到四，有人數到五，煙塵不斷襲來，他們揉揉眼睛，咳嗽著，重新查數。

三天過去了，肖樹斌借去的摩托車並沒有按時歸還。我媽那時已經出院，在家靜養，我爸準備重拾拉腳兒生意，便跑去找肖樹斌要回摩托，但四處都找不到他的影子。肖樹斌就此人間蒸發，這點也在我們意料之外。我媽想說又不敢說，每天在床上嘆氣，身體極其虛弱。

我爸尤其不能接受這個事實，他心懷善意地去揣測可能發生的各種狀況，損壞、撞車、有急用、去外地未歸、被警察扣留……他一遍一遍試著去說服自己，在某一天睜開眼睛時，那輛摩托車會完好無損地出現在車庫裡，加滿了油，沒有灰塵，動力強勁，但這樣的事情並沒有發生，或者說，類似的事情在我們身上從來沒有發生過。一週之後，我爸逐漸認清被騙的事實，摩托車不知所蹤，他唯一的營生無法繼續，成天在家裡悶悶不樂，他很後悔也很自責，怎麼能輕信只是跟自己喝過兩頓酒的人呢？

那時天氣轉涼，我正在準備重點中學的提前入學考試，每天晚上在家裡做成套的試卷，翻找補習資料時，發現有幾本參考書都擺在洗衣機蓋子上，平時那些書都是放在我補課用的公事包裡。公事包是我爸單位以前發的，棕色人造革，右下角還有個印章，上面寫著「瀋陽變壓器廠四十週年紀念」，單邊拉鎖，側面帶個提手，空間很大，頗為實用。

當天晚上，我爸進門回家時，帶著渾身的酒氣，臉色很不好，我問他怎麼又去喝酒，他沒有回話，直接走回屋裡。我看見他的腋下夾著我補課用的公事包，那個包比我用的時候顯得要舊一些，表面上多了幾道白印，裡面裝得鼓鼓囊囊，他將公事包很小心地收到衣櫃深處。我覺得很奇怪，便趁他不注意時，假裝去櫃子裡取衣服，伸手摸到那個公事包，其質地堅實，輪廓突出而危險，甚至能感受到皮革下面隱藏著的冷硬與鋒利，這讓我想起在醫院時聽到過的那則新聞。

那段時間裡，我爸每天出門很早，非常固執地去尋找肖樹斌和那輛尚未歸還的摩托車。他憑藉酒後殘存的記憶，先是去往肖樹斌兒子所在的體校，在門口來來回回地走，一輛一輛檢查外面停放著的摩托車，他想，那或許意味著三十分鐘的登場時間，同時，那也是他第一次知道，體校裡也並非個個人高馬大，也有毫無精神的孩子，像他的兒子一樣，病懨懨地在操場上跑步，一圈又一圈，步伐沉重，胳膊毫無力量地垂在兩側。他在校門口搜尋未得，又跑去車庫和教學樓裡，警衛問他是誰，來幹啥，他也不說話，夾著公事包快步翻牆離去，警衛在後面追趕，追到一半停下來，他不敢放鬆，仍繼續跑下去，直至筋疲力盡。

肖樹斌以前住的東藥宿舍樓，他也去過不只一次，經常上樓敲門，不僅白天去敲，有時半夜也去，始終無人應答；他又在樓下蹲點兒，夾著包，背靠著牆，藏在樓洞裡，滿身白灰，一待就是大半天，一支接著一支地抽菸，附近的鄰居上班時看見他，下班時發現他還在，便十分警惕，他待了幾天，遭受無數的白眼與盤問，到頭來一無所獲。

我爸折騰了一段時間，人變得更為消瘦，精神也日益萎靡，但公事包仍不離身，我每天都提心吊膽。有天晚上我回家時，看見他自己在廚房裡喝酒，模樣消沉，半天才喝一口，他把我喊過去，然後說了句，一比零，我說什麼，他說，倒數第二輪，今天瀋陽海獅對魯能泰山，一比零贏了，保級成功。我說，你去體育場看球了。他說，去了。我說，那你看見肖叔了嗎。他說，沒有。我說，摩托車也沒找到。他說，沒找到。我說，不要再去找了。他說，整不明白。我說，不明白啥。他搖搖頭，沒有說話，繼續自己喝酒。後來我想通了，他不明白的大概是，一個人怎麼能如此輕鬆地放棄自己所熱愛的事物呢。

那年聯賽的最後一個比賽日是在十月底，在此之前，瀋陽海獅隊已經拿到足夠的分數，即便最後一輪輸球，也沒有降級風險。那天中午，我爸忽然說要帶我去看球，我並不是很想去，但又不想破壞他的興致，便跟他坐上公車，一路晃蕩著到達體育場，我在車上昏昏欲睡。在售票口買票時，我發現這次他並沒用下崗證，而是買了兩張正價球票。那天我們去得很早，中午剛過，便坐在看台裡，位置不錯，視野很好。我們等了很長時間，看著一大片陰影從東側移到西側，比賽開始的哨聲才響起來，那是一場很沉悶的比賽，觀眾不多，雙方踢得心不在焉，主裁判不停地看錶，最終瀋陽海獅與對手零比零踢平。

比賽結束時，已是傍晚，天色正逐漸暗下來，我們要趕回家去做飯，從球場出來之後，便又坐上一趟公車，很多穿著隊服的球迷也湧進來，車內一片黃色的海洋，人擠著人，聲音嘈雜，我的臉幾乎是貼在車窗上。我們坐的是一輛即將報廢的無軌電車，自從那場事故之後，全部無軌電車都要停掉，這輛車也不例外，正在履行最後幾次使命，它龐大而破舊，慢吞吞地行駛，兩條長長的辮子拖在半空，在高架橋底下盤旋、繞轉，車廂四面漏風，震顫得很厲害，街道在閃光，無軌電車經過兩側的飯店、練歌房和休閒中心，幾處商鋪正在翻修，門口堆著新鮮而潮濕的沙土，我爸站在我身後，扶著欄杆，一言不發。

那天剛剛下過一場不小的雨，我們雖然在車裡，但也能感受到空氣正一點一點變冷。無軌電車走走停停，走到兩洞橋附近時，開始劇烈顛簸，雨後的橋底遍佈泥坑，車輛由此經過，起起伏伏，像是開在彈簧上。兩洞橋上方經常有火車經過，拉著樹木或者鋼鐵，從更北的地方緩慢開來，防雨布隨意地鋪在上面，每次過火車，底下的橋洞裡都會轟隆作響，彷彿即將坍塌一般，那天就是在這種巨大的轟鳴聲中，我們再次見到了肖樹斌。

肖樹斌在橋底的隧道裡，靠在弧形的一側，頭頂著或明或暗的白光燈，隔著車窗，離我咫尺，他的面目複雜，衣著單薄，叼著菸的嘴不住地哆嗦著，而我爸的那輛摩托車停在一旁。十月底的風在這城市的最低處徘徊，吹散廢屑、樹葉與積水，他看見載滿球迷的無軌電車駛過來時，忽然瘋狂地揮舞起手中的旗幟，像是要發起一次衝鋒。

我相信我和我爸都看見了這一幕，但誰都沒有說話，也沒有回望。我們沉默地駛過去，之後是一個輕微的剎車，後面的人又都擠上來，如層疊的波浪，我們被壓得有點喘不過氣來。

車上的一些球迷也看見了那杆旗，躍躍欲動，有人開始輕聲哼唱隊歌，開始是一個聲音，後來又有人怪叫著附和，最終變成一場小規模的合唱，如同一場虔誠的禱告：我們的海獅劈波斬浪，我們的海獅奔向前方，所有的瀋陽人都是兄弟姊妹，肩並肩手拉手站在你的身旁。

到站之後，電車與歌聲一起停下來，很多人下車了，又上來一些，車裡變得很寬鬆，再後來，車上的人越來越少，我們一直坐到終點站，外面的雨又下起來了。

那天之後，我爸在供暖公司找到一份新的工作，他不懂任何管線的技術，也不知道那些燒得滾燙的水要流向何處，又要怎麼流回來，一切需要從頭學習，他夾起公事包，裡面放著筆和紙，但不到一年，便又失業了。後來，他又做過很多不同種類的工作，學著去做一些事情，很快他就變老了，這一點也出乎意料，我是說，那些年過得都很快。

我沒有告訴我爸的是，那年冬天裡，我在東藥宿舍附近總能看見肖樹斌的兒子，那個曾經的主力前鋒。他皮膚白皙，長相周正，看起來倒並不比我大幾歲，個子雖然還是沒有長起來，但已經有女朋友了，兩人住在一起，形影不離，十分親密。那時在他身上看不出任何運動員的氣質，大概已經不在體校繼續踢球了，每天只是穿著一件很長的羽絨服，跟女朋友摟在一起走路，他們踏遍這附近的每一個角落，街道、鐵路、市場、花園，有時候拎著白菜或者速食麵，有時候兩手空空。他的女朋友很瘦，半黃的頭髮紮得很高，化很濃的妝，總穿一條繃得很緊的黑色皮褲。有一次下很大的雪，我看見她低著頭迎面走來，獨自一人，穿著過時的舊毛衣，瑟瑟發抖，毛衣上的亮片散發出黯淡的光澤；她單手捏緊鬆垮的領口，雙唇緊閉，瞇著眼睛，每一步邁得都很艱難，忽然一陣冷風吹過，樹上的大片雪花落在她長長的假睫毛上，那一刻，我覺得她真是好看極了。

冬泳

黑暗位於峭壁的深處，沒有邊際，剛開始還有拉拽聲，爭吵聲，後來我們幾乎同時發現，那是令人極度困乏的黑暗，散發著安全而溫熱的氣息，像是無盡的暖流，我們深陷其中，沒有燈，也沒有光，在水草的層層環抱之下，各自安眠。

我跟隋菲約在咖啡廳見面，萬達廣場後身，約的三點，我提前半個小時到位。咖啡廳分上下兩層，週日樓上搞活動，投影儀放電影。我走上去，發現二層漆黑一片，窗簾拉嚴，大家坐在小板凳上，對著一面白牆，目不轉睛，身體前傾，姿勢不端正。樓梯旁的小黑板上寫著電影的名字，我盯著看了半天，總共四個字，其中三個我都不認識，就認識一個鳥字。我站在最後面，看了不到五分鐘，便退出來，又悶又熱，透不過來氣，電影也看不明白，提琴配樂，一驚一乍，拉得我腦袋嗡嗡的。

我脫掉外衣，窩在沙發深處，店裡的女老闆走過來，跟我說，有衣索比亞的咖啡豆，新上的，要不要嘗一嘗。我說不了，怕壞肚子，總覺得非洲埋汰[1]。她問我，那你喝點啥。我說，這樣，你先給我來一杯白開水，我等朋友呢，她到了，我再一起點，放心吧，來都來了，肯定消費。

女老闆收起飲品單，又端來一杯水，我捏著杯沿舉到嘴邊，溫度太高，喝不進嘴兒，便又放下來，盯著它看，熱氣繚繞，屋內人不多，但空調開得挺足。我看了一圈掛在牆上的電影海報，全是外國字，沒一個看過的，便掏出手機，給隋菲發了一條訊息：我到了，一樓沙發，不急。

等了半天，她也沒回我，手機馬上沒電，我收進懷裡，又在書架上找了本書，胳膊拄在沙發扶手上，開始翻書，剛看兩頁，睏意襲來，眼睛睜不開。半夢半醒之間，聽見旁邊桌的一對男女在說話，他們跟女老闆好像挺熟，男的對女老闆說，最近生意怎麼樣？女老闆說，一般，平時晚上也不行，就指著週末呢。女的又問，能回本不？女老闆說，費勁，現在來的都是黏夾兒，一杯咖啡能坐半宿，有的剛喝一半，就讓你續杯，我說咖啡不能續，他說不用兌咖啡，往裡倒點熱水就行，你家太甜，我口淡。

不知過了多久，我聽見對面有挪動椅子的尖銳聲音，便試著睜開眼睛，光線很強，一時還不太適應，只見一團模糊的黑影坐在我對面，然後跟我說，等著急了吧。我伸個懶腰，揉揉眼睛，說，還行，幾點了。隋菲說，快三點半。我打個哈欠，說，睏了，昨天夜班，沒休息好。隋菲說，要不你接著睡吧，補補覺。我說，現在精神了，嘮一會兒，別白來，你想喝啥。

隋菲向女老闆詢問半天，最後點了一杯美式咖啡，我告訴女老闆，我也要一杯一

1　東北方言，不乾淨之意。

樣的。隋菲問我，你平時愛喝咖啡嗎？我猶豫了一下，然後說，愛喝，尤其是上夜班時，咖啡比較提神，還解乏。隋菲說，我也愛喝。我說，是不是，有共同愛好。隋菲說，你總來咖啡館嗎。我連忙說，總來，每個月不來幾次，我渾身難受，真的。

我說的句句屬實。三十五歲一過，安排相親，已經成為我父母最緊要的一項事業，我的家庭條件還可以，父母退休，旱澇保收，身體健康，沒有負擔，但個人條件一般，主要是個兒矮，穿鞋勉強一米六五。最近一年，我大概見過二十個女孩，高矮胖瘦，中專大專，各種型號款式，應有盡有。相親這件事情，對我來說，日益熟練，手拿把掐，但對我父母來講，卻開始變質，他們已經忘卻初衷，忽視過程與結果，轉而深陷於統籌規劃的遊戲裡，每週為我安排時間，定時定點，錯峰出行，催我去相親，有時一天能見倆。

下午兩點半的咖啡館，相親首選，這是我歷經一年總結出來的經驗。這個時間段，通常已經吃過午飯，雙方坐一會兒，喝兩杯飲料，沒有額外開銷，成本可控。如果沒相中，一拍即散，沒啥損失；假如聊得比較好，到了四、五點鐘，還可以直接一起吃晚飯，繼續加深了解。但自從相親以來，我只跟對方吃過兩次晚飯，其中一次，吃完飯後就散了，嫌我菸抽得太勤；還有一次，開始時比較順利，聊得愉快，女孩是替親戚看魚塘的，我們相處一個多月，期間又見過兩次，一起去吃過冷飲，我還特意買一副魚竿，去找她釣魚，幾乎每天都發訊息，後來把能說的都說完了，我認為這種情況就可以談及下一步，準備結婚，對方告訴我這種情況是處到頭了，應該吹了。

隋菲看著比照片要老一些，眼角皺紋明顯，頭髮帶著小波浪，遠看有層次，近看像好幾天沒洗過，穿著一身深色毛衣，灰白坎肩，上身整得挺素，底下穿個皮裙，長款皮靴箍著小腿，裙子和皮靴之間露出短短的一截灰色褲襪，材質好像挺有彈性，接近於襯褲。

隋菲說，我本來不是特別想來，我媽非讓我來的。我說，我也是，咱不勉強，走個形式，坐會兒就行，我也沒指著非得怎麼怎麼樣。隋菲說，你這麼說，我壓力也小一些，咱倆到底是誰介紹的呢，沒弄明白，你知道不。我說，知道，興順街有個賣奶的，長啥樣不知道，總圍著一條大紗巾，天天下午四點多鐘，騎著三輪車，吹著口哨，拉兩大罐鮮牛奶過來，我媽總去那裡打奶，說是新鮮，當天現擠，你媽有時候也去，她倆跟賣牛奶的都挺熟悉，一來二去，賣牛奶的對我們彼此情況都有所了解，所以就牽了根線兒。隋菲點點頭，說，那你住得離我媽家挺近。我說，應該是不遠，你沒跟家人住一起。隋菲說，沒有。我說，挺好，自由，願意幹啥幹啥。隋菲說，好啥，我跟我媽沒法一起住，老幹仗，處不來。我說，處不來，但是還得處，接著處，往死裡處，這就是血緣關係。隋菲笑著說，總結得挺好，我的情況你知道不。我說，一知半解。她說，離異，有孩子，歸男方。我說，男孩女孩啊。她說，女孩，快上學了。我說，挺好，老話講，閨女是媽的小棉襖兒。她說，跟我一點都不親，愛臭美，誰給買衣服就跟誰，整天圍著她爸後找的轉，氣我。我說，孩子小，長大了就好了，誰也不行，還得是親媽，母女連心。隋菲說，你啥情況，我還不知道。我說，我啊，沒結過婚，新華電器的，普通工人，三班倒。隋菲說，待遇不錯吧。我說，不行，到手兩千五百八，但保險上得挺全，單位比較正規。隋菲說，也行，自己夠過。我說，一般化。隋菲說，你們廠子是生產啥的。我說，這個說來話長，經營專案比較複雜，我剛去的時候，是做電熱毯的，生產長條兒的電熱元件，後來幾年，暖氣燒得都挺好，就不做這個了，給我安排去連接器車間，幹印製板，焊爪簧，應用挺廣泛，這幾年，廠子規模逐漸擴張，接不少新專案，有的產品還能用在武器上呢，屬於軍工企業。隋菲說，好單位，需要保密不。我說，保啥密，想告訴別人，都不知道說點啥，我去了就是幹活兒，別人咋說咱咋幹。隋菲說，挺好，省心。我說，聽介紹人說，你在醫院上班。隋菲說，以前在，化工廠醫院，當護士，現在不了，狀態不好，休長假，半年沒上班了。我說，也行，好好休息。

我們正聊著，樓上傳來一陣響動，我們抬頭看去，狹窄的樓梯上湧出十幾個人，互相沉默著走下來，表情深沉。隋菲看著他們，問我說，這是幹啥的。我說，樓上週末有活動，放電影，現在應該結束了。隋菲問我，啥電影啊，看得都挺沉重。我說，叫什麼鳥來著，四個字兒，什麼鳥怎麼怎麼地。

我推開咖啡館的門，與隋菲告別，門上的鈴鐺在身後一陣亂響，很好聽。隋菲照著玻璃捋幾下頭髮，然後問我要回哪裡。我其實挺相中她，長相好，氣質佳，說話也不招人煩，於是特意留個話頭兒，說也沒啥地方去，自己轉轉，問她有沒有推薦。隋菲說，沒有，要不陪我走到前面吧，好打車。我說，那行。走到路口，等了半天，也沒有計程車過來，我說，要不一起吃晚飯，搭伴吃，能多點倆菜。隋菲想了想，說，那也行。

兩瓶啤酒下肚，我又點了根菸，心情不錯，跟她說，你是第三個。隋菲說，啥。我說，相完親一起吃飯的。隋菲說，主要我回家也懶得做。我說，做完還得收拾，麻煩，不值當。隋菲說，你會做飯不。我說，別的不行，做飯還可以，酸菜燉牛肉，滑溜里脊，家燉三道鱗，都是絕活兒。隋菲說，學過廚師啊？我說，沒有，就是願意琢磨，願意做，但做完自己不願意吃，願意看別人吃。隋菲說，有機會嘗嘗。我說，你這話也不實誠，很多事情，沒有必要說開吧，今天吃個飯，咱們都挺高興的，回頭一散，誰也不打擾誰，也挺好，我再去你家，或者你上我家來，做頓飯，那不像話，關係到不了那一步。隋菲說，你挺現實啊，沒看上我唄。我說，主要是你來了就說那話，本來不想來啥的，聽著不對，明顯是沒看上我，我這人比較隨和，誰看得上我，我就能看上誰，看不上我的，我也不上趕子，那不是買賣，我有啥說啥。隋菲說，那你還想說啥。我說，我還想說，我根本就不愛喝咖啡，喝完睡不著，我就愛喝老雪，悶倒驢，勁兒大，喝完回家蒙大被一睡，愛雞巴誰誰。隋菲聽後捂著嘴笑，我說你樂啥，隋菲搖搖頭，說，有那麼好喝嗎？我說，好喝，這酒有回甘，喝完回回口乾。她繼續笑，然後朝著服務員舉手，說，再來倆，我也陪你喝一瓶。

我打車送隋菲回家時，已是半夜，我喝了不少，走道發飄。她住的小區較新，附近荒涼，住戶不多，幾乎沒有亮燈的，開到附近，隋菲讓司機停下，我也跟著一起下了車。隋菲轉頭問我，你下來幹啥，直接坐車回去唄。我說，送你走幾步，有點喝多了，想見見風，吹一吹，能好受點兒。隋菲說，別合計歪門邪道。我說，你放心，我不是那種人。隋菲說，那你是哪種人？我說，你看不出來麼。隋菲說，看不出來。我說，那你眼神兒不行。隋菲說，正經的，我都到了，你回去吧。我說，今天吃飯花多少錢。隋菲說，沒事，我請你。我說，這個不好，吃飯花你錢，總覺得欠你點啥。隋菲說，有機會還的。我說，有麼。隋菲笑了笑，說了句，你先回去吧。我便在路燈底下停住，看著她穿過馬路，走進小區，然後又轉過頭來，跟我揮揮手，我也揮揮手，想朝著她和她身後的黑暗喊一句什麼，但張了張嘴，始終沒喊出來。

我到家之後，頭暈得厲害，沒去衛生間洗漱，直接上床，準備睡覺。我媽聽見動靜，進到我屋來，皺著眉頭說，沒少喝啊。我說，還行，有點睏，睡了。我媽說，別，今天情況怎麼樣。我說，就那樣。我媽說，到底咋樣，你說一說。我說，明天再說。我媽將我腦袋底下的枕頭抽出來，告訴我說，不行，現在就得說，不然我睡不踏實，人家對你啥態度。我坐起來，靠在床頭，想了一會兒，說道，怎麼說呢，不反感。我媽說，那你什麼態度。我說，我也不反感。我媽說，不能吧。我說，什麼不能。我媽說，這個結過婚的，還有個孩子，這禮拜沒別的安排，讓你去是鍛鍊鍛鍊，保持狀態，你倆不能對上眼了吧。我說，相親還鍛鍊啥，你天天到底合計啥呢，媽。我媽說，不讓你去好了。我說，別管，這個挺好，興許能處上，最近不見別人了，我睡了，明天再說。我媽表情懊悔，墊著手轉身出門，一步一步，走得很慢，低聲念叨著，這事兒整的，這事兒整的。

隋菲問我，你覺得我長得怎麼樣？我說，聽實話吧。隋菲說，實話。我說，再年輕幾歲，算是比較透溜，能挺撩人兒，現在一般，但是對我來說，綽綽有餘了。隋菲說，還他媽挺拿自己當回事兒。我說，自己都不把自己當回事兒，誰還能把你當回事兒。隋菲說，有事兒求你。我說，我盡可量辦。隋菲說，我想我閨女了。我說，想就去看。她說，那家人不讓。我說，那沒辦法了，派出所去告他們，能行不。她說，夠嗆能管。我說，那你有啥辦法。她說，你幫我去一趟幼兒園，趁著他們午間活動，照幾張相片，給我看看。我說，能行嗎？她說，有啥不行，不偷不搶不拐賣，拍照又不犯法。我說，那你自己咋不去。她說，我怕跟那家人碰上，以前就有過這種情況，要是他們再把孩子轉到別的園去，以後就更找不到了。

我騎自行車沿著軌道的方向前行，以前這邊都是雜草，附近住戶自己圈地種菜，這幾年統一規劃，種下一排矮樹。樹是種上了，但無人修剪，裡出外進，不太整齊，樹底下還有許多雜草，這個季節裡，無論是草還是樹，基本都已枯掉，沒有一絲綠意。我在這些矮樹的縫隙裡騎走，抄一條近道，時快時慢，偶爾抬頭看天，風輕雲淡。旁邊有火車轟鳴著開過來，後面掛著幾車油罐，開得不快，我用餘光數著總共多少節，數到一半，有點亂，便停下來，轉過頭去，看著火車逐節經過，它掀起一陣微風，裹挾著石頭與鐵軌的氣息，輕輕吹過來，相當好聞。

車開過去之後，我才發現，鐵軌對面有人正望著我，穿一身軍綠的警服，歪戴大檐帽，八字鬍，矮瘦，栽著肩膀，口涎外溢，死死地瞪過來。我與他對視幾秒，開始還以為是警察，後來覺得他的眼神不太正常，我便移開視線，繼續往前騎，他在鐵道對面，默不作聲，與我併行，走得很快，我開始逐漸加速，他在另一側也小跑起來。這時我才發現，他的手裡拎著一根老的交通指揮棒，紅白漆，十分破舊，我騎得越來越快，他也一直在加速，甚至開始奔跑，跨過鐵軌，向我追來，並用指揮棒指著我，嘴裡發出奇怪的呵斥聲。他的嗓門很大，十分駭人，像是在追捕罪犯，我心裡發慌，便在前面拐了個彎，向著另一條小路瘋狂地騎去，那喊聲始終緊隨其後，更加急促，我沒敢回頭，但能感覺到他離我也就幾米的距離，正在步步逼近，地上的一群鳥飛起來，我在它們中間穿行而過，彷彿也成為它們之中的一員，朝著前方飛去，我奮力蹬車，絲毫不敢放鬆，經過樓群，轉到一條主幹道，逐漸放緩，回頭一看，後面已經無人跟隨，這才鬆一口氣。我渾身是汗，又渴又累，十分狼狽，將衣服敞開懷兒，站在路旁休息半天，才又繼續出發，我邊騎邊想，我他媽為什麼要做這樣一件事情呢，想不明白。

我跟幾位家長共同守在幼兒園的小操場旁，隔著欄杆往裡望。幼兒園由兩層門市房改造而成，面積不大，操場在小區裡面，器材豐富，滑梯、轉椅、鞦韆、球框，應有盡有。課間音樂響起，十來個孩子從二樓跑下來，劈哩撲通，下餃子似的，跟著老師做操，伸胳膊踢腿，連蹦帶跳，模樣可愛，也不吵鬧，家長們紛紛掏出手機拍照，我也掏出來，隋菲向我描述過她女兒的模樣，長頭髮，眼睛挺大，皮膚有點黑，翹鼻尖，眉毛旁邊有顆痣，特乖，不愛說話，也不咋合群，願意自己玩。我跟那些孩子有一段距離，痣是看不清，努力分辨半天，總算找到一個符合其餘條件的，穿著一件嫩黃色外套，眼睛有神，做操也挺認真，動作雖然總是慢半拍，但很努力盯著老師看，我連拍好幾張，各種動作，看著十分乖巧。做完操後，幾個小朋友跑到欄杆這邊，來跟家長說話，有的家長還給準備了切好的水果，這個小女孩向我這邊看了一眼，但沒走過來，我看著她默默走向大象滑梯，背面繞著走上去，再在頂端滑下，從象鼻子裡鑽出來，整理好自己的衣服，面無表情，又繞到背後去，再次滑下來。我舉著手機，又拍幾張，回家自己欣賞半天，越看越有意思，還得是閨女好。

當天晚上，我跟隋菲約吃燒烤，我點了兩盤烤牛肉，一盤雞脆骨，一盤墨斗[2]，還有一份拌花菜，又等了將近半個小時，隋菲才到，風塵僕僕，一進屋就管我要手機，我起開兩瓶啤酒，分別倒滿，再將手機遞過去，說道，看了半天，整個幼兒園，就你閨女最好，一看就聽話，招人稀罕。隋菲來回翻著照片，速度很快，我又說，你還別說，長

2 東北方言，烏賊。

得跟你挺像，尤其是眉眼之間，有股英氣。我還沒舉杯，她自己邊看手機邊喝下一口，然後抬頭問我，這穿黃衣服的小女孩，誰啊。

我愣住片刻，說，不是你閨女嗎？她舉著手機，放大照片，指著旁邊一個穿紅毛衣的小孩兒說，這個是我閨女，三十多張照片，你就拍了兩個側影。我說，這不是短頭髮麼。她說，鉸頭[3]了。我挺尷尬，說，對不起，走眼了，剛下夜班，有點累，精神不集中，改天再去給你拍。隋菲擺擺手，情緒低落，說，再說吧，看不著鬧心，看著了也鬧心。我撒謊說，你女兒我也看見了，挺好的，健康成長。隋菲說，誰接的她，沒看見他爸吧。我想了想，說，這個真沒注意。隋菲說，要是有下次，你注意一下，他爸的右臉有道疤，挺深。我說，行，這個特徵明顯，不能認錯。她又說，以前我劃的。

隋菲穿得很厚，這在外面還看不出來，一層又一層，毛衫套了倆，我忙活半天，才全部脫完，累得滿頭大汗，衣服在椅子上都堆不下了，掉落在地上。隋菲縮在床的角落裡，屋裡沒開燈，窗簾也沒拉，幽光映入，她看起來又瘦又小。我坐在床邊，擦著汗說，咋穿這麼多。隋菲一把抓住我的胳膊，說，你管呢，快，上來。我借著酒勁，趴在她身上，換了倆姿勢，幹了挺長時間，呼哧帶喘，本來對自己的表現挺滿意，但隋菲一直沒怎麼出聲，我的心裡也就開始犯嘀咕。做的時候，她一直緊抓著我的腰，兩腿絞在一起，最後我一激動，沒能及時抽出來，全射裡面了。做完之後，她一直沒說話，我也沒吱聲，不敢輕舉妄動，我直挺挺地躺在床上，很想抽菸，又不敢說，抓心撓肝，一個勁兒假咳嗽。過了半天，隋菲吐了口氣，說，想抽菸了，去吧。我回應一聲，連忙翻身下床，掏出菸盒裡的最後一根，點燃之後，借著火光，看見身邊的隋菲雙目緊閉，右手搭在額頭上，胸口明顯起伏，她太瘦了，肋骨都能看得出來。隋菲說，誠心處不。我說，我心挺誠，今天雖然喝了點酒，但沒喝多。隋菲說，你以前跟過幾個女的。我說，這話怎麼說，對象處過一個半，都沒成。隋菲說，咋還出來半個。我說，手都沒拉，就分了，只能算半個。隋菲說，幹這事兒，跟過幾個。我說，咋說呢。隋菲說，實話實說。我說，有一陣子，老去舞廳，黑燈裡跳過幾曲。隋菲說，啥意思，聽不懂。我說，反正有那麼四、五回，後來覺得沒意思，不去了，具體的情況，別問，不好，我說出來了，以後咱

3　理髮。

沒法往下處。隋菲說，不問也行，但是我之前的事兒……我連忙接過去，說道，那我也不問，如果要在一起，咱們往後看，我這個人實在，我媽暫時不讓說，但是我也得告訴你，我家其實還有一套房子，回遷樓，六十平，兩室一廳，八院附近，一直沒動，咱倆以後要在一起，不用租房，按你的想法裝修，這個錢我也攢出來了。隋菲說，想得太長遠了，我話還沒說完，有個事情，我先講好，你看看能不能接受。我說，你說說看。她說，我不能生育，生完頭胎後，身體報銷了，所以剛才敢讓你射在裡面。我停頓片刻，在黑暗裡猛吸兩口菸，問她，定死了嗎？她說，醫院判的，你要是覺得不行，就再想想，不逼你，無所謂。我想了想，把菸掐滅，跟她說，沒啥行不行，以後別劃我就行。

隋菲說，你先走吧，倆人在床上，有點不習慣，睡不著，別耽誤你上班。我點亮檯燈，起身下床，她的房間很空，除了這張床之外，只有一個簡易衣櫃，一張寫字檯，兩把椅子。我穿好衣服後，又把地上散落的衣服歸攏到一起，在床尾逐件疊好，規矩地擺在椅子上。隋菲一直在看著我，做完這些之後，我披上衣服，準備要走，她告訴我說，門有點緊，往右邊擰，使點兒勁推。我按照她說的做法，用身體將門撞開，來到門外，又把門帶上，然後並沒有立即下樓，而是站在走廊裡，聽著她下床的聲音，拖鞋趿過地板，有氣無力，她走到門邊時，我的心也提到嗓子眼，然後聽見她在裡面反擰門鎖，鎖簧咔噠兩聲，像是在跟我進行一場冷漠的告別。

我媽問我，處上沒有。我說，差不多。我媽說，啥意思。我說，按照社會普遍經驗分析，一個女的，要是能單獨跟你去吃烤牛肉，關係基本就算定了。我媽說，你倆還真處啊。我說，要不然呢，不是你介紹的麼。我媽說，她到底哪兒好呢。我說，說不明白，反正身上有股勁兒，挺吸引我。我媽說，你別上當受騙，她可有個孩子。我說，女孩，我還見過呢，沒歸她，誰騙我幹啥，一窮二白。我媽說，那可不好說，你這禮拜天再見一個，我逛早市認識的，丫頭挺胖，但人實在，擺攤賣小百，吃苦耐勞，我看也不錯，騎驢找驢，你去看一眼，也沒啥損失。我說，不看，禮拜天我不休息，得去加班，連軸幹，單位最近管得嚴。我媽說，那下禮拜去見。

其實禮拜天並不需要加班。下夜班後，我騎著車直奔文化宮露天游泳池，秋天過半，這裡還能游最後幾天，馬上就要閉館，再來游的話，就又得是明年了。我趕到游泳館，花五塊錢買張門票，正在更衣室換褲衩，隋菲給我打來電話，問我在哪裡，說有事要商量。我說我來文化宮游泳了。隋菲說，這都幾月份了，外面還能游麼。我說，不怕冷就行，最後幾天。隋菲說，你啥時候游完。我說，一般情況，我來這都得待一天，從早到晚，飯都在裡面吃，反正不限時，今天你要是有事，我就早點走。隋菲說，不用了，等著吧，一會兒我過去找你。

我披著浴巾來到游泳池旁，雖是週末，但由於天氣轉涼，只有三、五個人在水中，他們站在裡面，忽上忽下，相互觀望，也不怎麼游。池中的水比前幾天要更綠，漂白粉味道濃重，幾把破舊的折疊靠椅擺在岸邊，我戴好泳鏡，又把浴巾搭在椅背上，走到池邊，試探著下水，水裡很涼，我咬著牙，深吸幾口氣，一頭扎進去，四肢僵硬，游了十幾米，才逐漸舒緩開來。池面如鏡，雙手劃開，也像是在破冰，我繼續向前游，上下起伏，耳畔的聲音愈發嘈雜，水聲轟鳴，我潛到水底，憋一口氣，向著黑暗的一角游去，直至抵達滑膩的池壁，才又轉身浮起，雙手扶在欄杆上，那些聲音又忽然全部消失，四周彷彿靜止，只有幾片枯葉在水面上打轉。

隋菲來的時候，已是中午，太陽高升，曬乾地面，水氣蕩漾在半空之中，我裹緊浴巾坐在長凳上，隋菲從後面拍我，然後繞著走過來，在我身邊坐下。我問她吃飯沒有，她說還沒吃，我說那你等一下。我去旁邊買了兩個雞蛋餅，回來遞給她，說道，文化宮特色，賣十多年了，醬刷得足，多給你加了根腸。隋菲看著雞蛋餅，跟我說，今早我作了個夢，完後給你打的電話。我說，夢見我了吧。隋菲說，沒有。我說，那夢見啥了。隋菲說，夢見我懷孕了。我說，不能吧。隋菲說，按說是不能。我說，身體有啥反應嗎？隋菲說，本來沒有，現在不敢說了。我說，都是夢，別嚇唬自己，就是懷上，咱也不怕。隋菲說，我怕。我說，怕啥。隋菲說，怕有人又搶走。我說，誰要搶。隋菲說，我前夫，我還總能夢見他監控我的一舉一動，總偷摸回來，有時候半夜醒過來，總覺得屋裡還有別人。我說，打住，你再說的話，以後我都不敢過去了。隋菲頓了一下，說，手機再給我看看。我返回更衣室，取來手機遞給她，她又翻看一遍我拍的照片，然後跟我說，穿黃衣服的，其實就是我女兒，那天沒告訴你，你拍得沒錯。我看看她，說道，你還能有句實話不。

　　我扔掉浴巾，轉身跳入游泳池，中午游泳的人逐漸多起來，很熱鬧，水裡其實比岸上要暖和，我在裡面漂著，陽光照進來，池水閃光，十分愜意，我心裡數著，再有不到一週，這裡差不多就又要停業，都說明年這邊要動遷，那到時我去哪裡游泳呢。隋菲在岸上，默默走向另一個泳池，那裡水深一米，夏天時都是小孩在游，現在沒人去，已經荒廢，幾天後就會抽乾。她獨自站在水池邊上，俯視著池邊緩緩浮動的綠藻，我光著腳走上跳台，站在高處，俯視著下面的人，隋菲在最遠處，跟她的影子融為一體，我大喊一聲，人們望向我，然後我邁步上前，挺直身體，往下面跳，劇烈的風聲灌滿雙耳，雙臂入水，激起波浪，像要將池水分開，這是今天的第一跳。我在水底，那些嘈雜的聲音再次襲來，沒聽錯的話，有人在為我鼓掌，也有人在喊，大概是池水濺到他們的臉上，路旁有車經過，不斷鳴笛。我閉起眼睛，依然能感覺到光和雲的游動，太陽的蹤影，這時，我忽然想起一首久違的老歌：孤獨站在這舞台，聽到掌聲響起來。

舞廳的劉麗給我發訊息，問我最近咋沒來跳舞，我騙她說去了，但沒找你，劉麗說嫌棄我了，以後斷了吧，我說開玩笑呢，其實沒去，最近單位忙。劉麗約我晚上一起吃飯，我合計一下，有點猶豫，但實在不太想回家，下班之後，便直奔她家樓下的冷麵店，要了一箱酒，幾個拌菜，我倆邊喝邊嘮，天南海北，期間隋菲給我打了個電話，問我在哪兒，我說在外面，跟單位同事喝酒，她說今晚你回哪住，我說還沒定好，隋菲說我又想閨女了，我說改天我陪你去看，隋菲說，我又作了個夢，夢見我下面一直淌血。我說，別嚇唬自己，等我喝完，要是時間不太晚，我過去陪你。掛掉電話後，劉麗說，要去陪誰啊。我說，沒誰。劉麗說，沒誰就陪我唱歌去。我說，不去，就倆人，沒意思。劉麗說那我再找幾個，來都來了，沒喝好呢，要上哪兒去。

我喝得有點大，橫躺在包廂的沙發上，天旋地轉，打不起精神，劉麗一邊唱歌，一邊吃果盤，沒過多久，劉麗的朋友來了，一男一女，看樣子也是剛喝完酒，說話舌頭發硬，我勉強起身迎接，男的比我高一頭，低下身來，跟我握手，然後坐在我旁邊，起開兩瓶酒，我說我真喝不動了，剛幹了半箱。他說，咋的，瞧不起我啊。我說，那沒有。他說，初次見面，多少整點兒。我點點頭，接過酒來，跟他碰一下瓶，抿了一口。劉麗唱得很高興，關掉大燈，打開閃光燈，邊唱邊跳，還想拉著我一起，我擺手拒絕，新來的一男一女起身跳舞，摟在一起，相互摩挲著，我看見那男的手從女的領口伸進去，往裡面掏。一曲完畢，男的坐下，喝口啤酒，我給他遞過去一根菸，並點著打火機，他的臉湊過來迎，一束火光正好照在他的右臉上，我清楚地看見一道長疤。

我問他怎麼稱呼，他說，都叫我東哥。我說，東哥，臉是咋整的，挺雞巴酷啊。

東哥沒回話，看我一眼，目光不太友好。我緩了一會兒，繼續問他，東哥，在哪邊住呢。他告訴我一個地址，我想了想，說那邊有個鐵道，對不對，兩側都是矮樹，去過好幾次，還總能遇見個精神病，戴大簷帽，拎個棍子，裝他媽警察。東哥說，對，你挺熟悉啊，他逮誰追誰，夏天時候，天天出來，現在少了，你說可笑不，神經病還知道冷熱呢。我說，是挺可笑，你一般咋對付。東哥說，他不敢找我。我說，怎麼呢。東哥說，他挨過我揍，知道我下手黑。我說，怎麼個黑法。東哥說，兄弟，你啥意思。我說，沒啥意思，東哥，我給你點個迪克牛仔，我聽你這嗓子，挺適合唱他的歌。東哥說，我不會。我說，聽聽原唱，學一學，唱好了震撼全場。東哥說，操你媽，小逼個子，我說我不會，你聽懂沒。我說，行，懂了，那我給你唱一個，三萬英呎，詞寫得好，飛機正在抵抗地球，我正在抵抗你。東哥坐過來，摟緊我的肩膀，臉貼過來，皺緊眉頭跟我說，不是，兄弟，你今天晚上到底啥意思，我沒整明白。我把東哥的胳膊從我肩膀上拿開，說，我能有啥意思，就是忽然想唱歌了。劉麗看見我們這邊不太對勁，連忙過來，將我們分開，另外一個女的拉住東哥，說著悄悄話，沒過一會兒，他們便說還有事，先走一步，讓我們慢慢玩，於是收拾東西離開。我掏出手機，想給東哥照張相，但燈光太暗，拍了幾次，都是烏黑一片，什麼也看不清。

他們前腳剛出門，我也緊跟著出去，劉麗在後面追我，此時已是半夜，劉麗非讓我跟她回家，我說，今天不行，抽出二百塊錢，打發她走，她還挺不樂意，扭過頭又低聲罵我一句。我沒搭理，三步兩步，轉過馬路，緊跟著東哥和那女的，還沒走幾十米，便看見他們走上一間二樓的小旅館。旅館的鐵樓梯懸在外面，十分狹窄，滿是鏽跡，他們一前一後走上去，踩在上面，空空作響，樓梯搖晃，彷彿隨時會散架，走到二層，掀開棉簾進屋。我轉到樓的另一側，隱在暗處，風的回聲在其中穿梭，聽著也像在曠野裡，我點了根菸，望向二樓，看見其中一間燈亮，縫隙裡透出一點微光，隨後又黯淡下來，我抽完菸，踩滅菸頭，深吸幾口氣，朝著家裡走去。

那天在文化宮游完泳，已是黃昏，涼風陣陣吹來，陽光將雲染成金色，隋菲跟我說了很多話，我的耳朵進水，有一些沒太聽清楚，出來之後，我說請隋菲吃飯，隋菲提議在家裡吃。我們推著車去衛工市場買菜，我買了豆角和排骨，還有涼拌菜。出來之後，天色已晚，我騎著自行車，隋菲坐在身後，車把上掛著我們的菜。騎車過衛工街時，隋菲說，我不敢來這邊，今天上午，聽說你在這邊，我掛電話後，猶豫半天，閉著眼睛摸過來的。我說，有啥不敢的。她說，你右邊是啥。我說，衛工明渠啊，以前叫臭水溝，我小時候就在這邊住，前面就是我的學校，標準件子弟小學，現在扒了，改飯店了。隋菲說，我住得也不算遠，小學上的是啟工二校。我說，好學校，當年亞洲最大。隋菲說，你小時候總來衛工明渠嗎。我說，天天來，夏天抓魚食，飛蟲多，活物兒，還能賣錢，冬天在上面溜冰，抽冰尜[4]。隋菲說，有一年寒假，掉下去過一個小孩，你還記得不。我說，那不記得。隋菲說，咋能不記得呢，當時鬧得動靜挺大，小孩滑到中間，冰面裂開，掉進去了，當時沒人發現，晚上家長回來，這才開始找，那時候裡面不是清水，有油污，凍不結實，後來就再也沒有小孩去了。我說，小孩沒了，但有大人，每年倆指標，冬天一個，夏天一個。隋菲說，這啥意思。我說，年年淹死人，其實也不是淹死，都是整死了拋屍，扔進去的。隋菲說，你對這邊還挺熟悉。我說，也一般，以前晚上吃完飯，有時候過來，動動腦筋，在路燈底下打兩把六沖[5]。隋菲說，去年，我爸就是在這兒沒的。我說，啥。隋菲說，差不多也是這個時候，還沒等我們報警，警察先來找的我們，環衛工人發現的，漂上來了，警察跟我說是喝多了摔進去死的。我說，節哀。隋菲說，我挺懷疑。我說，懷疑啥。隋菲說，懷疑跟我前夫有關。我說，為啥呢。隋菲說，當時我們正在鬧離婚，孩子的事兒沒整明白，我爸那天喝完酒，又去找過他。我說，後來調查他沒。隋菲說，查過，有證明，沒在場。我說，那就不是。隋菲說，不見得。我說，相信公安的辦案能力，別想太多，我快點騎，咱得趕緊到家把豆角燉上，慢。

每週大概有三天左右，我會住在隋菲家裡，她平時並不總在家裡，偶爾也去接一些上門護理的工作，換藥、拆線、導尿、鼻飼都能幹，一次三十元起，收費合理，冬天一到，找她的患者還挺多，有時候從早到晚，不得空閒。我一般是下夜班過來，買點菜，給她做兩頓飯。隋菲挺愛吃我做的，吃過晚飯，我給她泡一杯即溶咖啡，然後陪她看電影，通常還沒演幾分鐘，我就會昏睡過去，直到半夜，電影結束，隋菲總會把我搖醒，跟我說，你幫我分析分析。我說，分析啥。隋菲說，我爸的死，跟我前夫有沒有關係，

---

4 東北方言，打冰陀螺之意。

5 流行於瀋陽的一種撲克牌遊戲。

我感覺有。我說，警察說沒有，那要是有的話，也是間接關係，不好判定。隋菲說，我爸那天晚上肯定去找過他。我說，可能吧，那天晚上你幹啥來著，當時咋沒報警。隋菲沒說話。我說，咋沒動靜了。隋菲說，我跟我們院的大夫開房去了。我點了根菸，隋菲接著說，撈上來時，兜裡有個打火機，半盒菸，錢在，手機也還在，不是為財。我說，也許是意外，老年人脆弱，摔一跤，腦出血，不會走道，就跌下去了，沒爬上來。她說，這一年以來，我天天想這些事兒，還老作夢，感覺自己都不正常了。我說，過去的事情，別想太多，我還是那句話，在一起，得往前看，對了，我好奇問一句，你前夫叫啥名。隋菲說，問這個幹啥，劉曉東。我說，沒事，他是不挺花啊。隋菲說，廢話，不花我能跟他離麼，總他媽不著家。我說，是吧。隋菲說，你提他幹啥。我說，沒啥，總覺得有點熟。隋菲說，見過咋的。我說，應該是沒。

週末我媽包餃子，我買了幾樣熟食回去。從進屋開始，我媽沒給過我好臉色，我也沒吱聲，餃子煮好了，我剛夾起來一個，她用筷子打掉，跟我說，啥前兒黃。我說，黃啥，處得挺好。我媽說，咋的，還要結婚啊。我說，搭夥，對付著過。我媽說，不要臉。我說，你再這麼說我走了啊。我媽語氣緩和過來，跟我說，兒子，媽找人算了一下，這女的命裡跟你犯剋，黃了吧，媽再給你介紹，有的是。我說，太累，真看不動了。我媽說，最後一次，以後不逼你，這個擺攤的胖丫頭，等你仨禮拜了，啥話沒說，心多誠，怎麼你也得去見一下。我說，不去。我媽說，提前約好了，就今天，媽求求你。我拿我媽真是一點辦法也沒有，我要不答應，這頓飯都沒法吃，只好說道，在哪兒啊，幾點，我看一眼就走。我媽說，就附近不遠，你現在就吃餃子，這一盤都是你的，吃完就去，去了就好好嘮。

我到咖啡館時，胖丫頭已經端坐在椅子上，袖子擼到小臂上，見我進來，興高采烈地跟我舉手打招呼，她的胳膊渾圓，揮動也十分有力。我在對面坐下來，她很主動，問我想喝啥。我說，白開水就行，她幫我叫了一杯水，她穿的衣服上都是卡通圖案，臉蛋紅潤而光滑，相比之下，我更像她叔，聊了幾分鐘，我倆之間實在沒有共同語言。我兩口喝完，跟她匆匆告別，她跟我一起出門時，說自己有點餓，我說要不然給你買個麵包香腸，她沒說話，扭頭便走。

我騎車回到隋菲家裡，車停在小區門口，鎖在欄杆上，我拐進超市買盒菸，出門剛點上一根，看見有個人影在我面前一閃而過，穿著皮夾克，絨褲子，挺邋遢，右臉經過那一瞬間，我看見一道長疤，心裡一驚，立即跟在後面，走了幾步，他忽然站住，也點上根菸，扭過臉來往後看，我裝著沒看見，繼續往前走，剛經過他身邊，他從後面拽住我的衣服領子，朝著我吐了口菸，說，你叫啥來著。我假裝剛認出來，說，我操，東哥啊。他說，你住這兒啊。我說，來看個朋友。他說，男的女的。我說，女的，打麻將認識的。他彷彿仍在回憶，猶豫著說，有機會聚一下，帶出來看看。我說，行。東哥又抽了兩口菸，然後拍拍我，說，走吧，我想起來了，你是劉麗的對象。我說，不算，認識而已，東哥，你住這個小區麼。他說，不住，來辦點事。

我走進另一棟樓，從二樓走廊的窗戶望出去，半個小時後，東哥從樓洞裡走出來。待他走出院門，我轉身返回隋菲家裡，她眼神慌亂，我說，咋回事，有人來過。隋菲說，沒有。我說，不對。隋菲沒說話。我說，今天回來有點晚了，我媽包的餃子，太香，全讓我造了，沒給你帶份兒。隋菲說，沒關係。我說，那我給你下碗餛飩去。隋菲說，不用。我說，不麻煩，冰箱裡有蝦皮，多放點兒，肯定好吃。我剛打開冰箱，忽然有人在外面敲門，像是用拳頭在砸，力道很大，聲音讓人心驚，隋菲神情緊張，沒有說話，又敲半天，聲音忽然停止，隨後隋菲的電話響起來，鈴聲飛揚，她迅速掛掉，門外的人開始邊敲邊喊，大呼小叫，言詞難聽。我走向房門，隋菲抓住我的胳膊，我將她甩掉，把門打開，東哥站在門外，看見我後，愣住片刻，然後說道，咋的，原來是你啊。我沒說話。他跟隋菲說，你就找的這人啊，小逼個子。我說，東哥，啥事。東哥說，行，以後我就找你要撫養費。我說，可以，東哥，明天聯繫，今天不多說了，太晚了，影響鄰居休息。東哥說，你要是不給，我就找劉麗，反正肯定能找到你。隋菲盯著我看，我的頭很疼，像要炸裂，強忍著問，東哥，差多少。東哥說，三個月的錢，兩千四，其實她要是沒找人，這錢我要不要都行，但是找了，那這錢我就必須得要。我說，我給你。隋菲說，給個屁，跟你有啥關係。我說，兜裡沒那麼多，這樣，東哥，我送你出去，找個提款機，取給你，你看行不。東哥看看隋菲，拍著我的肩膀說，那有啥不行，隋菲啊，你也算找了個明白人。

我穿鞋出門，輕輕把門帶上，又聽見隋菲奔過來，反鎖兩次，樓道空曠，回響激盪。我站在樓梯上，咳嗽兩聲，給東哥點上根菸，小聲說，東哥，別來氣，有啥好商量。東哥沒說話，嘴裡叼著菸看我。我走在前面，他在我後面，出了樓洞，東哥說，你挺有主意啊。我說，東哥，有啥主意，家裡介紹的，不處不行，我也為難。東哥沒說話。我繼續說，前面不遠有銀行，你咋來的，我這兒有自行車，帶你一軲轆。東哥說，用不著，兩步道兒，走著過去。我說，行。

路上照明不好，附近商鋪都已關門，風挺硬，吹得我臉生疼，我提上拉鍊，臉縮進去，雙手插在褲兜裡，低著頭走，東哥在我旁邊，穿得少，凍得直哆嗦。走到路口，天空飄起一點雪花，在昏黃的路燈映照之下，細密紛飛，我說，東哥，下雪了啊。東哥說，下點兒雪好，殺菌。我說，是，感冒的太多。東哥說，你感冒了。我說，沒有，隋菲這幾天事兒多，上門給老頭兒扎點滴，全天忙活。東哥嘆了口氣，語重心長地說，兄弟，你得理解我，這錢我也不是非要不可，但是我要過來這錢，最終也是給孩子花，對不對。我說，那對。東哥說，一切為了孩子，為了孩子一切。我說，都不易。東哥說，老弟，剛才有句話，一直想問你。我說，東哥，你問。東哥說，你感覺隋菲咋樣。我說，什麼咋樣。東哥說，別雞巴跟我倆裝。我說，挺好的，方方面面。東哥說，是不，有時候我還挺懷念，她有那股勁兒。我沒說話。東哥又說，但是你放心，沒別的意思，我早都幹夠了。我還是沒說話。東哥說，還有個問題，我想問問，你倆誰個兒高啊？我說，不道。東哥說，沒比量比量呢。我說，沒有。東哥說，你光腳有一米六沒，我看她比你還稍微猛點兒，在炕上能夠得著嗎？不行就墊個枕頭。我說，東哥，這兒有個提款機，我進去取錢，你等我一會兒。

我推門進入，把卡插進去，輸入密碼，查了一下餘額，又退出來，機器咔咔直響，彷彿在跟誰說著話。我推門出來，跟東哥說，機器裡沒錢了，換一個，前面還有個農行，我跨行取。東哥說，那不有手續費麼。我說，沒事兒，錢給不到你手，我心裡也不踏實。於是我帶著他一起又向前走了十分鐘，農行在一條暗街的轉彎處，我走進去，提出兩千四百塊錢，錢吐出來之後，我在裡面又數了一遍，東哥隔著玻璃盯著我，出來之後，我遞給他說，你數一數。東哥直接收進裡懷，說，不查了，回頭見，哪天叫上劉麗，咱們一起涮火鍋去。我說，再說吧，東哥，以後別提劉麗了，行不？東哥看著我，笑了幾聲，說，逼樣吧。然後摟緊夾克，轉頭離開，雪越下越大。

我掉頭返回，走了幾步，又轉到另一邊，沒有往家走，靠在牆上，點了根菸，抽了不到一半，菸頭便被雪浸濕，我扔掉菸，從地上撿了半塊磚頭，三角兒的，帶尖，拎了幾下，還挺趁手，便揣在兜裡，又轉回去，東哥已經消失不見，我連忙追幾步，在一個丁字路口看見了他，我緊隨其後，他正縮著脖子打電話，在前面又轉入一個老式小區，在進鐵門時，被絆一下，滑倒在地，單腿跪著，然後便對著電話大罵一聲，緩緩起身，低頭拍掉褲子上的雪。就在這時，我幾步奔過去，攥緊磚頭，露出帶尖的那面，不等他回身，跳起來直接砸在他的後腦勺上，力度很大，他立即撲倒在地，捂著腦袋回頭看我，說了句，哎我操，充滿疑問的語氣，像是不敢相信，然後對著電話說，你等會兒，先掛一下。我心想，還挺頑強，我使那麼大勁，還沒撂倒。於是沒等他起來，我便又撲過去壓倒，他高我將近一頭，但身體素質比我差太多，廢物一個，我拎著磚頭，照著眼眶猛砸，左右左右，輪著一頓摟，打得我掌心發麻，開始他雙手還撲騰著，後來老實了，兩臂垂下來，不斷乾嘔，我站起身，看見他捂著腦袋，吐出一地穢物，混合著眼淚、血、酒精與食物，氣味難聞，吐完之後，趴在地上一動不動，哼唧不止，我幾乎沒費什麼力氣，便將他拽到小區電箱後面的夾縫裡，在電箱後面，我又砸幾下，然後將磚頭扔向遠處，起身離開。走出幾步，我轉過去看，他仍一動不動，鼻孔冒著白氣，忽深忽淺，偶爾身體還抽動幾下，眼眶已被我打得稀爛，看不清是睜是閉。

回到隋菲家時，她看著我，沒敢說話，我脫掉衣服，先從後面跟她幹了一次，有點粗暴，隋菲叫得很兇，後來還帶著哭腔。完事之後，我到廁所裡把衣服褲子都洗乾淨，東哥有一口吐在我的褲腳上，我搓了半天。我洗衣服時，隋菲站在廁所門口，彷彿想問我點什麼，又不敢問。我說，你睡吧，估計沒啥大事，有事的話，跟你也沒關係，放心。隋菲說，明天我想把孩子接過來。我說，我陪你去。我把衣褲晾在暖氣上，然後便上了床，半天沒睡著，隋菲轉過身去，背對著我，自言自語道，錢給他了嗎？我沒回答。她繼續問，劉麗是誰呢？我也沒回答。她說，你又是誰呢？我還是沒有回答。

我躺在床上，一宿沒睡，閉上眼睛，也不得安穩，眼前全是雪花點，像收不到信號的電視機，茫然閃爍。隋菲在我身邊，枕在自己的胳膊上，頭髮低垂，髮絲弧度迷人，她的呼吸很輕，眼皮顫動，不知道是不是又在作夢。破曉時分，雪映得天空發亮，我輕輕下床，拉開窗簾一角，看見地上已經積了很厚一層，有人騎著倒騎驢，戴一頂皮帽，斜著身體，艱難地向前蹬去，雪地沒有倒影，我看了半天，直至他消失在我的視線裡，才轉過身來。隋菲仍躺在床上，保持著剛才的姿勢，不過眼睛睜開了，直直地望向我，像一汪剛剛化開的雪水。

隋菲洗漱時，我收拾冰箱，擰開爐灶，做了兩碗熗鍋麵，點上蔥花，我餓極了，吃得狼吞虎嚥，隋菲顯然沒什麼胃口，基本是在看著我吃。我說，今天夜班，吃完飯，我陪你去接孩子。隋菲說，有點早，中午再去，現在剛送，不方便接出來。我說，那也行，咱們先出門轉轉。

雪已經停了，光線刺眼，讓人對不上焦，外面還是冷，街上的人穿得都很臃腫，步伐笨拙，雙眼盈淚。我拉著隋菲去商場，逛了三層樓，刷卡給她買了一雙灰色的雪地靴，一千多塊，看著暖和，她說不要，我非買不可，處這麼長時間，一件像樣的禮物都沒送過，說不過去。隋菲說，那我也送你點啥。我說，不用，啥也不缺，以後再說。

從商場出來，已近中午，我拎著那雙鞋，跟隋菲一起坐公車，車上全是泥水，人們小心翼翼地挪著步，我們坐了四站，又換一輛，才來到幼兒園門口。此時大概是午睡時間，幼兒園內外都很安靜，大象滑梯上也覆蓋了一層白雪，看過去像披上一條白圍脖，我在外面抽著菸等她們，不大一會兒，老師送隋菲和她的女兒出來。隋菲的女兒穿著粉色羽絨服，鼓鼓溜溜，跟老師揮手說再見，然後一蹦一跳，向我走來，她戴的帽子上面還有兩個小毛球，走起路來一擺一擺，可愛極了，像是從動畫片裡冒出來的。走到近前，她也沒問我是誰，只是躲在隋菲的另一側，故意不去看我。我跟她們一起走過鐵道，不慌不忙，速度很慢，像是標準的三口之家，前方彷彿有著整整一生的時間，在等著我們度過。火車在我們身後緩慢開去，轟隆作響，替我們擋住一陣吹起來的風雪。隋菲的女兒說想吃糖葫蘆，我走到街的對面，給她買回來一串，我舉著它，在車流之間穿梭，如同高舉一把火炬，冰天雪地裡唯一的顏色。隋菲蹲下身子，為女兒整理衣褲，娘倆的臉都凍得通紅。在她們身後，我又看見了那個大簷帽，他穿著綠色的棉服，縮在牆角裡，沉著臉望向我，我也看著他，這次，他的手裡不再有武器，指示棒不知所蹤，走到近前時，他忽然抬起一隻手，筆直地指向我，眼神凝滯，欲言又止。我轉過頭不再看他，跟隋菲說，去找個商場，進裡面吃，別嗆到風。

我和隋菲帶著她的女兒，又在商場裡玩了半天，晚上一起吃火鍋，點了不少菜，最後沒有吃完。隋菲的女兒問她，晚上回我爸家嗎？隋菲說，今天不回，跟媽媽住。女兒問她，那我們趕快走吧，我有點睏。隋菲說，今天是你姥爺的忌日，跟媽去燒點紙，然後再回去。女兒說，行，我也想我姥爺了。隋菲說，你有啥要跟姥爺說的，先想好。

我們去醫院門口買來一刀燒紙，來到衛工明渠旁，走下河岸，我掏出打火機，幫他們點著，隋菲和女兒蹲在岸邊，迎風燒紙，風很大，紙灰四散。隋菲邊燒邊說，爸，這邊一切都挺好的，不用惦念，外孫女也來看你了。她女兒說，姥爺，我以前總夢見你，帶我打滑梯，又領我上樓，給我熱牛奶喝。隋菲說，爸，你給我託個夢，告訴我到底是不是劉曉東幹的，我跟他沒完。女兒說，姥爺，我好長時間沒喝過牛奶了。隋菲說，爸，我離完婚了，又找一個，工廠上班的，挺勤快，對我也還行，你放心。她女兒說，姥爺，你想我不？我還想讓自己夢見你，但我最近不怎麼作夢了。

那些話語聲在我身後，逐漸減弱，我向前走去，水面上結有薄冰，層層褶皺，吞噬光芒，隨時可能裂開，我走到一棵枯樹旁，抬頭望向對岸，雲如濃霧一般，遙遠而黏稠，幾乎將全部天空覆蓋起來，我開始活動身體，伸展，跳躍，調整呼吸，再一件一件將衣褲脫下來，在水泥地磚上將它們疊好。

我走入其中，兩岸坡度舒緩，水底有枯枝與碎石，十分鋒利，需要小心避開，冰面之下，那些長年靜止的水竟然有幾分暖意，我繼續向中央走去，雙腿沒入其中，水底變幻，彷彿有一個運轉緩慢的漩渦，岸上的事物也搖晃起來。這時，我忽然聽見後面聲音嘈雜，有人正在呼喊我的名字，總共兩個聲音，一個尖銳，一個稚嫩。我想起很多年前，也有這樣一個稚嫩的聲音，驚慌而急促，叫著我的名字，而我扶在岸邊，不知所措，眼睜睜看著他跌入冰面，沉沒其中，不再出現，喊聲隨之消失在黑水裡，變成一聲嗚咽，長久以來，那聲音始終迴蕩在我耳邊。我一頭扎進水中，也想從此消失，出乎意料的是，明渠裡的水比看起來要更加清澈，竟然有酒的味道，甘醇濃烈，直沖頭頂，令人迷醉，我的雙眼刺痛，不斷流出淚水。黑暗極大，兩側零星有光在閃，好像又有雪落下來，池底與水面之上同色，我扎進去又出來，眼前全是幽暗的幻影，我看見岸上有人向我跑來，像是隋菲，離我越近，反而越模糊，反而是她的身後，一切清晰無比，彷彿有星系升起，璀璨而溫暖，她跑到與我平齊的位置，雙手拄在膝蓋上，聲音尖銳，哭著對我說，我懷孕了，然後有血從身體下面不斷流出來。我很著急，又扎進水中，想游到她身邊，卻被一陣風浪吹走，反而離她越來越遠，我失去方向，不知游了多久，望見一道長廊橫在我面前，很多人從上面經過，我抬頭看得出神，後來發現有一位老人與我同在水底，並肩凝視，他的頭髮濕透，彷彿剛剛染過，臉色發白，嘴唇緊閉，我認出他來，一年之前，我們曾一起在路燈下打牌，他坐在我的旁邊，酒氣沖天，我默默出牌，他在一旁叫罵，從始至終，不曾停止，牌局結束，眾人散去，我將最後的一把牌揚到他的臉上，他拉起我的領口，幾乎將我提起來，眾目睽睽之下，將我拖入黑暗之中。黑暗位於峭壁的深處，沒有邊際，剛開始還有拉拽聲，爭吵聲，後來我們幾乎同時發現，那是令人極度困乏的黑暗，散發著安全而溫熱的氣息，像是無盡的暖流，我們深陷其中，沒有燈，也沒有光，在水草的層層環抱之下，各自安眠。

我赤裸著身體，浮出水面，望向來路，並沒有看見隋菲和她的女兒，雲層稀薄，天空貧乏而黯淡，我一路走回去，沒有看見樹、灰燼、火光與星系，岸上除我之外，再無他人，風將一切吹散，甚至在那些燃燒過的地面上，也找不到任何痕跡，不過這也不要緊，我想，像是一場午後的散步，我往前走一走，再走一走，只要我們都在岸邊，總會再次遇見。

空中道路

他聽見兩個啤酒瓶子在空中相撞的聲音，在長夜裡顯得極其清脆、尖亮，彷彿要去劃破什麼東西，而碎片像雨一樣落下來，撒在地上，泛著零碎的光，映照著他的前路。他的腳步愈發輕盈，像是走在空中。

小學倒數第二個暑假極其漫長，一個半月的時間，彷彿怎麼都過不完。天氣很熱，白天裡，我在家不斷地喝涼水，捧著一本《應用題大全》研讀，計算甲乙兩人的相遇時間或者雞兔同籠問題，有時候他們的情況很複雜，中途折返或者雞兔數目互換，無法直接套用公式解決，我只看答案都理解得吃力，頗為苦惱。我那時的夢想之一，是去參加華羅庚杯少年數學邀請賽，假期過半，只覺離目標愈發遙遠。做題間歇期，便去讀小說，現在能記起來的有兩本，一本是民間故事集錦，沒有封皮，還有一本是雨果的《九三年》，後者很震撼，開篇就是水手、海浪與失控的火炮之間的肉搏戰，驚心動魄，那是一七九三年的法國，革命湧動的時代，到處是槍聲、火焰與陰謀，裡面說，這些悲劇是由巨人開始，而被侏儒結束的。我闔上書，透過紗窗，抬眼望向一九九八年的鐵西區，灰塵很大，路上都是碎石與刨花，人們穿得很涼快，走得很慢，不慌不忙，無所事事，到處都是無所事事的人。

在此期間，長江上游一共出現八次洪峰，中下游也爆發水災，最終形成全流域大洪水，百年罕見，壯觀而恐怖。每天傍晚，母親下班回家，洗菜做飯，吃過晚飯，我們全家人一起看電視直播的抗洪救災場景。戰士們冒著雨，背負著一袋袋重物，砌成一道新的堤壩，兩位專家在後方的演播廳裡解說，其中一位說，聽說袋子裡都是水泥，乾了之後就變成牆，非常堅固；另一個說不對，裡面裝的是麵粉，科學研究證明，麵粉的吸濕性最強，適合抵擋洪水。於是，我腦子裡出現許多被水沖刷過的麵粉，柔軟並且黏稠，一攤白色在大地上緩緩溢開，遠遠望去，或許也像一場雪。

有天深夜，電視裡重播新聞，戰士們窩在帳篷裡，穿著濕透的衣服睡覺。客廳裡只剩我和父親，他坐在沙發上抽菸，我剛做完題，正打著哈欠。父親忽然對我說，你李叔，走幾年了。我問，哪個李叔？父親說，李承杰，以前鄰居。我說，記不得了，兩三年是有了。父親說，出殯那天，我記得是春分，二十四節氣裡的。我說，有點印象，從火葬場回來，上飯店吃白事飯，每人在門口先洗手，然後領一個煮雞蛋，費了挺大勁，也豎不起來，後來直接磕在桌子上，剝開吃了。父親說，好日子，萬物生長，全球晝夜平分。我說，這有啥好與不好的。父親說，春分時，燕子從南方飛回來，雷雨掛著閃電，劈哩啪啦，像放鞭，都在給他送終，熱鬧。我沒有說話。父親頓了頓，又說，這人挺可惜，頭腦好使，但沒趕上好時候，性格也太內向。我說，這話啥意思。父親指著電視裡的救災場面，說道，按照他的構想，即便發生這麼大的洪水，也淹不死那麼多人。我說，李叔不是開吊車的麼，還有什麼發明設計。父親說，一般人可能不知道，臨走之前，他跟我講過一次，我沒當回事兒，現在想想，厲害。我說，不對吧，他那時都張不開嘴了，嗓子眼兒發堵，呼哧帶喘，來回倒著氣兒，李早跟我說的，他爸想罵他，都說不出口，光動嘴巴，出不來動靜。父親說，不是這次，是上一次，你還不太記事，有那麼半天，我們一起懸在半空裡。

針葉林高於闊葉林。班立新躺在墨綠色的塑膠布上時，忽然想起這麼一句。山地鬆軟潮濕，他斜倚過去，脊背上覺察到一些涼意。光線低垂，巨石的陰影傾側過來，旁邊人說話的聲音越來越小，幾乎是同一時刻，所有人都開始閉目養神，只有偶爾的蟲鳴。有人拾階而上，默默經過他們身旁。

酒是沒少喝，從昨天開始，一直就沒停過。淩晨的火車，剛坐上去，便從口袋裡掏出幾個扁瓶的老龍口，每個二兩半，捏起來碰杯，從嘴縫兒裡灌，就著花生米、香腸和榨菜，然後又是啤酒，吵吵嚷嚷，不分你我，有點像過年，互相竄換著座位，打撲克，脫掉鞋子，蹲在座位上摳，輸了的還得罰酒。火車咣噹咣噹，越開越慢，每站都停，外面的風光廣袤而單調，霧氣昭昭，看上去十分悶熱。臨近中午時，車內蒸騰，許多人都已經睡著了，滿頭大汗，躺得橫七豎八，空的易開罐地上來回滾動。

班立新的酒量很好，喝到後來，反而煥發精神，在此起彼伏的鼾聲裡，他站起來，活動幾下身體，然後又仔細避開從座位裡伸展出來的四肢，從車廂的一側走向另一側。在兩節車廂的接縫處，他點起一根菸，剛抽沒兩口，聽見身後傳來咚的一聲，聲音不大，空洞而尖脆，他轉過頭來，看見一個易開罐正向自己飛來，躲避不及，砸在小腿處，罐子裡殘餘的幾滴啤酒揚到空中，又落在他的褲腳和鞋子上。他抬眼望去，李承杰正笑著走過來，雙手插在褲兜裡，搖晃著腳步，歪著腦袋，頭髮根根豎立。他的個子不高，頭卻很大，與身子不太相稱，穿著一身深藍色的工作服。

班立新有點不高興，沒有露出慣常的笑容作為回應，而是低著頭，抬起腿來，撣去褲子上的泡沫與水珠，他的牛仔褲剛剛漿洗過，表面像附有一層硬殼，啤酒滲不進去。李承杰走到近前，紅著臉說，沒事吧，不知道這裡面還有沒喝完的酒。班立新說，腳法挺準。李承杰說，給你褲子整濕了。班立新說，沒事，這一上午都沒看見你呢。李承杰說，你們喝酒來著，我也不會喝，誰也不認識，沒挨過去湊熱鬧。班立新說，你們吊車組過來幾個人。李承杰說，就我一個。班立新說，你門子挺硬啊。李承杰說，沒門子，上次技術比賽，勾罐頭瓶子，我拿了第一，說給漲一級工資，也沒給漲，就換了個療養機會。班立新說，跟誰過來的？李承杰說，就我自己，你不是？班立新說，媳婦孩子也來了，在別的車廂呢，媳婦也有個名額。李承杰說，讓帶孩子來嗎？班立新說，不讓啊，偷著帶的。李承杰說，抓到不得挨處分。班立新說，誰啊，敢處分我，借他倆膽兒。

到達目的地時，已是傍晚，天空開闊而陰沉，幾滴雨絲散落在地上，又迅速蒸發掉。車廂裡的人湧出來，三五成群，邁開大步，汗水被風吹乾，酒醒之後，他們又重新雀躍起來。班立新提著大包走在最後面，左顧右盼，李承杰等在車門處，向他著急地擺手說，快點啊，一會兒來接咱們的車就要開走了，那車可不等人。班立新說，你去坐車吧，我得帶著媳婦孩子單獨走，被看見不太好。李承杰說，沒事，我給你打掩護。班立新說，一個大活人，你咋掩護。李承杰說，嘿嘿，也是，那我也不坐車了，跟著你們走吧。

李承杰和班立新一家三口，走出站台，鑽過地下通道，在車站外面找了兩輛三輪車，談好價格，班立新的妻子帶著孩子坐一輛，李承杰和班立新同坐一輛，一前一後，向著山腳下的療養院騎去。蹬三輪車的問他們，你們是變壓器廠的嗎？他們回答說是。蹬三輪的又問，我有個問題，困惑好幾年了，想請教一下你們。班立新說，有啥直說。蹬三輪的說，我說的話你別不愛聽。班立新說，你說說看，我盡量。蹬三輪的說，我就是想不明白，療養院這三個字是什麼意思呢，按照字面理解，是不是病人恢復身體健康的地方，但這一年又一年的，都是過來旅遊的，歡天喜地，連吃帶喝，最後還買一堆紀念品。李承杰說，嘿嘿，你不知道，我們都有職業病。蹬三輪的問，什麼叫職業病？李承杰說，比方說我，是開老吊的，天天就坐在幾平米的駕駛室裡按電鈕，揚桿轉向，手握檔桿玩一天，不是吊灰就吊磚，上高害怕也得去，坐裡就像蹲監獄，很壓抑的。蹬三輪的說，那是需要偶爾敞開一下心扉，看看風景，另外一位兄弟呢，你有什麼職業病。班立新說，我有酒精依賴，上班就是喝酒睡覺，睡醒了下班。蹬三輪的說，你這病好，我也想得。李承杰笑著跟班立新說，你們線圈組啊，最適合養老，活兒輕巧，還屬於有毒有害工種，保健發得也多，得是我的兩倍。班立新說，無所謂，也不是自己買賣，對付過去就完事兒。

到達療養院門口時，班立新的兒子已經睡著了，李承杰幫他提著包裹，他從車上把兒子抱過來，邁向裡面的三層小樓，傍晚時分，門口的燈亮得很早，蚊蟲劈哩啪啦地往上撞，這裡的空氣清冽，溫度適宜，有人已經換好一身鮮豔的衣褲，步伐輕鬆，準備乘著即將到來的夜色去四周轉一轉。班立新的情緒不錯，挑著眉毛，躡手躡腳地走路，盡量避開他人的目光，實在躲不過去時，便點頭打招呼，謹慎地露出微笑。他那副小心翼翼的樣子，彷彿是在對所有人說，噓，小點聲，我的兒子睡著了。

我說，我記得，那時他們剛搬過來，我跟李早也才認識沒幾天。父親說，對，一家三口搬過來的，媳婦是冶煉廠的，幹焙燒的，能進爐子，身板兒寬闊，說話嗓門挺大。我說，去的時候，我跟我媽在一個車廂裡，挺緊張，尿了好幾次，後來坐上三輪，好像就睡著了，不知道多久才醒，醒來之後天都黑了，屋裡也沒開燈，我就一直閉著眼睛。父親說，我們在那兒一共待了十天，那邊的夜晚總是來得很快，剛轉過頭的工夫，天就完全黑下來，燈也少，什麼都看不見。

父親又點了根菸，說，春分，一般是在三月份。我說，應該是。父親說，李承杰走的那陣兒，我剛下崗沒幾天，他比我早一年。我說，下崗之後，李叔上哪幹活去了。

父親說，不開吊車了，找了個私人開的門市，做鋁合金加工的，他去幫著安裝窗戶，跟以前一樣，也得爬高，有時候爬上樓頂，拽兩根鐵繩子，從上面往下一點一點放，深藍色的玻璃架子，像一面鏡子，扣在陽台上，遮天蔽日。我說，想起來了，家家都換鋁合金，好看，滑溜兒，但冬天不保暖，漏風，窗台結冰。父親說，有一次，他給一家二樓的住戶安鋁合金窗，順著外面的管道爬上去，往牆上鑽眼時，不小心踩禿嚕了，摔了下來，後腦勺著地，聽說當時他自己還笑呢，站起來拍拍身子，接著把活兒幹完，第二天睡覺起來，肩胛骨開始疼，持續好多天，鑽心地疼，再後來，胸口也憋得慌，上不來氣，去醫院一查，發現了別的毛病，從此就常去報到，檢查治療，但也沒用，維持不了，這都是命。

那陣子一直都是陰天，總不放晴，塑膠袋漫天飛舞，大街兩邊剛種上新樹，瘦弱光禿的樹幹，新聞裡說是法式梧桐，外國品種，在我們看來，不過是插在地上的一根光杆兒，而這樣的一株要八十塊錢，簡直不可思議。我們放學之後，沿街兩側橫踹一路，很多人都看見過，但沒人阻攔，那些樹苗逐漸塌腰，從中間折開。沒過多久，它們又被翻出來，放在卡車上拉走了，只在地上留下一個土坑。下雨過後，便會形成一個微小的泥潭，青苔在其中密集繁殖。

李早的胳膊上綁著黑紗，臉色鐵青，沒有表情，放學後非拉著我去遊戲廳，我說，你今天是咋了？不用回家？李早瞪著螢幕的格鬥遊戲，選好金家藩、陳可汗和蔡寶健一組，韓國隊，然後晃著把桿熱身，梗著脖子跟我說，我爸死了，後天出殯，今晚沒人管我，來，咱倆掐一把，你草薙用得不牛逼麼，操。

從遊戲廳出來時，天已經徹底黑下來，我們一起走回到院子裡。靈棚搭在中央，香火縈繞，底下是幾盤蠟製的假水果，色澤誇張。李承杰的黑白照片擺在正中央，周圍有許多陌生人，李早把書包往裡面一撇，先是跪在地上磕三個頭，動作很慢，像是在用額頭去觸摸大地，然後坐在一旁，盯著父親的遺照，滿臉怨氣。他的母親，那位強壯的冶煉廠工人，大聲地講述著李承杰離世時的場景：醫院裡的暖氣燒得滾燙，穿著襯衣襯褲都直冒汗，下午五點多，他們打開半扇窗戶透氣，結果飛進來一隻蝙蝠，像小老鼠似的，圍著日光燈來回繞，趕也趕不走，後來索性不管它了，那只蝙蝠便倒掛在牆角，像是在看誰，沒過多久，自己又從窗戶飛走了，無聲無息，這時候，李承杰也嚥了氣，同病房的人告訴他，你家的那位是去好地方了。她一次又一次地講述，不厭其煩，彷彿說的不是自己的丈夫，他也並沒有死去，而是出門遠行，去往一個更好的地方了。

半夜挨間查房，具體是幾點，沒人知道。班立新坐在床邊，把被子提上來，兒子正睡在床裡面，他心裡想著，最好還是別被發現，不然總歸會有些麻煩。每隔一會兒，他就會推開房門，拎著一瓶啤酒在走廊上張望，直到後半夜，整天的酒勁兒泛上來，捲積著濃重的睏意，他有點熬不住，便將被子摟到一邊，準備睡覺，不知過了多久，恍惚之間，他聽見有人在外面咚咚地敲著房門，聲音急促，班立新聽在耳裡，卻怎麼也爬不起來。同屋的人叫罵著，趿拉著鞋去開門，李承杰站在門外，向裡面喊道，班子，班子。班立新揉幾下眼睛，翻了個身，說，叫魂兒呢，誰啊？李承杰邁進屋子，焦急地說，查房的來了，我那邊剛查完，快輪到你這邊了，孩子我先給你抱走，別有麻煩。班立新這時尚未醒酒，腦袋裡彷彿有無數繩索在扯動翻攪，他略微遲疑，但還是將兒子遞了過去，李承杰接過孩子，三步兩步，迅速消失在門外。班立新坐在床上，緩了幾分鐘，酒精纏繞，仍未消散，他很疲憊，卻還是有些不放心，於是爬起床來，想去外面看看是什麼情況。剛一推開房門，保衛科的人便進來了，拉開燈繩，挨個床上翻騰，問道，沒有帶外人過來的吧。屋內沒人回話。保衛科的人看著站在門旁的班立新說，你要幹啥去。班立新說，你管呢。保衛科的人看看手裡的名單，說道，我知道你，姓班，刺頭兒，愛幹仗，進去過。班立新說，是我，有啥問題，大半夜的，別給自己找不痛快。保衛科的人愣了一下，然後從兜裡掏出一盒白紅梅，倒出兩顆，遞給班立新一顆，班立新接過菸來，從兜裡掏出打火機，先給保衛科的人點上，再給自己點上，剛抽兩口，保衛科的人問道，在裡面待了多久？班立新說，羈押，倆月。保衛科的人說，因為啥呢。班立新說，沒啥，聚眾鬥毆，多少年前的事兒了。保衛科的人拍了拍班立新的肩膀，然後說道，我先走了，去下一間看看，明天早上六點，樓下食堂準時開飯，別忘了。

那些人走後，又過了一會兒，班立新也轉身邁進療養院的長廊裡。長廊很黑，只在盡頭處掛著一盞黃燈，發出模糊的光，他走過去，又走回來，反覆數次，凝視著牆上映出的那些低矮混沌的暗影，午夜的長廊十分寂靜，只有他的腳步聲。他很想去找李承杰，抱回自己的兒子，卻發現自己根本不知道他住在哪間屋子裡。

班立新只好向外面走，走出療養院一樓的大門，站在院子中央，空氣清冷，背後是石砌的拱頂，抬頭望去，遠處的山峰與陰雲連接在一起，灰燼一般的顏色，他彷彿正處於峽谷的中央，而風帶來輕微的回聲。陣陣寒意襲來，他已經徹底醒酒，渾身哆嗦，轉過頭正準備回去，忽然發現李承杰正抱著他的兒子坐在側面的臺階上，打著哈欠，睡眼惺忪，他只穿一件襯衣，那件深藍色的工作服蓋在孩子身上，一隻袖口孤零零地垂下來。班立新走過去，也在他身邊坐下，臺階很涼，於是他又半蹲起來，說道，查完房了，啥事兒沒有，回去吧。李承杰說，明天還查不查。班立新說，據上次來的人說，就這一次，走個形式。李承杰說，你兒子睡得真香啊，這麼折騰都不醒。班立新說，也想你兒子了吧。李承杰說，想，自己出來玩，沒意思。班立新說，回去吧咱們，明天六點開飯，然後去爬山，我跟他們都定好了，你也一起。李承杰說，行，是得爬爬山，不能白來一趟。

第二天早上，天還沒有亮透，班立新便將熟睡的兒子交給妻子，自己收拾好隨身物品，集合隊伍，準備開始爬山。這座山已經被開發得相當完備，鋪了石階，沿途有賣拐杖與茶葉蛋的，也有照相留念的攤位，他們從最低處出發，一路向上爬去，班立新走在隊伍的最前面，李承杰緊隨其後。路上遇見一個歪歪扭扭的松樹，盤根錯節，頗有來歷，李承杰提議合影，班立新雖然有些抗拒情緒，但還是答應下來，立等可取，拍照的人從相機的背後拿出照片，在空氣裡來回搧動，再交到他們手裡。這時他們發現，這裡的景致相當好，背後是松樹，松樹後面則是霧氣繚繞的遠山，墨綠與深棕相間，層次得當，極像掛曆上的風景畫。

班立新說，照得挺好，可惜只洗出來一張，你留著吧，當個紀念。李承杰點點頭，然後打開背包，從裡面掏出一本書，又將照片夾在書裡。班立新問他，這是什麼書。李承杰說，蘇聯小說，《齊瓦哥醫生》，廠裡圖書館借的，半個月了，在吊車上看了一點，在火車上又看了一點，還沒看完。班立新說，有意思嗎？李承杰說，看著看著就睏，名字太長，不好記。班立新說，挺有文化，愛看外國書。李承杰說，我以前看的都是武俠，最近想看看歷史書，這本借錯了，翻卡片借的，我當時還以為是講白求恩的呢。

我跟李早在鐵皮房子裡點火。他跟我說，偷兩根兒菸來。我說，你咋不偷呢？李早聚精會神地扒拉著火苗，說，我爸也不抽啊，你爸愛抽菸，夠意思，去整兩根兒。我跑回家，藉著喝水的工夫，從菸盒裡抽出來兩根，攥在手心，又跑回來。李早已經把油氈紙點著了，一時半會兒滅不了，屋內被火光溢滿，無比明亮，外面下著小雨，雨滴落在房頂上，發出低沉的聲響。

我們借著火苗，各自點著一根菸，李早猛抽一口，然後咳嗽起來，我也吸了一口，含在嘴裡又吐出來，味道有些發苦。李早看著我說，抽菸不過肺，你這人兒挺不好交啊。我說，拉屁倒吧，說得像你會抽似的。

兩根菸先後燒完，我聽見外面有人在喊李早的名字，一個女人的聲音，雖然只隔著一層鐵皮，那聲音聽起來卻相當遙遠，他對我使著眼色，意思是讓我別出動靜。又過了一會兒，那個聲音逐漸消失，換成了一個男人的聲音，這次我聽出來了，那是他的父親李承杰，像一頭低吼的獅子，焦急並且缺乏耐性。李早不為所動，仍十分坦然，閉著眼睛享受火焰的氣息，他靠在一面鐵牆上，渾身沾滿鏽跡，帽子也摘下來，扣在膝蓋上，那頂帽子上的圖案是一隻紅色的公牛，芝加哥公牛，雙角高揚，怒睜圓目，注視著面前的那團火焰。雨聲越來越密集，直至連成喧嘩的一片。

一九二九年的初夏，天氣很熱，熟人穿過兩三條街彼此做客時，都不戴帽子，不穿上衣。

班立新說，聽你這麼一說，我才知道，原來去別人家作客，還要戴上帽子。李承杰說，前蘇聯，講這些禮儀，我們不講究。班立新說，這本書還講什麼，你再說說。李承杰說，還有就是死亡，這個男的，齊瓦哥醫生，坐在公共汽車裡看景兒，經過一個行人，穿著紫衣服的外國姑娘，公共汽車開過去，他超過紫衣姑娘，然後他就死了，公共汽車停下來，紫衣姑娘又跟他相遇，看了他一眼，繼續往前走，又超過了他。班立新說，這是啥意思。李承杰說，我也一直在想，沒太悟透。班立新說，可能就是歌裡面唱的，妹妹你大膽地往前走，莫回呀頭，通天的大路，九千九百九十九。李承杰說，大概也有這層意思。班立新說，齊瓦哥醫生，最後是啥毛病呢，走得這麼急。李承杰說，不知道，估計是心梗。班立新說，你剛才說書還沒看完，但主角都心梗了。李承杰說，其實這書我是在看第二遍了，我也不知道剛才為什麼要說沒看完，你有什麼好的道理，也來講一講。班立新想了想，然後說，針葉林高於闊葉林。李承杰點點頭，不再說話。

他們在纜車上，浮在半空。因為沒有嚮導，他們第一次爬錯了山峰，太陽初升之時，他們一行人便已抵達山頂，然後發現這不過是臨近的矮峰，主峰要從山的另一側走上去，他們有些沮喪，又從山上走下來，重新整裝出發，這次只爬到一半，所有人便已筋疲力盡，吃喝休息過後，他們決定去乘坐纜車，藉助工具登頂，雖然已經很累，但總歸還是要看一眼最高處的風景，再往回返。

纜車售票處的窗口上拉著一個條幅：熱烈慶祝本線路纜車連續運行十三年無事故。李承杰指著條幅，撇著嘴對班立新說，你看這條幅，很有問題，一般人看連續十三年無事故，一定會覺得很安全，但有沒有人想過，十三年前，到底出了什麼事情呢。工作人員在售票窗口裡冷冷地插嘴說，十三年前，我們這條纜車線路剛剛竣工。李承杰聽後尷尬地笑了笑。

山中的陰晴瞬息萬變，纜車一輛接著一輛走，相隔幾十米，到了最後，只剩下班立新與李承杰兩個人，他們共處在一輛纜車裡，坐在兩側，烏雲很近，抬手可及，李承杰背對著山峰，目不轉睛地看著兩側逆行的風景，班立新只注意著那片烏雲，柔韌而漫散，他從來沒有這麼近接觸過任何一朵雲彩，他想，閃電會不會也在其中，然後他就看見了閃電，天上的一道光，在他眼前聚集、分解、消逝，伴隨著巨響，他閉上眼睛，但閃電的模樣仍停留在那裡，長久不散。

雷聲過後，纜車便靜置在半空中，接受風雨的侵襲，不再前進。剛開始時，他們還沒反應過來，以為停止也是遊覽的一部分，直至窗外的景色很久都沒有變化，他們不得不將視線移開，發現後一輛纜車空無一人，而前面的那輛車裡，已經傳出刺耳的尖叫聲，他們正位於整條線路的中央，看不出來離地有多高，腳下是高大的樹叢，斜長在山脈上，一片深邃的綠色，風吹過來，樹梢搖擺得很厲害。班立新手裡倒弄著打火機，罵道，怎麼他媽停了，操。李承杰說，別是有故障。班立新說，等等看，估計馬上就能啟動了。

然而他們等來的卻是一場冰雹，猝不及防地砸在纜車的窗戶和車頂，聲音密集而巨大，劈哩啪啦，像是經歷一場猛烈的掃射，他們覺得車廂四處皆有裂痕，班立新有幾次都想手遮住腦袋，但卻始終沒能抬起胳膊。過了一會兒，那些冰雹又變成雨，跟著雨一起來的，還有凶猛的風，他們被吹得蕩起來，揚到半空裡，像是坐鞦韆，班立新拽住一側的窗沿，不敢放鬆，頭上開始冒汗，纜車裡空間封閉，越來越熱。

班立新始終在勸自己說，就當是在公園裡，坐那些驚險的高空遊戲。李承杰很害怕，臉色慘白，一直盯著窗外，渾身發抖，並且開始乾嘔，他的手緊緊抓住座椅的邊緣，汗珠直往下滴。李承杰說，十三年無事故，讓我們趕上了。班立新說，別嚇唬自己。李承杰嘆了口氣，說道，我要能活著下去，這輩子就再也不爬高了。班立新說，別說這沒用的，肯定沒事，大老爺們，鎮定點兒，給我講講你看的那本書。李承杰說，講不了，沒心情，講不了。

這時，外面的風彷彿小了一些，班立新手抖著，點燃一根菸，說道，隨便講講，時間過得快，轉移一下注意力。李承杰說，好，好。然後又搖搖頭，說，講不了，真講不了。他雙手抱著腦袋，看著搖晃的地面，彷彿隨時可能栽倒下去。

李承杰吐了兩口酸水，然後仰頭躺在座椅上，對班立新說，班子，給來根兒菸。班立新倒出一根菸，放在嘴裡點上，再遞給李承杰，他抽了兩口，咳嗽起來，滿臉通紅，平息之後，他開始講述，外面的雨像在為他作激烈的伴奏。他皺緊眉頭，講得有些突兀，開始時毫無頭緒，說什麼生命就是為犧牲做準備，幾近胡言亂語，直到說起一九二九年的夏天，蘇聯的一條大街上，一切逐漸清晰起來。他們噴出來的煙霧籠罩在車窗上，車內愈發壓抑、悶熱，汗水順著脖子淌下來，外面的雨聲好像小了一些，不再那麼嘈雜，而是轉為低語，彷彿也在諦聽他的講述。

講完齊瓦哥醫生，李承杰的精神緩和過來一些，他又要了一根菸，用鞋子把剛才吐出來的酸水劃開，重複道，針葉林高於闊葉林。班立新說，忘記在哪裡聽到的了。李承杰說，我們現在又高於針葉林了。纜車咯噔一下，仍然沒有行動，許多露水凝結在玻璃上，他們已經看不清窗外的模樣。

李承杰說，不聊書了，沒意思，其實一直以來，我都有個想法，現在要說一說。班立新這時身心俱疲，瞇著眼睛，靠在一側，附和著說道，什麼想法。李承杰說，這個想法，今天在這裡，我感受更深。班立新說，你說說看。李承杰說，我始終覺得，現在的城市規劃有問題，思路沒打開，我們的生活不夠立體，只活在一個平面上，太狹隘了，其實我們可以開發空中資源，打造三維世界，像這種纜車一樣，改造成空中的公共汽車，不用這種纜繩，不安全，受氣候影響太大，直接用吊車，抗風，不掛霜，結實，比方說，我會開吊車，那麼我可以作為一個中轉站的司機，你要去太原街，好，上車吧，給你吊起來，半空劃個弧形，相當平穩，先掄到鐵西廣場，然後我接過來，抓起來這一車的人，打個圈，掄到太原街，十分鐘，空中道路，你看著空無一物，沒有黃白線和信號燈，實際上非常精密、高效，暢通無阻，也不燒油，頂多費點兒電，符合國際發展方向。班立新說，有點意思，那吊臂得多長，怎麼啟動。李承杰說，伸縮的，利用吊臂的長度和傾角的變化改變起升高度和工作半徑，折疊式的桁架結構，非常安全，你上車也得買票，有售票員給你安排座位，胖的瘦的搭配，保證好重心位置，嚴格控制，不能超載，亮綠燈再啟動，各個站點做好配合，拿著對講機，安排好層次，按照規劃路徑，二十米一層，互相別打架，有高有低，錯落有致，車上的人在空中滑行，半個城市盡收眼底，比方說你從重工街出發，搖幾下桿把，你就開始橫著滑行，一路上能經過紅光電影院、勞動公園、露天游泳池，能看見掛著的廣告牌，上面畫著犟俐，《古今大戰秦俑情》，還能路過公園的假山，看猴子和鱷魚，最後是游泳池裡墨綠色的池水，人們在裡面打著水浪，晚上還亮著五彩的燈，一起一落，全是風景。班立新想了想，說道，確實是好，你開吊車，有點屈才了。李承杰說，不屈，我都想到了，別人不可能想不到，這是大趨勢，以後要是不在廠子上班了，我可能去當司機，天天坐在空中，比樹高一些，四周明亮，能看見雨和雪，心情舒暢，聽半導體效果肯定也好，我得再聽一遍《薛剛反唐》。班立新說，不看書了，前蘇聯的那個什麼大夫。李承杰說，開車不能看，閒下來時候可以看。班立新說，要是早有這個發明，他也不能死那麼快，怎麼也能先掄到醫院，搶救一下。李承杰說，還真別說，這個設施對於醫療也是一大進步。班立新說，那總共得多少個吊車。李承杰說，也不用特別多，有的距離長些，有的短些，交接處正好設置車站，下去幾個，又上來幾個，跟公共汽車一樣。班立新又說，但你想沒想過，這個跟高樓容易發生衝突。李承杰說，完全不衝突，建高樓時，留個心眼兒，凹進去一部分，作為中轉站，交通也更方便，直達，比方說，咱們廠子要是起個高樓，那些坐辦公室的，一步到位，直接進樓裡上班，節約多少成本。班立新說，有想法。李承杰說，但暈車的不建議乘坐，在天上嘔吐的話，收拾起來比較麻煩。

他們並沒有意識到，停滯半天的纜車已經緩緩開動，風雨漸息，雲霧散開，不知不覺，他們已經抵達終點，頂峰近在咫尺。前面的人抱著哭作一團，準備徒步下山，班立新和李承杰從煙霧彌漫的車廂裡走出來，抖抖被汗水浸濕的衣衫，讓雨後的涼風拂過胸腔，然後繼續邁向霧氣交織的山巔，他們一邊走著，一邊還在說著空中的那條道路。

父親說，兩年之後，我們兩家又一起出去旅遊過一次，還是那個地方，沒住療養院，住在賓館裡。我說，那次我記得，李早每天都起不來床，第一次印象不深了。父親說，也是去爬山，你和李早爬到一半，累得走不動，你媽說坐纜車上去，我沒同意。我說，挺遺憾，但後來去山洞裡看佛像，齜牙咧嘴的四個神靈，挺有意思，也就忘了爬山這個事情。父親說，我當時已經到了纜車門口，不少人在排隊，我向裡面一望，窗口上面拉著個條幅，上面寫著，熱烈慶祝本線路纜車連續運行十五年無事故，然後我就退出來了。我說，只記得那些山洞裡的回音很大，來回折射，說話聲越大，反而越聽不清楚，一片混沌的嗡鳴，要貼在耳邊輕聲講話。

父親讓我回屋睡覺，他獨自留在客廳裡。我躺在床上，打開檯燈，望著天花板，然後聽見他在客廳裡拄起拐杖，拐杖一頭纏著棉布，但在地面移動時，仍會發出沉悶的聲響。那是一年之前，上夜班時，他走在車間裡，忽然被電擊倒，他躺在地上，半邊身子是木的，完全想不出是哪裡來的電，想站起身，卻怎麼也使不上勁兒，也張不開嘴叫喊，直到凌晨，才被人發現，躺在板車上被送回家裡，休息了兩天，還是不行，最後去的醫院。那時候，廠區裡空得令人發慌，許多人都已經下崗，他住在醫院裡時，心裡知道自己也即將成為其中一員。手術之後，他的膝關節被截去，右手不太能握得住東西，醫生告訴他，康復不是一天兩天的事情，需要每日鍛鍊，調整好心情，才會有效果，不要喪失信心。父親說，好，一定堅持，至少得恢復到能拿起酒杯的程度。

我有點睏，但又睡不著，迷迷糊糊地想起許多事情，拐杖、纜車、山路、潮濕的空氣、破敗的佛像、墨綠色的池水，那本《九三年》正在手邊，我繼續讀下去，書裡面寫道：有些人來了，有些人去了，發生了一些事；至於我，我總在這裡，總在星星照耀之下。他不僅對一切大事不關心，對任何細小的事也不關心。與其說他在沉思，毋寧說他在幻想。因為沉思的人有一個目標，幻想的人卻沒有。他流浪，漫遊，休息。

班立新回到工廠之後，還是背了一個處分，被人舉報他帶著孩子去療養院，這已經是在廠裡的第二個處分，第一次是上班期間打撲克，並用墊木塊兒進行賭博，給予的懲罰是留廠察看，這也就意味著，只要再犯任何一個微小的錯誤，他就會被開除，變成一個沒有工作的人。他本來以為自己並不在乎，但在不經意間，卻發現自己的所有行動變得很小心。

他不再喝酒，也不打牌，別人喝酒時，他出門抽菸，低著頭走過狹長的通道，車間舉架極高，左右兩側各鋪著一條運輸軌道，他跳到軌道裡，踩著上面的鏽跡前行，他比車床要低，比線圈和配電箱要低，比經過的人群也要低，一直走到盡頭，才撐著鐵門的底角跳上去，那時他的雙腿仍十分有力。

班立新在廠裡幾乎很難遇見李承杰，他們之間的交情也並沒有因為一次出行而變得更深，只有孩子在院子裡玩時，他們才會湊到一起聊上幾句。兩個家庭結伴出去遊玩過兩次，爬一次山，看一次海，到地方之後，基本上也是各玩各的。看海回來之後，廠裡改制的消息便傳開了，很多人即便早有心理準備，但當事情真的來臨之時，卻也不知如何應對。工廠先是賣給一群人，許多人被裁掉，剩下的需要競聘，重新簽訂用工合約；工廠後來又轉讓給一個人，更多的人失去工作，變得無所事事。折騰幾次之後，班立新的工作變得十分繁重，上夜班時，通常都是一宿無法闔眼，空曠的車間裡，經常有重物墜地的聲音長久迴盪，所有人比從前要更加沉默、辛苦，即便這樣，他們也只能得到從前一半的工資。

李承杰被通知下崗的第二天，特意借來一輛三輪車，他找來班立新幫忙，一起把東西搬回家。李承杰說，要走了，你那邊怎麼樣。班立新說，勉強維持，早晚的事情。李承杰說，沒想到，以前不甘心一輩子開吊車，現在覺得，要真能開一輩子，倒也沒啥不好。班立新問道，新單位找到沒有。李承杰說，沒找，不知道幹點啥好，實在不行，去建築工地看看。班立新勸他說，樹挪死，人挪活，別太擔心，總有出路。

班立新看著他從儲物櫃裡收拾出來許多東西，勞保手套、嶄新的工作服、幾塊肥皂、兩本泛黃捲邊的書和一本相冊。班立新坐在一旁，翻開那本相冊，裡面夾著許多張照片，有他和妻子的，並排騎著自行車，他穿著西服，妻子穿著極不合體的紅色旗袍；還有他和同組幾位工友的，有他們一起聚餐的照片，也有去郊遊的，互相摟著肩膀，旁邊是一塊字跡模糊的石碑，李承杰站在最邊上，比其他人矮上一頭，笑得很害羞；更多的，是他兒子單獨的照片，光著屁股坐在澡盆裡的，舉著玩具衝鋒槍站在圓凳上的，圍著粉色紗巾打扮成女孩的。再往後面翻，班立新發現，他跟李承杰在山上的那張合影也在相冊裡，於是他又想起那次爬山的經歷，指著照片對李承杰說，我們那天被困在纜車裡了，差點沒下來，媽的。李承杰說，是麼，我有點記不住了。

滿地的啤酒瓶子，班立新已經數不清楚自己到底喝了多少，他的腦子很暈，但精神依舊亢奮，不停地說著話，跟身邊的朋友講述工廠裡發生的事情，前一年他剛被放出來，在家待了幾個月，母親怕他再出門惹事，便申請提前退休，他接替母親的工作，到工廠裡上班。喝到半夜時，所有人都醉了，紅著眼睛高聲叫嚷，班立新去旁邊的牆根底下撒尿，回來時，發現他的幾個朋友已經跟鄰桌的陌生人打了起來，白黃相間的街燈之下，他們奮力向前擲出自己的身體。班立新很激動地去摸自己的背包，那裡面習慣性放著一把匕首。兩邊打得火熱，他摸到那柄冰涼的硬物，剛想掏出來，卻又想起自己剛滿半歲的兒子，他想，如果再有兩個月見不到兒子的話，他可能會十分難受，於是他又猶豫起來，捏著刀柄不知所措。最終，他拎起背包，獨自向另一條路走去，他聽見兩個啤酒瓶子在空中相撞的聲音，在長夜裡顯得極其清脆、尖亮，彷彿要去劃破什麼東西，而碎片像雨一樣落下來，撒在地上，泛著零碎的光，映照著他的前路。他的腳步愈發輕盈，像是走在空中。

而同一時刻的李承杰，正在產房門口等待著，他的妻子已經推進去很久了。剛進去時，他還很焦躁，胡思亂想，隨後精神有些支撐不住。在此之前，他剛上過一個夜班，開完吊車又去幫忙搬運，回到家裡，早飯還沒吃完，妻子便出現陣痛，比預產期要早一個月。他騎著自行車，後座馱著妻子，倆人來到醫院，滿頭大汗地去辦理手續，妻子在走廊裡疼得撕心裂肺，眼神裡盡是絕望。妻子被推進產房後，他數次將耳朵貼在外門上，去聆聽裡面的聲響，卻只有空氣的流動聲，像是從收音機裡傳出來的雜音，在空中默默行進，航過全部房屋與星群。他不停地走來走去，後來有些累，便坐在塑膠椅子上，回想著剛剛經歷的一幕幕，沉沉昏睡過去。他睡得很深，歪著腦袋，頭髮根根豎立，除了兒子的啼哭聲之外，什麼都不能將他吵醒。

那時，他們都還沒有意識到，這是多麼悠長的一個夜晚，他們兩手空空，陡然輕鬆，走在夢境裡，走在天上，甚至毋須背負影子的重量。

梯形夕陽

我在看河，從塔吉克流過來的那條河，水勢平順，藏著隱秘的韻律，梯形夕陽灑在上面，釋放出白日裡的最後一絲善意與溫柔，夜晚就要來了，烏雲和龍就要來了。

一九九六年夏天，我從技校畢業，學的是車工，學校當時已經不包分配，畢業生需自尋出路，我待業一段時間，同年九月，父親花錢託人，將我的關係轉入他所在的瀋陽變壓器廠，當時廠裡情形急轉直下，開始大批裁員，一線工人只出不進，我被暫時調入銷售科，成為一名科員。介紹人跟我父親說，坐辦公室的，怎麼也比幹生產的強，手藝現在不值錢了。我父親一語不發，他所在的浸漆組也是朝不保夕，集體下崗只是時間問題。

工廠業績不佳，轉型艱難，在職員工大多被買斷工齡，重新競聘，轉為契約工，怨聲一片。下崗職工的不滿情緒則更加激烈，隔三岔五便在工廠門口聚集，站在大路兩邊，喊著廠長或者車間主任的名字，此起彼伏……砰砰幾聲，砲打青天，黃白色的紙錢在半空中開花，又紛紛揚揚地落下，迎著霧氣與昏光，像一場幽沉寧靜的雨。

待這些人散去後，廠內的清潔工們提著柳條紮的硬掃帚趕來，輕輕舞動，將碎石、菸頭、紙錢和落葉一併掃去，堆在一起點著，風很大，火星漫天飛舞，之後又逐一熄滅，地面上殘餘的灰燼全被吹散，只留幾道灰黑的印痕，繁盛的雨水也難以洗刷乾淨。我頭一天上班便遇見這幅場景，很受觸動，後來見怪不怪，說是為工廠送葬，倒不如說是給自己出殯，不同於往昔，如今誰也救不了誰。

廠區裡總有下崗職工出現，有來辦手續的，也有整理物品，或者跟工友敘舊的，甚至還有一覺醒來，照舊上班，到了單位才想起來自己已經下崗，不知何去何從，圍著廠區騎車繞圈。此景淒涼，但我那時剛參加工作，正準備大施一番拳腳，鬥志昂揚，時常幻想憑藉一己之力扭轉頹勢。

銷售科所在的辦公樓位於廠區東側，環境優雅，樓下有繽紛的假花壇，我每天騎自行車上班，特意留個心眼，總是將車停在裝配車間的庫裡，裝配車間的女工好看、開放又潑辣，全廠聞名，我拎著夾包，將剛配的大屏漢顯傳呼機別在褲帶上，整理好髮型，每天在她們車間門口多逗留一會兒，希望能藉此引起一些年輕女工的注意。但兩個月過去後，並沒有收到什麼效果。我有些心灰意冷。

至於工作方面，也沒取得任何進展。從我第一天進廠起，我們銷售科的負責人周科長便讓我學習變壓器製造行業的相關知識，厚厚一摞子列印資料，藍黑色油墨印刷，糊成一片，被翻得捲了邊，裡面涉及變壓器的類型和基本參數，行業總體經濟狀況，產品特性與銷售策略等內容，非常枯燥，無趣。但周科長把這些看得十分重要，督促安排學習的同時，還喜歡隨機考核提問，我們私下給他起外號叫「周隨機」。比方說，我上廁所小便時碰見他了，他會一邊撒著尿一邊問我，中國變壓器市場上有能力生產500kV變壓器的企業有幾家？我必須立即回答出來，總共有五家，其中包括我們瀋陽變壓器廠、湖南衡陽變壓器廠、陝西西安變壓器廠、河北保定變壓器股份有限公司、上海阿爾斯通變壓器有限公司等。然而，只回答出這些還遠遠不夠，周隨機看你停下來，尿液會懸置於半空，嚴厲地質問道，還有呢？撒尿不能只尿一半吧，話也不要只說一半。你必須繼續補充道，能生產220kV變壓器的企業不超過二十家，生產110kV級的企業則有七十家左右，其中以北方居多，而年產超過百台的企業，普天之下，寰宇之內，只有我們一家。周隨機聽後點點頭，雙腿微曲，抖抖下身，語重心長地說，記住了，這些都是你以後的競爭對手，以後跟外面辦事也是，說話要說完整，不要說半句話。我說，周科長，您放心，我都記住了，我還沒說完呢，近年來，瀋陽變壓器廠通過引進國外先進技術，使變壓器產品在品種、水準及高電壓變壓器容量上都有了大幅提高。目前，我們生產的變壓器品種包括超高壓變壓器、全密封式變壓器、換流變壓器、環氧樹脂乾式變壓器、組合式變壓器、油浸式變壓器、捲鐵芯變壓器。此外隨著新材料、新工藝的不斷應用，瀋陽變壓器廠還會不斷研製和開發出各種結構形式的變壓器，永遠走在行業的最前端，今時今日，我以我是瀋變人而自豪萬分。周隨機十分滿意地提上褲子，伸出濺滿尿液的大手，拍拍我的肩膀，說，小夥子不錯，工作很上心，咱們回辦公室吧。我說，周科長，您先回，我還沒尿呢，剛才光顧著回答問題了，太緊張了，尿泡都要憋炸了。

後來我才知道，周科長的那一摞資料上寫的也都是半句話。補充完整的話，其中一句應該是，其中年產超過百台而銷售不超過二十台的企業，普天之下，寰宇之內，只有我們一家。

年關將至，周隨機仍沒安排給我任何銷售任務，他開始頻繁失蹤，神出鬼沒，很難找到，女科員小柳負責替他傳達指令，隨機問答次數驟減，我也逐漸鬆懈下來。廠區基本停轉，工資已經拖了兩個月，據說過年也沒有錢發，我心裡很著急。這時我剛交了個女友，兩人經常吃飯、逛街、看電影，開銷較大，女友名叫張紅麗，是我的小學同學，住我家附近，彼此算是比較了解，她是單親家庭，跟她媽一起過，娘倆在南塔兒了個床子賣鞋，家庭條件比我好一些。張紅麗很早就不上學了，長相雖然一般，但喜歡穿著打扮，在我們那一帶名聲並不好，跟好幾個人糾纏不清，不過我覺得無所謂，至少她對我還算不錯，沒處幾天，便送我一雙紅褐色的大利來皮鞋，穿著特有派，像做買賣的。唯一不太適應的，是每次跟她約會時，似乎都會聞到一股強烈的皮革味道，她說鞋城裡面都是這種味道，今年流行的水牛皮，噴半瓶香水也遮不住。我聽到水牛這兩個字時有些走神，會想起一部以前看過的電視片，裡面有許多死去的水牛，一生為人役使，溫馴而沉默，最終倒在河畔。

我帶著張紅麗打兩次撞球，吃過幾頓飯，然後就想著怎麼把她往錄像廳裡領，有些事情我相信她的經驗比我要更豐富，那些我反覆揣摩的，她或許早已心知肚明。當天跟她吃的是朝鮮燒烤，期間我裝成一位熟諳工廠狀況的老員工，將許多聽來的奇聞講給她聽，之後又喝掉數瓶啤酒，披上大衣，摟在一起出了飯店。我說，別回家了，沒意思，咱倆去看會兒錄影帶。張紅麗說，你去吧，我可不去。我說，別啊，來的時候我都記下節目單了，今天放的片子特別好，《風塵三俠》、《香蕉成熟時》、《妖街皇后》、《不道德的禮物》，精彩不斷，半夜還有加片呢。張紅麗撇著嘴說，沒一個聽著像正經片子。

來到錄像廳之後，我便開始隱隱後悔。這兩年我沒怎麼去看過錄影帶，不大清楚裡面的變化，我印象裡的錄像廳仍停留在那一套刻板的描述裡，男女曖昧成對，依偎在長椅上難分難解，迷離又催情，但這裡完全是另一副樣子，環境骯髒凌亂，滿地的糖紙和瓜子皮不說，揮之不去的菸味、臭味和汗味也令人作嘔，這些味道彷彿凝固在空氣裡，永遠也散不盡，除非將此處炸為平地。低矮的頂棚，骯髒的圍牆，讓人倍覺壓抑，四、五十平方米的室內，幾十人圍坐在一台二十九吋電視機旁，密切關注螢屏上發生的一切，兩個音箱吊在牆角，一驚一乍，聲音很大，但依然沒有蓋過這群人所發出的低語聲、咀嚼聲與鼾聲。我和張紅麗推開油膩的厚門簾進入之後，坐在倒數第二排的長椅上，前面的人不時回頭向我這邊看，我定了定神，之後發現，張紅麗也許是這裡唯一的女性，無論是前排的民工還是旁邊的中學生，看她的眼神都十分猥瑣，饑渴地提著眼眉去瞄張紅麗的大腿。我頓覺惱怒，又沮喪又挫敗，想舉起拳頭去捍衛點什麼，卻不知應該打向何處。螢幕上的梁朝偉以光頭形象扮演自己的生殖器，我看見前面有人把手悄悄伸進自己的褲兜裡。張紅麗深深地低著頭，不看螢幕，也不說話，樣子十分拘謹，她深重起伏的鼻息裡流露出明顯的羞怯與不自然，甚至還有怨恨情緒。那一瞬間，我忽然對她喪失全部興趣，很想就此一走了之，卻一步也邁不動，像一面殘破的白旗，被釘死在窸窸窣窣的黑暗裡，無能為力地向全世界宣告投降。

大概總共待了不到半部電影的時間，我們便離場出門。外面的風很大，還下起了一點雨，雨絲既涼又銳，能刺進骨頭裡，我們沒有傘，走在其中就更加難受，我心情低落，一路上都沒怎麼說話，張紅麗也是。剛出來的時候，我看見她的臉很紅，熱騰騰地散著白氣，後來被風颳得好像更紅了，像凍壞的梨，我很想把手從褲兜裡掏出來，捂上去暖暖她的臉，卻始終也沒有鼓起勇氣。

此次分別之後，我便再也沒有約過張紅麗。春節放假前，單位還是沒開工資，但分了一些東西作為福利，剛下崗的也都有份，算是最後一次大發慈悲：每人兩桶豆油、一袋大米、一箱帶魚，還有一副對聯。我給張紅麗掛了個傳呼，留言是：晚上給你家送魚，渤海第一刀，大連野生。她沒給我回消息，結果當天晚上我也沒去。第二天早上，我媽說廠裡不是發對聯了麼，你給貼門上去，省得再去買。我捧著一碗熱騰騰的糨糊來到門外，抻開對聯一看，上聯是「潘變騰飛指日可待」，下聯是「心不下崗再創輝煌」，橫批「春暖人間」，看後我直接撕了，又下樓買了一副新的貼上。你媽了個逼的，春暖人間。

春節假期剛過，單位裡還是沒幾個人上班，正月十五之後，廠區裡才有了一點生氣，食堂的不銹鋼大鍋裡煮了元宵，我連湯帶水地喝下三碗，又慢悠悠地點了顆菸，挺著肚子踱步回辦公室。尚未坐穩，小柳便過來喊，說科長有事找我。我連忙趕過去，進屋之後，周隨機示意我坐在對面的椅子上，跟我說，知道找你啥事兒嗎？我說，科長，你隨便考，我都背得滾瓜爛熟了，但現在吃得有點撐，反射弧可能拉長了，你不著急的話，我想好了慢慢回答你。周隨機說，不是這個事，今天先不考試，有人舉報你了，違法亂紀，在廠裡影響很壞。我說，科長，這話說得不對，我飯量是有點大，吃了三碗元宵，但我也是身不由己啊，很難控制，吃不飽就沒辦法背題。周隨機說，好啊，你說了我才知道，三碗元宵，那都是有定額的，你都吃了別人怎麼辦，這又是一個事兒，我們回頭再細算，今天找你，是因為聽說你年前把廠裡發的對聯撕了，說說吧，你對廠裡有什麼意見，我聽聽。我說，科長，那可真是個誤會，對聯不是我撕的，發給我時就是壞的，我本來想給黏好，結果手太笨，徹底給撕壞了，我對廠裡特別忠誠，雖然我來的時間不長，但已經建立了極為深厚的感情，一日瀋變人，渾身瀋變魂，眾所周知，瀋變是與新中國一起發展壯大的，從一九四九年起由一個小型乾式變壓器廠發展成中國最大、技術最先進的國家重大技術裝備企業……周隨機說，行了，打住吧，比我背得都明白，其實今天找你，主要是給你分配任務，要上前線了，練兵百日，用兵一時。我一下子打起精神來，說，科長，您安排吧，我肯定努力完成，不辜負您和潘變對我的栽培教育。周隨機說，目前廠裡資金緊張，工資發放很困難，職工過日子都很成問題，迫在眉睫啊，現在安排你幫廠裡去收一些回款，收回來的按照銷售額提成，人手有限，沒人帶你，不過也沒關係，一回生兩回熟，這也是鍛鍊你的好機會啊，你自己收拾好了就可以出發，帶好相關文件，去找他們單位採購和財務部門，好好談談，要有技巧，也要有底氣，不要畏懼困難，有潘變在後面給你撐腰呢，期待你的好消息，早日凱旋。

火車開過橋面，天氣很好，兩側的冰已經開始融化，大塊大塊地掉落到閃閃發光的河水裡，沒入水後又浮上來，蕩出一層輕微的波浪，最終緩緩漂走，融於遠處，車窗和夾板上都有水滴不斷溢出，世界汗如雨下。我揣著介紹信、單據和預支的費用，坐在下鋪，手裡握著一個洗好的蘋果，盯了半天，不知從何處下嘴。

一條河將整個鎮子分成南北兩個區域，南面有耕地，大片的稻田，朝著陽光，始終趨於暖意，即便是在初春這種荒缺之時，也顯得頗有生機。幾處平房散落其間，蓋得規整、方正，門口垛著綁緊的柴，煙從房頂上飄出來，迎著下午白亮的光，盤繞著消散於青灰色的天空裡。北面則是新城區，風總是直直地吹下來，由上至下，街道由光潔的水泥板鋪成，剛蓋起來的磚樓擺成八卦的圖樣，據說為了震住一座古墳，是誰的墳呢？我問蹬三輪的師傅，他對我說，不是人的，是土龍的墳，土龍嘛，學名叫鱷魚，去年這裡施工破土，鑽頭下去打地基，開始是濕泥，緊靠著河，泥巴到處飛，後來打出原土來，又硬又臭，像是焊在地上的，鑽頭下去直冒火星，沒兩天，就出了細碎的白骨，一節一節的，互相扣著，像一道鏈鎖，施工隊長有點擔心，停工上報，市裡面派人過來，也沒仔細考察，便說是鱷魚的骨頭，不就是魚刺兒嘛，沒啥價值，繼續往裡砸就行。但隊長為人比較迷信，不敢輕舉妄動，說啥也不再往深裡打，偷摸就在上面起了樓，地基是斜的，上面當然也好不了，你看，這還不到一年，就那座樓。

我順著他的手指遙遙望去，竭力觀察河岸邊上矗立著的那幾排樓，而他奮力指出來的一座，看上去跟其他並無不同。他說，離得太遠了，看不出來，等太陽下山時候，你再看看，像栽著肩膀的人，左高右低，縫隙裡射出來的光都是歪的，呈梯形，徹底斜了，三輪師傅繼續說，而且底下還在塌呢。我說，真危險，那這裡有人住麼？他說，怎麼沒有，有得是，我家就住這個樓裡，畢竟有暖氣，集中供暖，這個冬天你家多少度，我家二十七度，天天吃雪糕降溫。我說，樓歪了不影響你們的日常生活嗎？三輪師傅想了想，說，也沒什麼影響，就是住在我們樓裡的人，在外面走路時都一腳高一腳低，像踩在泥裡，總是崴著走，也跑不快，但蹬三輪還行，單腿能使上勁兒。

三輪師傅把我送到電廠門口，擦去頭上的汗，跟我說，五元，人民幣，謝謝老弟照顧生意，都不容易。我說，剛才咱不說好三塊錢的麼。師傅說，嗨，你不聽故事了嗎，故事兩塊錢，再說你可憐可憐我，樓都歪了，床也是斜的，天天跟媳婦辦事時我都直往下出溜，生活過得太吃力了，加兩塊錢多嗎？真不多。

電廠裡遍佈著清晰的廢氣味道，這裡的空氣彷彿是由可燃成分所組成的，廠房鏽跡斑斑，掛著木牌的鍋爐車間和燃料車間緊緊相鄰，兩者之間只缺一條細細的導火索，便可以一併灰飛煙滅。我踩在鐵屑與煤渣上，望著近處孤高的煙囪，只覺一陣暈眩，睜不開眼，看來這裡的世界確實是斜的。在一間廠房的牆根底下，我見到了三個穿制服的保衛人員，歪戴帽子，正蹲在地上摑撲克，我走過去打招呼說，您好，我是瀋變的，來這裡辦點事情，請問咱廠子的財務科在哪裡。其中一位歲數較大的，警惕地將展開的撲克收在手裡，然後豎著眼睛反問我，你是來幹啥，要找誰。我只好重複一遍，我是從瀋陽來的，來找咱們單位的財務人員，解決款項方面的問題，你看這個升壓變壓器，就是我們廠子生產的。門衛說，那你得找財務科長。我說對。他揚起一隻手，指了指天空中的煙囪，說，去吧，他就在那裡邊呢。說完扭過頭去，朝著另外兩個人抿嘴偷樂。我說，大哥，別開玩笑，那不是煙囪麼。他說，對啊，上禮拜他跳進去的，據說爬了一個多小時呢。我說，我操。他接著說，好人吶真是，自殺連帶火化，都不給殯儀館添麻煩。我說，那我的款怎麼辦。他說，我他媽怎麼知道，反正你別在這兒閒晃了，該去哪兒去哪兒。我聽著有點生氣，於是對另外兩個人撂下一句，他手裡捂著仨尖兒[1]倆老K，然後扭頭就走了，我聽見另外兩人一直在笑。

出師不利，有點晦氣，我走到廠區門口，想著如果這樣回去，肯定是不行的，勢必會被周隨機猛烈批評，於是便在電廠的招待所開房住下，躺著看了小半天電視，喝了

1　北方多將撲克牌中的A稱為尖。

兩壺茶葉，瞇了一會兒，醒來之後已經天黑，下樓去招待所的餐廳吃飯。此時一些下了班的工人也來這裡喝酒吃炒菜，看樣子已經喝了不少。我點了一盤地三鮮[2]，一盤黃瓜拌牛腱子，還要了兩瓶當地啤酒，一邊吃喝，一邊想這個款我該朝誰去要。

剛喝完一瓶啤酒時，我聽見旁邊桌子有人問道，李薇，你跟趙科長在一間屋裡辦公，他到底為啥爬煙囪呢，你說說原因。女孩沒理他，自顧自地舉杯說道，少廢話，相聚都是知心友，我再喝倆舒心酒，你陪不陪一個。那人接著說，我覺得是財務問題，要不然就是男女關係沒處理明白，要不然也不至於，煙囪那麼高。女孩說，能不嘮這事兒了麼，我啥都不知道，你這杯趕緊喝了，養魚呢跟我，來，酒都別停，倒滿，舉起來，來，山不轉水轉，你不乾我乾。

第二天早上，我起來得很早，時刻留意著隔壁的聲音。昨天夜裡，那個叫李薇的女孩後來應該是喝多了，她的幾個朋友攙著她回來的，動靜很大，直接給她在我隔壁開了間房住下，又吵又鬧，還唱了半宿的歌。早上七點半，我聽見隔壁有水聲，便把門半敞著，打開電視，坐在床上抽菸。

三、四根菸的功夫，我正哈欠連天時，聽見李薇從隔壁出來了，正在擰鑰匙鎖門，我連忙提著包出去，跟在她後面一起下樓，她看起來比昨晚要憔悴一些，頭髮凌亂，臉色發白，眼睛無神，一副沒睡醒的樣子，但細細打量起來，五官倒是十分精緻，一對兒笑眼。她走出招待所時，我用假裝熟人的語氣在後面喊道，李薇，嘿，李薇，等我一下啊，走那麼快幹啥。她轉過身來，我笑著迎上前去，她滿臉困惑，彷彿不相信我喊的是她的名字。

李薇坐在轉椅上，雙手撐在中央，屁股左右來回擰動，椅子上的海綿露出來一塊兒，像是嘔出來的穢物，在我眼前反覆晃蕩。我看著頭暈，說，你好，李薇，咱能別轉了嗎？李薇說，不能，以前趙科長就這麼轉的，我就坐在你的位置上，你感受一下曾經的我，噁不噁心。我說，感受到了，曾經的你是挺噁心。李薇說，我呸！你他媽說誰呢！錢沒了！我說，別別，我最噁心，好不好，求你給我想想辦法，真的，這是我的第一個任務，收不回來款，沒辦法交代，搞不好工作都沒了，本來現在班兒就不好找。李薇說，

2　東北地方的家常菜，將茄子、馬鈴薯和青椒一起下鍋炒製而成。

跟我有屁關係啊。我說，跟你當然沒關係啦，但咱們挺有緣分，住過隔壁，也算鄰居，遠親不如近鄰，你幫我出出主意，事情辦好了，我肯定使勁兒報答。李薇想了想，拍著桌子說，餓了餓了，走，先去吃早飯。我說，怎麼還餓啊，你們昨天喝到那麼晚呢。李薇說，唉，後來都吐乾淨了，胃裡泛著空。

廠區右側拐角處是一條頗窄的馬路，窄路兩邊的灰楊樹枯瘦而怪異，樹身佈滿坑洞，枝幹張牙舞爪地伸向天空，樹後是一排飯店，都是平房，有鐵皮焊的，也有磚砌的，至少七、八家，有餃子館，燒烤店，還有大盤子家常菜，但在早上，每家都經營著同樣的品種，餜子，鹹菜，漿子，豆腐腦，我吃不下主食，只要了一碗漿子，剜幾勺白糖倒進去，就著鹹菜絲兒喝，李薇坐在塑膠凳子上，兩條細腿兒搭在一起，穿著運動鞋，露出一截白色的襪子，挺有朝氣，顯得很幹練。老闆揀剛炸好的餜子扔進塑膠筐裡遞過來，李薇拈起一根就往嘴裡送，張開大嘴，狠狠咬上一口，油星兒落在下巴上，我給她遞過去兩張餐巾紙，說，文明點兒吃，沒人跟你搶。李薇邊大口嚼著邊說，你挺欠啊昨天，偷聽我們說話。

半碗漿子還沒喝完，幾個門衛走了過來，坐在旁邊桌子上，其中就有昨天被我透牌的那個，他不看我，但翹著指頭跟別人說，就他媽這小子，昨天攪局來著。我說，說誰呢你，大點聲唄。他還是不看我，轉而對李薇說，小薇啊，這人你認識麼，你認識的話，我就給你個面子，不削他了。我剛想說你來削一個試試。李薇在旁邊說，徐叔，我認識他，他就那樣，特欠兒，走哪兒都欠兒，你別跟他一般見識。門衛說，你認識啊，那就算啦，以後注意點兒就行，那啥，小薇啊，這個月工資能按時發不？李薇說，我也不知道啊徐叔，財務科現在就剩我一個人兒了，不知道下一步怎麼安排呢。

回去的路上，我說，怎麼可能呢，這麼大的廠子，財務科就你自己？李薇說，人都走了唄，跳煙囪一個，辭職出去打工的倆，還有一個在家帶孩子的，就剩我自己了。我說，那你要升官了，科長這職位以後就是你的啊。她說，升屁官啊，我也準備走呢。我問她走哪兒去。她說，反正不能在這兒待著了，你剛來的，可能不知道，我們這兒今年要出大事，河邊的樓都斜了。我說，這個我可知道，地基沒打好，碰到鱷魚的骨頭就不打了。李薇說，屁鱷魚啊，有沒有文化常識，東北自古以來也沒有鱷魚啊，挖到的那是龍的骨頭，有頭有尾的龍屍圖，跟天上的星象對應著的，懂不懂，現在被毀了，上古陣法被破了，都說今年會發大水，咱這河兩邊兒都要保不住，到那時候，洪水一沖過來，兩岸猿聲啼不住，你懂不懂，太慘了。我說，這句詩原來是形容發大水的啊，我剛知道。李薇白了我一眼，說，你這幾天可以在我辦公室待著，因為比較空，我自己待著還挺害怕的，但不能打擾我，不能抽菸，更不能跟我閒聊，明白麼，因為我要背題。我說，你們也背題啊，我在單位也天天背題。李薇說，你背啥題，我背知識競賽的題，香港要回歸了，咱們廠子搞比賽，我拿個三等獎就行，雙人電熱毯，最近濕冷，有個電熱毯我能少遭點兒罪。

李薇捧著資料背題時，我出門往廠裡的辦公室打了個電話，周隨機沒在，小柳接的，我跟她說明情況，事情有點難辦，負責人跳煙囪了，自殺連帶火化，可能涉及男女問題，也可能不是，總之現在沒人管財務這方面的事情了。小柳說，你說的我轉達給周科長，另外我跟你複述一遍科長的最新指示，他讓我跟你說，廠裡情況不妙，又有工人在鬧，錢能收回來多少算多少，但一定要抓緊時間，科長說了，這次能收回來多少，立即按比例提成，另外再多給你提一個點，史無前例，機會就在眼前，看你的了。我說，是是是，謝謝小柳，保證努力，收回來款，我第一個請你下飯店，咱去吃風味樓。小柳說，加油啊，其實咱們科長還挺看好你的，背地裡總誇你記性眼兒好。我說，能要回來錢才是真本事。

我再次回到財務科時，李薇正在屋裡數著節拍跳健美操，一二三四，二二三四，動作協調、機敏，像一隻在水泥地上四處竄動著的燕子，我注意到她穿的那雙運動鞋變白了，又亮又濕潤，好像剛剛刷洗過一般。見我回來之後，她不跳了，用手給自己搧著涼風，喘著粗氣甩給我一沓紙，說，來，你考考我，檢驗一下我的學習成果，還有不到半個月的時間就要比賽了。我翻開一看，全是跟香港回歸相關的題目，我清了清嗓子，從裡面挑題問她，英國是通過哪三個不平等條約佔領香港的？李薇立即回答說，南京條約，北京條約，展拓香港界址專條。我接著問，香港經濟的四大支柱產業是什麼？我還沒說選項，李薇便回答說，金融服務業、旅遊業、貿易及物流業、房地產業，嘿，怎麼樣，我挺厲害吧。然後我把資料扔到茶几上，跟她說，下一題，香港回不回歸，跟你這個鎮電廠的出納員，到底有啥關係啊。李薇將手頭的帳本朝我扔過來，生氣地說，去死吧你。我雙手接住帳本，正準備仔細翻看，她又猛然竄過來，一把搶了回去。

每隔一天，我都會給辦公室打回電話，匯報工作進展，在此期間，周隨機只跟我通話一次，語氣誠懇，說一定得要回來些錢，不然廠裡要嘩變了。我說，領導，你用詞太典雅了，我先查查嘩變是啥意思。單位裡的小柳倒是經常幫我出謀劃策，說實在不行，你逐個擊破，從你剛認識的女出納入手，給她許諾一些好處，逐層滲透，一步一步去接觸廠長。我便死皮賴臉地去懇求李薇，讓她幫我去引見廠長，李薇一直推脫，說廠長也要錢去了，咱們的帳上沒現金，他不敢輕易露面；你等著吧，等我競賽獲獎了，高興的話，就去給你說兩句好話。我說，工資都沒有呢，拿啥給你發獎品。她說，這你就不懂了吧，競賽是工會搞的，咱們工會有得是錢。

那段時間裡，我基本上白天都在李薇的辦公室裡陪她背題，或者在她跳健美操時幫她數拍子，指導動作是否標準，晚上我們則搭伴去招待所或者廠區旁邊的飯館吃飯，她喜歡吃辣爆肉丁配米飯，我心事較重，飯量銳減，喝了啤酒後，就只能吃得下拌腐竹之類的小菜。我嘗試著給她倒過幾次酒，她一口不碰，說自己喝上酒就控制不住，醉酒的樣子又實在是太難看。吃過飯後，一般是她回家，我回招待所，有時她覺得自己吃得有點多，內心有負罪感，我們便會去河邊散步。鎮上的風很大，尤其是晚上，上方來的風捲入水裡，激發不同方向的水浪，相互吞噬、碰撞，嘩啦嘩啦，像是很多人在說話，我覺得河裡的水都要被吹乾了，根本不可能倒灌入岸，李薇則認為在不遠的將來，或許就是香港回歸之前，奔騰著的水浪便會漫天襲來，殘餘的龍骨會攪起一道幾十米高的水牆，淹沒稻田、樓房和燈，然後人們只好枕著浮冰、滾木，或者乾脆騎在鐵板上，被大地的力量溫柔地推動著，驅逐、沖散，從此天各一方，這裡永遠變成海；而從前認識你的那些人呢，他們之中的任何一個，你都不會再見到了。我說，運氣好的話，也許你會被沖到香港呢。李薇瞪我一眼，說，不想去香港。我說那你要去哪裡呢？她說，要是能選擇的話，能把我沖到塔吉克就好了，我爸在那邊施工呢，去兩年了，你們變壓器廠接的專案，他外派過去設計電路，要在列加爾擴建一個出線間隔，線路從南部向北部延伸，繞開哈賈—納赫什朗建築遺跡，翻越塔吉克北部最高的安佐布和沙赫里斯坦，最終緩解南部冬季枯水期用電緊張的問題，能聽懂嗎你？我搖搖頭。她接著說，看你也沒什麼文化，學過地理沒，塔吉克，中亞高山國，東南部是冰雪覆蓋的帕米爾高原，世界屋脊，全部活水的源頭，我們這條河裡的水也是從那裡流過來，那裡春夏飛雪，晝夜飄風，冷極了，唯物主義的那種冷，所以其中最高的山峰叫共產主義峰。在共產主義峰上，一切都將得以解釋，也包括愛恨和生死，據說當地有首歌，只有一句歌詞，咿咿呀呀反反覆覆地唱，翻譯過來是說，世界就是兩道門之間的路。那裡是沒有龍的，但遠遠望去，嶙峋起伏的山峰也像一條龍，一條白色的冰龍，正在矯健地穿越，身軀化作抽打萬物的巨浪，騰空而起，過幾道狹彎，然後在某處猛一轉頭，無聲地凝視群山。我說，我操，牛逼，聽著都冷，凍死我了，咱們回去吧。

回去的路上，我心有不甘，越想越覺得冷，渾身發抖，便報復似的一把拽住李薇的手，她試圖抽出去幾次，沒有成功，我攥得很死，生怕她跑掉一般，後來我的手裡出了很多汗，變得滑膩，李薇也不說話，膽怯而虛弱，唯有起伏不定的呼吸聲印證著她的存在。經過招待所門口時，我很想拉著她上樓，但不知該如何使用身體語言委婉地表達出這層意思，她趁我注意力渙散時，迅速將手抽去，扭頭便走，腳步急促，我站在原地不知所措，走出幾步，她又轉過頭來，抬起眼睛低聲嘟囔了句，我先回家了。我說，好，好。

第二天，我照例在上班時間去財務科報到，但李薇卻沒來上班，科室大門緊鎖，我只好沮喪地回到招待所，數了數帶出來的錢，已經所剩無幾，泡了碗速食麵，吃完繼續睡覺，睡到中午起來，發現傳呼裡多了一句留言，我的大連野生帶魚呢，落款只有一個字，麗。即便相隔遙遠，我也瞬時聞到了那股強烈的皮革味道，張紅麗的這條消息讓我很臉紅，上次在錄像廳的經歷實在不算愉快，那副情形與讓一群男性圍觀她的裸體無異，她並未因此大發雷霆，於我而言已是幸運，而我不僅沒有主動致歉，之後說過的話也沒兌現，如今還是對方先發來消息，給我找個臺階下，這麼一想便更加慚愧。我下樓往張紅麗的商場裡打了個電話，溫和地表達了歉意，然後跟她解釋說這些日子裡我要帳不順的事情。張紅麗說，你過年都不來我家，一句話也沒有，當時真的不想理你了。我連忙說，是我不對，回去我一定補上，目前收不回來款，壓力很大，內憂外患，每天都很受煎熬。她聽後嘆了口氣，說，實在不行咱不上班了吧，你來鞋城給我幫忙，最近生意還可以，我和我媽倆人有時忙不過來，雇外人又不放心。我說，那哪兒能行呢，再咋的也不能讓你養我啊。張紅麗說，我反正覺得無所謂，你自己決定吧，繼續上班我也支持，回來了想著找我就行。我說，好，好。

掛掉電話後我想了想，乾脆回去算了，來了十幾天，錢馬上花光了，連廠長的影子都沒見到，款項問題更是毫無進展，天天陪著一個出納員準備知識競賽，實在令人喪氣。我開始收拾行李，並準備去買返程車票，剛把晾曬的衣服收起來，便聽見有人敲門，我一開門，發現李薇站在門外，頭髮利索地紮在後面，穿著一身我從來沒見過的衣服，顏色很豔，她進屋巡視一圈，然後坐在床上說，怎麼著，你要攜款潛逃啊？我說，一分錢我都沒收回來，我往哪兒逃啊。李薇說，那你是不是畏罪潛逃啊？我說，可別亂講，我遵紀守法，本分做人，有什麼罪啊。李薇盯著我看，俏皮地說，少裝傻，你昨晚犯了什麼罪你不知道嗎？來吧，跟我走，我幫你把廠長找回來了。說完拉起我的手，直奔廠區。

之後的那兩天裡，我彷彿交到了一絲憂愁的好運。廠長並不如我想像中那樣狡詐難纏，相反，他像是個真正的莊稼漢，從稻田裡生長出來，黝黑結實，粗糙的大手握過來，聲若洪鐘地跟我說，請理解，我們是兄弟企業，如今各有各的難處，我們的工資也發不出來，東挪西借。我說，是是是，經濟大環境不好。他說，但是，也不能讓你白來，李薇三番五次來找我，磨破嘴皮子，把具體情況都跟我講了，你們廠子確實遭遇到比較大的危機，前所未有啊。我說，謝謝您的理解，的確如此。他接著說，所以我制定了一個方案，你看是否合理，就是我們現在立即付給你尾款的百分之四十，然後將之前全部的帳目一筆勾銷，這個方案聽起來有些不算妥當，但其實最合理不過，當然，你們也可以不接受，但那樣的話，我也無能為力了，我們也要生產，要吃飯，要搞文體活動。我說，廠長，你說的我都懂，但百分之四十太少了，這個事情我作不了主，涉及數目挺大的。他說，不用你作主，去跟你們領導研究一下嘛，好好探討探討，反正我是不著急。

從廠長辦公室出來之後，李薇正在外面的走廊上來回閒晃，她見我出來，連忙跑過來問我情況怎麼樣，是不是幫了我的大忙。我說，你們廠長這是趁火打劫啊，花四十萬就想解決一百萬的事情。她一撇嘴，說，你就知足吧，這都不知道費了我多少口舌，別人可沒這待遇。

我往廠裡打回電話，小柳接的，周隨機又不在，我說他怎麼一天老也不上班，小柳說他現在白天不怎麼敢來廠裡，追債的太多，全國各地的客戶對他進行圍追堵截，咱們財務科可能要改夜班制了。我跟小柳說明情況，小柳表示會立即向上匯報，並安慰我說，不管怎麼樣，總算有點眉目啦。我苦笑著掛掉電話。沒過半個小時，小柳打來傳呼，我回過去，小柳說，你這次立了大功了，咱們廠長和周科長都很高興，能有錢回來就不錯，按照對方說的辦，簽好字據，但是記住，錢不要直接匯在廠子的帳戶裡，直接匯到我的私人帳戶上。我說，這是為啥呢？小柳說，匯到廠裡帳戶上，銀行方面就會知道，可能就要直接充帳了，匯到我個人帳戶上，回頭直接安排職工來辦公室領錢，這才能解燃眉之急，你說對不對？得先可著咱們職工來，老百姓們還得過日子呢，反正那些來要帳的又餓不死。我說，小柳，你說的有道理，以職工為本，符合我廠一貫作風，但能讓周科長再給我回個消息確認一下嗎？小柳說，那沒問題，你再等等啊，天黑以後，他就來上班了。

下班之後，我和李薇來到招待所的餐廳，還沒坐穩，李薇喊服務員說趕緊上酒，慶祝一下，然後跟我坐在同一撇兒，挎著我的胳膊，臉貼過來，說道，怎麼樣，還得我出馬吧，今天好好款待我，高興了我明天就給你們匯款。我說，你要是能早點幫我找到廠長，事兒早就辦完了。李薇說，呸，我不得看看你的表現啊。於是倒滿一杯，舉起來跟我碰，她連喝好幾杯，興致很高，我心裡還在隱隱擔憂，不敢放鬆，還沒到八點時，她已經喝掉四、五瓶，我捏著杯子，心緒不寧，酒嚥得很吃力。

這時我接到周科長的傳呼，立即跑去外面回電話，周隨機那熟悉的聲音又響起來了，先是對我的工作表示肯定，又對我的解決策略表示贊許，最後明確地說道，款匯到小柳給你的帳戶裡，廠裡自有安排，記住，無論何時，我們廠子都會把職工的利益放在第一位，無論有多艱難，也會盡力保障職工的權益。我說，懂了，機科，哦不，周科長，您放心，明天我就催他們安排匯款。最後他又說，你這次表現很不錯，那麼我再考考你啊，我們在超高領域，交流750kV輸變電專案的情況還記得嗎？我說，科長，真記不清，這些天裡，腦子裡想的全是要帳的事情。周隨機說，你看看，這才幾天，就荒廢了，記住，即便是出差，也要經常複習資料，加強整體業務素質，要時刻做到心中有個變壓器。我說，好，好，好，現在有了，我心裡還有個法拉第。

掛掉電話後，我的心情比之前疏朗許多，李薇見我狀態放鬆下來，也很開心，我們又點了幾輪啤酒，她醉得很厲害，最後是我攙著她回到房間裡，一路上，她不斷地跟我說，我可比你大一歲半呢。我說，知道了，你厲害。然後坐在床邊時，又跟我講，這個月處理完廠裡的事務，不在這破地方待了，天天作夢都是大洪水，水裡還有蛇、羊和草，有一天還夢見你了，也在水裡，離我本來挺近的，但怎麼撲騰也游不過去，你伸著手也拽不到我，急得要死，後來一個浪從我倆中間打過來，你也消失不見了，就剩我自己，大雨澆得我睜不開眼睛。我說，知道了，知道了，你最厲害。我湊過去一把摟住她的肩膀，嘴唇貼在她的耳朵上呼熱氣，她推開我，接著說，你別鬧，我還沒講完呢，當時在夢裡啊我就想，也不是說非得跟你怎麼樣，但在那麼大的洪水裡，兩個人總比一個人強，你說是吧。我說，那是，那是。李薇說，所以說啊，真的必須要走了。我又湊過去，說道，你要是願意的話，跟我一起回瀋陽唄，瀋陽沒有海，但風很大，一吹起來滿嘴沙子，牙咬得咯吱亂響，也沒有意思。李薇拉著我的手說，我不怕沒意思啊，從小就沒意思，沒意思好多年了都。我說，你想好了就行。李薇說，再等幾天，怎麼我也得比完賽，要不白準備了，瀋陽也挺冷，我得帶著我的電熱毯去。

競賽之前的那天，我陪李薇複習到半夜，她將全部考題背得相當熟練。我問她，付出這麼多，只為一個電熱毯，值麼。她說，以前覺得值，現在跟你在一起吧，好像也不怎麼需要電熱毯了，我得再想想，一等獎是啥來著。

工會活動都在機修車間的工具庫裡舉辦，工具庫分上下兩層，各自二、三百平米，牆壁兩側分別是鐵架與鐵箱，空間寬敞、開闊，競賽跟在學校考試沒有區別，工會主席負責監考，場地中央稀疏地擺上單人的桌椅板凳，每個人發上一張卷子進行答題。發卷之前，我站在門口，聽見主席致辭：月兒彎彎照海港，夜色深深燈火閃亮，東方之珠，整夜未眠，守著滄海桑田變幻的諾言。百年滄桑，百年香港，一國兩制，偉大構想，和平回歸，紫荊盛放。同志們，七月一日，香港即將回歸到祖國的懷抱，這標誌著香港同胞從此成為祖國這塊土地上的真正主人，香港的發展從此進入一個嶄新的階段，相信大家的心情跟我一樣，也是激動萬分，那麼，在這個普天同慶的日子到來之前，咱廠特此舉辦本次知識競賽，意在了解香港的歷史、認識香港的今天、展望香港的未來，當然，成績優異者也有相應禮品作為獎勵，那麼希望大家在接下來的一個小時裡，誠實答題，不要交頭接耳，遵守紀律，尊重香港。

李薇拿到卷子後，迅速來回翻看一遍，對著門外的我比出一個ＯＫ手勢，然後胸有成竹地開始寫答案，門逐漸掩上，我走出廠房。在廠區的大門外，我想點根菸，但我的手一直在抖，點了幾次都沒成功。跟我有過節的那個姓徐的門衛，此時正在巡邏，看了我半天，徑直走過來，用手掩住火，幫我點著菸，我也回敬給他一顆。他說，兄弟，你的手冰涼啊。我沒說話。他說，要走了吧？我說，是。他說，自己一個人走嗎？我又沒說話。他說，一直待在咱這兒，不也挺好。我說，你這話啥意思？他說，太冷了，我回崗亭了，你抽完菸記得踩滅，對了，我其實不怕你告訴別人我手裡的牌，就算你都念一遍，他們也記不住。

腰間的傳呼震動不停，我低頭一看，張紅麗讓我速回電話。我找到電話，顫著撥過去，她的聲音很溫柔，問我什麼時候能回去。我說快了快了，估計也就明後天。她說你前天就說款已經打回來了，還在那邊待著幹啥。我說，這個你不懂，又不是賣鞋，一手交錢一手交貨，還有很多後續工作要處理呢。張紅麗小聲地說，快點回來吧，挺想你的我還。我心虛地說，我也是，我也是，我也是。掛掉電話時，我的手心裡全是汗水，泛著濕潤的光芒，我彷彿又聞到了那股強烈的皮革味道，一陣暈眩襲來，世界在傾斜，死而復活的水牛向我湧來，雙角高揚，步伐堅實有力。

李薇將款打過去的當天，我給辦公室撥去電話，問小柳是否收到款項，她回說銀行效率低，暫時還沒有查到，但對我表示恭喜，並羨慕地說，這一下子你能賺好多提成啊，好幾千塊呢，真有能力。第二天再次撥去電話時，辦公室無人接聽，我想也許是在開會或者有集體活動，第三天我又撥過去，白天和晚上都在打，也是一樣的情況，耳畔只有空曠的回聲。今天早上，父親給我打來電話，問我怎麼還不回去，我騙他說款還沒收回來呢，需要多待幾天，其實這兩天我都在陪李薇。父親說，估計你也沒收回來，一般人可幹不了這活兒，那你抓緊回瀋陽吧，我聽說你們科長跑了，帶著一個姓柳的會計，是你同事嗎？可能是私奔呢，嘿嘿。我心裡一顫，問他說，確定麼。他說，不確定，聽說而已，但要是真的，那可就有意思了，老周都這歲數了，還搞破鞋，以他老婆的性格，等著家破人亡吧，嘿嘿。我問他，你們這個月的工資發了麼？他說，還沒有呢，在這個方面，你千萬可不要學你們領導啊，搞得最後沒辦法收場。我說，沒事我先掛了，還有很多工作要做。

從廠區走到河邊，大概需要四十分鐘。昨夜剛下過一場雨夾雪，路途泥濘，兩側的坑陷被雨水填滿，水潭上覆蓋著一層皺著的薄冰，風從衣服領子裡齊齊灌入，身上和手心裡的汗全被吹乾，我抬頭望去，遠方有一片陰沉散漫的雲，橋上有一列孤零零的火車頭，突兀而緩慢地經過，拉著悠長的汽笛，不知在向誰呼喊。傳呼機又震起來，李薇發來消息，說，已考畢，估計一等獎，你在哪裡，招待所見。

我在看河，從塔吉克流過來的那條河，水勢平順，藏著隱秘的韻律，梯形夕陽灑在上面，釋放出白日裡的最後一絲善意與溫柔，夜晚就要來了，烏雲和龍就要來了。我想的是，沿著河溯流而上直至盡頭，在帕米爾高原被冰山回望凝視過的，會是什麼樣的人；一步一步邁入河中，讓刺骨的水依次沒過腳踝、大腿、雙臂、脖頸乃至髮梢的，會是什麼樣的人；被溢出的洪水捲到半空之中，枕著浮冰、滾木，或者乾脆騎在鐵板上，從此告別一切過往的，會是什麼樣的人。

我想了很長時間，仍舊沒有答案。天空呼嘯，夜晚降落並碎裂在水裡，周圍空空蕩蕩。我知道有人在明亮的遠處等我，懷著災難或者恩慈，但我回答不出，便意味著無法離開。而在黑暗裡，河水正一點一點漫上來。

工人村

我說，買賣不成仁義在。大頭說，雞毛仁義。我說，總有親情在啊。大頭說，雞毛親情。我說，你接著出車吧，今天不聚了。大頭說，出雞毛車，趕緊的，送完醫院過來唱歌，就願意聽你唱的刀郎，賊雞巴荒涼。

古董

傍晚光線之下，一切都在緩慢地發生著位移：光、房子、磚牆、樹、行人、傾倒在街邊的髒土、螃蟹殼與即將落幕的雲。收音機在響，電磁波信號在空氣裡震盪，解調出來的聲音巨大而沙啞，嗞嗞啦啦，彷彿要將揚聲器撕裂出一道口子。電台主持人的聲調誇張，跌宕起伏，不豎著耳朵仔細聽的話，便很難分辨出他到底是在播新聞還是說評書，彭偉國和陳家洛可以在這裡相遇。

老孫的軍綠色上衣搭在右肩膀上，左臂的戲曲臉譜紋身和一排精瘦的肋骨暴露在外，剛剃的禿頭上正生出一茬青色，稀疏的幾綹山羊鬍隨風擺動。此時此刻，他腰板挺直坐在門口的破沙發上，目光嚴峻，呼吸均勻而順暢，正在專注地對收音機進行著微調，如臨大敵一般，右手極穩，施加精妙的力道扭動旋鈕，反覆進退，以取得更好的收音效果。直至發出的聲音逐漸趨於穩定，吐字清晰，他才滿意地將收音機輕放在腿旁，重新直視前方，整個人也鬆弛下來。

收音機拉出來的天線剛好搭在他的胳膊上，不經意間看去，他們彷彿一對在夕陽裡依偎著的瘦削戀人，毋須奮力，彼此便已融為一體。這是眾多傍晚中的一個，並不比昨天或者明天的更為獨特，但卻也同樣晦暗、易逝，難以捕捉。

一條窄路橫在老孫面前，路上很少有機動車經過，對面是一片工地，塵土縈繞，叮噹作響，不分日夜。工地的外圍豎著幾塊鮮豔的廣告圍擋，上面噴塗著一個時髦女性的背影，擺出一副性感奔放的造型，腰臀輪廓完美，波浪捲髮十分飄逸，末梢有著勾人的弧線。旁邊寫著幾個絢麗的美術字：在我的地盤，你就得聽我的。

老孫盯著這個嫵媚的身影，心裡想著：憑啥聽你的呢？可要點臉吧，還聽你的，你蓋的是派出所啊？

收音機還在響，一個男性的嗓音誇張地播報，誰和誰一比一打成平局，九十分鐘鏖戰，兩支名字拗口的外國球隊，其中一支全場緊逼，但也未能取勝，老孫嘆了口氣，心裡想，這都是命啊，也不知道羅伯特·巴喬現在還踢不踢了，那可真是一個黃金時代。

一段新聞播放完畢，間歇裡，主持人播放串場音樂，振奮人心的外國歌曲，慷慨激昂，有海鷗在歌曲裡飛。老孫想起來，幾週之前，曾經有聽眾特意打去電話，問主持人這首歌叫什麼名字，主持人說了句英文，Go West，啥意思來著，對，去西方，一起上西天，展翅高飛，跟魚和海鷗們一起，吃海草和蝦，呼朋喚友，在鹹而潮濕的空氣裡，夜航西飛，去往海的盡頭，生活的盡頭。

老孫瞇著眼，跟著節奏輕輕搖擺身體，身下的彈簧沙發有規律地湧出一團團的灰塵，像水中金魚吐出的泡泡，迎著最後的幾縷陽光，膨脹，飛舞，破滅，消散。

天色漸晚，涼風穿過低矮的樓群，捲起煙與塵土。一位中年婦女騎著自行車經過，她的胖兒子坐在後座上，氣鼓鼓地喊道：媽！今天真不是我先動的手！老孫愣了會兒神，拎起收音機的天線，轉身回到自己的店裡。他將衣服扔在椅子的靠背上，之後拽了一下被汗水和油煙浸漬得泛黑發硬的燈繩，將整間屋子點亮，鎮流器發出嗡嗡的聲響，像成群秋蟲的鳴叫，自在而嘈雜，揮之不去。

屋內有著一股時光流逝的氣息，白熾燈照亮滿滿一屋子的破爛兒，或者按照老孫的說法，古董。佛頭，銅幣，瓷片，不倒翁，字畫，酒盅，線裝書，菸酒標……各自在角落裡散居，默默注視著老孫，以及他身後陰影中的廣告女郎。

在工人村裡開古董店，老孫得算是頭一位。

工人村位於城市的最西方，鐵路和一道佈滿油污的水渠將其與外界隔開。顧名思義，工人聚居之地，村落一般的建築群，上個世紀五十年代開始興建，只幾年間，馬車道變成人行橫道，菜窖變成蘇式三層小樓，倒騎驢變成了有軌電車，一派欣欣向榮之景。俄羅斯外賓來此參觀學習，家家戶戶競相展示精神面貌，盛情款待藍綠眼睛的老毛子，竭力推廣自家卓越的生活方式，幾位來考察的外賓日日恍然大悟，受益良多，回國後每年冬季開始漬酸菜包餃子唱小拜年。

萬物皆輪迴，凡是繁榮過的，也必將落入破敗。進入八十年代後，新式住宅鱗次櫛比，工人村逐漸成為落後的典型，獨門獨戶的住宅被認為更接近時代。一門幾戶的工人村舊居，剛入住時相敬如賓，時間長了，矛盾顯現，油鹽水電等不起眼的小事，相互之間也能打得不可開交。更有甚者，父母輩明爭暗鬥時，兒女輩卻暗結珠胎，仇恨的種子進一步散播，一筆算不清的糊塗帳。

九十年代裡，生活成績優異者逐漸離此而去，住上新樓，而這些苟延殘喘的廉價社會住宅，居然也變成了古董，待價而沽。所有人都在等待拆遷，拿些補償款或者換個新居，從而改善一下生活條件。街對面樓齡更輕的，已經拆完並開始重建，但至今還沒拆到這裡。原因是住在工人村的，老弱病殘居多，這些落後於時代半個世紀的人們是天然的釘子戶。比起那些離開的，仍住在這裡的人們，想得到的要更多一些，畢竟他們所擁有的只剩下這幢老房子，這是最後的底牌，不打得驚天動地一點，是沒辦法翻身的。

也有開發商們對此處打起主意，在市場調研階段，他們請來幾個黑社會，去討價還價。一隊凶悍的壯年男子，平頭，黑背心，胳膊上紋著龍、豹、羅漢、大佛，一個比一個凶惡，部分上面也紋前女友的名字，像用鋼筆寫上去的，「彤彤」、「紅顏小菲」和「鍾愛一生——彩鈴」。

黑社會隊伍整齊，據說也在執行軍事化管理。他們來到工人村，攥緊拳頭，咣咣咣地敲著落漆的門，敲第一戶沒給開，門上鑿出一個淺坑，表示這個世界我來過；再敲第二戶，租房子的是南方人，語言不通，沒嘮明白；敲到第三戶，開門了，一幫人叼著菸進屋，毫不客氣，床上坐著老兩口，為首的大哥拍拍炕上的被褥，掀起一層灰塵，然後一屁股坐在床上，腿半盤著，朝著老兩口揚起眉毛，吐著菸圈說，什麼情況，你知道了吧，咱們誰也不要麻煩誰。老兩口互相看了一眼，又瞇縫著眼，盯著眼前這個男的，誰也沒說話，大哥被看得心裡發毛，也瞇縫著眼看老兩口，六隻半睜著的眼睛懸在半空中，屋內氣氛緊張。

末了，老太太說了句話，孩子啊，你是大鵬不？郝家的老小兒。大哥說，哎我去，我這才看出來，不敢認啊，是薄板廠我秦姨吧？老太太連忙說，是我，還記著我呢，是我，咋長這麼結實了，多少年了都，你媽身體咋樣，腰脫還犯不啊？你咋樣啊，結婚沒？大哥的內心當場崩潰，受不了了，壓低著嗓子說，我媽沒了，去年過完年沒的。我還沒結婚呢，家裡條件不行，工作也不行啊，正經過日子的誰跟咱啊。秦姨，多少年沒見了都，看見你我覺得真親啊。

黑社會都是這座樓的兒子。

大哥沒能交差，跟對方說，這活兒沒法幹，都是上一輩的老熟人兒，從前低頭不見抬頭見，我媽活著時候我也沒給她掙過臉，現在沒了，再咋的我也不能給她再繼續丟人了。對方是大公司，策略型地產企業，通情達理，對此表示理解，並說道，買賣不成仁義在，哪邊涼快你就上哪邊去吧。大哥事兒沒辦成，錢沒掙上，憋屈了幾天，回頭發

表一條感言，「走得再遠，也不要忘了為什麼出發」，後面跟著四個驚嘆號，引人深思。

工人村舊樓裡，臨街的一層大多租給做買賣的作門市。一排十來戶，有一家燒烤店，便宜、量大、油膩，炭火興旺，面積不小，佔去三、四戶的位置；旁邊是一家司機便當，半夜也營業，十元吃飽，十五元的話能多吃兩個葷菜；還一家剃頭的，老闆風華正茂時，愛穿高領毛衣，趁著媳婦不在店裡，在理髮椅子上按倒過幾個女徒弟，現在老了，半邊臉癱瘓，木著沒有表情，腦子也鈍，經常拿著推子停頓在半空中，不知該推向何方；還有一家治鼻炎的，後起之秀，全國連鎖，只是從來沒見裡面有過顧客。靠路邊的兩家，一家拐彎進去才能看見，白底紅字的牌子，上面寫著四個字，菁菁足療，下午開始營業，晚上掛起溫馨的粉燈，店裡大概常年貫徹節約用水方針，凡是陌生客人進來，問，能做足療嗎？抹著濃妝的女技師回答說，不好意思啊哥，停水了，只能做按摩。客人提起來精神，諂著問，什麼按摩？怎麼按的呀？技師眨眨眼睛，微微湊上前去，嘴唇呼出熱氣，說道，局部保養唄。客人繼續假裝不懂地問，局部啊，具體是哪兒呢？技師笑著說，你過來點兒，往我這邊來點兒，換鞋進來，然後我再告訴你。

老孫的古董店緊挨著菁菁足療，他租下兩戶，相互打通，擺幾個博古架，掛上幾幅高山流水的仿畫，在這樣一個最不需要古董的地方開起了古董店。他的店佔著樓角，西北兩向，都請人寫了書法字，然後做成招牌，龍飛鳳舞的連筆字，沒人能讀懂，路過的行人經常互相探討，那字念啥，什麼什麼齋，幹啥的呢，另一個說，起名字的吧，裝神弄鬼唄，前一個說，不對吧，我看他家像給人辦白事兒的，逢年過節賣點燒紙啥的。

也有吃飽了遛彎的老哥搖著扇子走進去，看見精瘦且有些仙風道骨的老孫，胡亂盤道，問，大師好，我兒媳婦要生了，你看你能不能給我孫子起個名兒，要敞亮點兒的，格局大一些的，我姓牛。老孫也不拒絕，想了半天，皺著眉頭說，出來了，格局大，那就叫牛振華吧。老哥說，你跟我倆鬧呢，那不是演小品的麼。老孫頓了頓，說，也說過相聲。

下午的閒暇時光，足療店的小妹也會跑來老孫的古董店聊天，小妹手裡夾著菸，把店裡的東西逐個擺弄一遍，然後問，孫哥，你這裡的東西，哪個最值錢呢？老孫想了想，然後說，可能是我本人最值錢，畢竟在這所有東西裡面，我歲數最大。

古董店並不是每天都開門營業，經常有十天半個月處於關門狀態，門上掛一把鏽跡斑斑的大鎖，窗戶上貼個字條：店主出門，青山不改，綠水長流，有事打電話。等到他再開門營業時，旁邊的鄰居問老孫，這段時間幹啥去了。老孫說，看看大千世界，去鄉下收貨來著。旁邊人問，收到啥好東西沒？老孫敷衍著說，沒啥，沒啥。熟悉他的人會繼續調侃道，七塊錢的紙幣收到沒？老孫說，那沒有，就有弄到倆十五的，你要不要收一張，我看還能升值。

收貨回來的幾天，老孫的情緒往往比較消沉，這時候跟他喝酒聊天的話，便會聽見他不斷地抱怨，如今啊，老鄉們一點兒也不淳樸，沒有誠信，時代變了。問他到底是什麼情況。他便開始給你講，現在的老鄉都是演員出身，鄉村奧斯卡，人人狄卡皮歐，從你進村的那一刻開始，他們就盯住你了，村裡幹部先找你喝酒吃蘸醬菜，好一番訴衷腸，咱們村歷史悠久，但現在情況不好，原因是啥，人民不像以前那麼愛吃苞米了，社會變了，不能理解，苞米都不吃你還想吃啥呢，然後他會故意把你帶到某人的家裡，說咱們村裡，屬他家的條件最差，日子要過不下去了，但有個傳家寶，你來幫忙看看，隨便給幾個錢買回去，也算為咱們村做貢獻，扶個貧，當一把老百姓的大救星。借著酒勁，我答應他們過去看看。第二天，進了老鄉家裡，確實窮，家裡空空落落，二十一吋大頭電視機，破塑膠凳子，掉碴兒的臉盆，牆上還貼著郭富城呢，一個傻愣的老爺們自己在家裡，個子不矮，紅臉膛，趿拉著片兒鞋，也梳著郭富城的頭型。我跟他說，老鄉啊，你好，我是上邊派過來的救星，能看看你的傳家寶唄。他也不說話，低著頭在斜栽的五斗櫃裡翻騰半天，然後捧出來一個陶罐子，落了一層灰，邊緣都破成鋸齒兒了，然後跟我說，就這個，祖傳的，比我爺歲數都大，你能給多少錢。我拿過來一看，這不就是醃鹹菜放醬油的陶土罐子麼。當場我把東西放下，說，這個我要不了，你還是給你爺留著吧，說完剛準備要走，被村幹部攔在門口了，一隻大手抵在門框上，露出紅通通的手臂，汗毛繃在上面，一根一根地豎著，他跟我說，同志，我看你還是留下吧，上次有大學生來給咱斷過，說咱這個是明朝的，晚明時期出品，官窯燒的，電視劇裡都出現過，錯不了，誰買誰發財，價值連城。我說，別扯犢子[1]了，還官窯呢，這擱在土炕底下就能燒，一晚上八個。村幹部說，同志，你是搞古董的文化人，不能這麼說話，很低俗，對不起

1 東北方言，在此有胡扯、瞎說之意。

你留的小鬍子，我看這個你很有必要留下，拿回去研究一下，可能有新的發現，你看看給多少錢合適。我說，沒錢，也不要這個罐子，你胳膊能放下嗎？我能走出這個村嗎？村幹部笑了笑說，不好走，不好走的，不能白來一趟啊，留個紀念也好。我上去拽他的胳膊，他另一隻手鉗住我的肩膀，猛然一發力，我的媽啊，骨頭都要被他捏碎了，鄉親們身強體壯，前有豺狼後有虎，沒轍了。最後我給了五百塊錢，抱了個破罐子回來，氣得我直發抖，剛回到車上我就想把罐子摔了，後來我一想，不能摔啊，回來哪怕我當尿壺呢，於是放在後備箱裡，開車走了，村幹部他們幾個還衝我擺手呢，我剛一出村，他們就在後面放了掛鞭。氣得我說不出話來，太狡猾了，良心沒了，現實，社會路難走啊。你看，就這個罐子，我回來還真研究一下，嘿，你別說，還真是有來頭的，底下帶著款兒呢，看見上面寫啥沒：東溝村第一副食。

前幾年，手串珠子一類開始走俏，工人村的中青年男子尤其熱衷，幾乎人手至少兩串，密密匝匝地捆在手腕和小臂上，遠遠望去，像變種人的一截義肢。朋友見面不幹別的，先擺好身位，觀察對方的鼻翼兩側是否出油，若有閃閃發光的跡象，二話不說，直接扔一串大金剛上去，迅速在對方臉上碾壓幾個來回，口中念念有詞：謝謝哥們了，臉借我用一下，我玩兒夥盤的，就圖個上漿快，你臉上的油不錯，別浪費。後來有一陣子出門戴口罩的人特別多。

文玩之風鼎盛期間，總有人來店裡問，有小葉紫檀嗎？老孫防患於未然，戴著口罩，口齒不清地說，不做那個，不做那個。那人又問，那你不如做一下吧，我給你供貨，我這還有精品大金剛，鬼臉爆肉，皮質金黃，紋路連貫細膩。老孫說，你這形容詞像賣雪花膏的，我賣的是古董，真正的古董，少拿那些破木頭疙瘩糊弄我，我瞧不上。從此旁人另眼相看。

後來，盜墓題材又開始成為熱門，有人學了幾個專有名詞，黑驢蹄子、洛陽鏟、桃木釘，跑去問老孫，玩這麼多年古董，見識過這些沒？沒想著去墓裡走一遭？據說死人身上有的是橫貨。老孫嗤之以鼻，反問道，你覺得這些東西現實嗎？那都是虛構的，文藝作品，騙老百姓的。做人吧，還得唯物主義一點兒，封建迷信那套不行。有人覺得話裡有話，繼續盤問，封建迷信那套不行，你那套行唄？老孫在反覆催問下，小心翼翼地說，行不行，我說了不算，但咱確實見識過行的，俗話說，一方水土養一方墳，南方講究分金定穴，北方全靠相土嘗水、象天法地，主要得有高手，從咱們這兒出發，上四環，夜走高速路，腳踩油門使勁兒摟，到遼西內蒙古一帶，貼著小道下，村裡走土路，挑老實的村民帶著上山，睡幾宿帳篷，為的是啥，夜觀天象唄，在大山和星星裡選位置，各種高科技儀器，啪啪全是紅外線，嘿呦嘿嘿嘿呦嘿，哪怕山高水也深，看星星也得看山勢，高手選好後，大手一指，就這兒了，旁人直接上雷管炸，像放二踢腳似的，開山，硬往裡懟，沒別的辦法，轟轟烈烈把握青春年華。高手嘛，其實也沒有傳說那麼神，但一般情況下，炸個十幾處，總能有一個兩個是準的，土塌下去，坑就露出來了，灰塵散開後，人進去刨，鎬把子掀棺材縫兒，一掘開能出來一口黑氣兒，像是人的魂兒散了，我們也不怕，反正我們也是鬼，紅了眼睛的窮鬼，誰能把誰怎麼的吧，再有，教你一個壯膽的小訣竅啊，刨棺材的時候，用手機大聲放歌，山裡的音響效果那是絕了，流行歌曲就行，遠方的人請問你來自哪裡，你可曾聽說過阿瓦爾古麗，有一次我邊刨邊聽這首歌，鎬把子跟眼淚一起往下墜，劈哩啪啦的，旁邊人都嚇傻了，不敢說話，以為我讓啥東西上身了呢，其實我是被這首歌感動了，唱到我心裡了，天山下的男女，那個時代，真是深情，只要是認準你這個人兒了，那就是個等啊，四處跟人打聽你，錢不賺了，班兒不上了，日子也不過了，騎上駱駝去祖國各地找啊，太深情了，邊疆人都特別仁義。扯遠了，說回來啊，咱也開過幾回跤扈的，撬開後滾幾道黑煙，真邪乎，裡面白骨一片，散了架子了都，一堆堆的，向動畫片裡狗咬的骨頭棒子，挑挑揀揀，裡面就有玉器，玉豬啊玉蟲子啊小蜜蜂啊機器人什麼的，那些東西可以，值錢，但也難出手，非常難，國寶啊那都是，沒有國外套路，一般不敢弄這個，得偷渡，不，好像叫走私。嗨，咱哪兒說哪兒了，我就這麼一說，你也就這麼一聽。這些東西啊，放咱手裡頭也沒啥用，就是個擺設。說到這裡，老孫長嘆一聲，戛然而止，給人留下無限遐想空間。

幾年下來，老孫的名聲竟然也逐漸傳開，沒人能弄清楚他真正的底細和路數，也沒人知道他手裡到底有沒有真東西，不過關於他的傳說倒是越來越邪乎。他晝伏夜出，神秘而狡猾，開店時間也不固定，很多外地過來的專程去拜訪他，隨便買上幾件，然後跟他聊上一會兒，想從他嘴中探點風兒出來，老孫裝傻充愣，怪話連篇，來者很難參透，皺緊眉頭匆匆離去。一位有點背景的長輩聽說此事，特意坐車專程來老孫的店裡，車停在遠處，步行著走過來，老人一襲布衣，俐落乾淨，氣質非凡，像一塊歷史悠久、品相上乘的蜜蠟，通體精神，世故而圓潤。老孫有點懵，不知道怎麼接待是好，長輩在店裡轉了一圈，隨便挑了幾件字畫、石器，說，你說個價吧，這幾樣我要了。老孫斗著膽子報了個數目，長輩微笑著答應，之後飄然離去。過了個把月，長輩又來店裡，照例隨便拿幾樣，微笑著又說，這幾樣多少錢，你不要客氣。老孫抱著再訛一筆的態度，比上次要價更狠。長輩稍稍猶豫，但仍算痛快地答應下來，背包裡掏出一小沓人民幣，沒數，直接遞過去。老孫手握人民幣，望著老者遠去的背影，嘆幾口氣，面部表情極為複雜。

第三次，長輩再次乘車而來，老孫熱情出迎，店裡轉了幾圈，長輩說，等下可否有時間，我想請你吃個便飯，老孫說，你照顧我生意這麼久，這頓飯我來弄，咱們也別出去吃了，乾脆在店裡吃火鍋喝白酒，我再買一點熟食，這次可著您來，想聊啥都行。長輩想了想，答應下來，老孫特意烤了炭，在屋間支上紫銅火鍋，碼齊豆腐、白菜、蠣蝗[2]、羊肉，兩人對酌。各自小一斤白酒下肚，老孫聊得天花亂墜，長輩扶他肩膀，說，第一次我來，見面禮算是給你了。老孫不勝酒力，臉紅著，口齒不清地說，這個我懂。長輩又說，第二次我來，敲門磚也算是給你了。老孫有點害羞，說，這個，這個我也明白。長輩放下手來，拿過自己隨身的背包，嘩啦一下，把前兩次買的東西全部傾倒在地上，瞪圓了眼睛，飽含期待地說：這些都還給你，我不要。那麼，你現在該給我看看你的真東西了吧。

老孫打著酒嗝，話說得斷斷續續：其實你……你的意思，我都明白，你想要啥……我，我太知道了。說完後，他晃悠著走到廁所旁邊，單掌推開門，站在門口，將迷彩短褲連帶著裡面的四角內褲往下用力一褪，露出半個緊繃而醜陋的屁股，叉著腰閉眼睛撒了泡尿，之後並沒有轉身回來，而一個跨步邁入廁所深處，在水池子上下的櫃子裡大肆翻找。老者仍在桌旁，一言不發，小口啜飲散白酒，他的指尖夾起兩粒花生米，不慌不忙，半瞇著眼睛，彷彿吃得津津有味，不難看出，他也是在極力克制著自己的激動情緒。幾分鐘後，老孫風塵僕僕地回到桌旁，帶著一股沉厚悠久的尿騷味，他佝僂著腰，眼睛發亮，懷裡抱著一個破損嚴重的陶土罐子，低聲說道，老師，不，大哥，親哥，你來看看這個，戴上鏡子看，不得了了，這是晚明期間——當地副食品商店出土的。非常顛覆，能震驚考古學界，有市無價的寶，按照我的想法，最好直輸海外，你問問大英博物館有沒有興趣。來，你摸摸這質地，水頭多足，別客氣，來摸摸，瑩潤溫雅，你再看看這紋

---

2 牡蠣、生蠔。

理，蚯蚓走泥，活靈活現，太野性了。這東西常年吸收著日月天地、菸酒糖茶的精華，時間的味道，歷史的味道，感受到沒有，聞到沒有，哥哥，怎麼樣，都是實在人兒，怎麼樣，你看這個你能出多少吧。

鴛鴦

菁菁足療成立於二〇〇一年，由下崗職工呂秀芬和其丈夫劉建國聯合創立。呂秀芬事業心較強，在經營過程中，充分發揮主觀能動性，身兼數職，肩扛腳踢，迎來送往，既是前台、廚師、保潔員，也是心理諮詢師、會計和總經理。劉建國的角色相對單一，負責足療店的安保工作，撐撐場面。工人村舊樓底層的一戶三室，他們一併租下，又在黢黑潮濕的走廊裡進行一番改造，將油綠的塑膠葉子和幾朵粉黃相間的假花纏繞在水管和煤氣管道上，兩盞紅燈在頭頂處發光，一左一右，極盡原始、昏沉、曖昧，行走其間，彷彿身處夏夜淺顯而溫濕的夢境，或者叢林裡一個霧氣重重的夜晚。

劉建國偶爾在院子裡乘涼，跟離退休職工溝通國家政策與民間精神信仰問題，更多的時候，他會在陽台上支開一張行軍床，於大蔥、食用桶油、鐵勺和木楔子間擺放折疊桌，光著膀子坐在床上，用桌機在玩網路鬥地主，網名浪子心聲，牌品好，出牌快，不罵對手，也從不用記牌器，當然自己也記不住牌，所以輸多贏少。超頻成功的賽揚處理器虎虎生風，帶領他在互聯網的世界裡自由翱翔，十七吋的飛利浦顯示器頂著一架低音炮，氣勢洶洶，立體聲環繞，兩張王牌一起出來時，轟炸音效極其逼真，震撼心靈。有一次，三方連續數個炸彈，此消彼長，不亦樂乎，屋內的女技師借勢跟客人說，哥，哥，你快點的唄，聽見外面這雷聲沒，要下大雨了啊。

呂秀芬有一姊呂秀麗，大她三歲，年輕時是廠花，單位裡的紅旗手，頗受矚目。呂秀麗待人熱心，但脾氣較倔，個性強，曾不顧家人反對，拋棄追求她的高級車工、木工和車間調度，毅然嫁給口齒不清的片兒警趙大明。趙大明非本地人，少年當兵，退伍轉業後進派出所，他的模樣並不起眼，眼距寬，髮際線靠後，講起話也有些大舌頭，但卻很愛表達，說得頭頭是道。此外，在日常的工作和學習生活裡，趙大明還熱衷於引用影視劇裡人物的台詞，最喜歡的角色是《旺角卡門》裡的托尼，其經典台詞被他改編成「我趙大明，是最講道理的，你怎麼對我，我就怎麼對你」。一口標準的東北粵語，說完自己哈哈大笑，然後追問旁人，你看我要是抹個油頭，像不像萬梓良啊？

趙大明的職業技能雖一般，但與上級關係處理得極好，對於家庭糾紛等瑣碎案件，也有著一套獨特的勸誡理論。婆婆跟兒媳婦打起來了，趙大明叼著牙籤，大搖大擺著過去調解，第一句跟兒媳婦說，你也不行啊，年輕力壯的，還打不過歲數大的啊？白活啊你。別人家的兩口子打架動了刀子，趙大明把小媳婦拉過一旁，自己騎在挎子車上，叼著菸說道，你瞅你老公那樣兒，還動手呢，過啥勁兒呢你跟他，我要是你我早離了，我看你這體型兒也挺標準的，找啥樣的沒有啊，他再欺負你的話，你來找我，昂，聽見沒？跟我別客氣，都不是外人。說完轟上幾腳油門，絕塵而去，將小媳婦留在身後的滾滾黑煙裡，眼淚被尾氣風乾，只留幾道灰黑的痕跡。

一九九九年，呂秀芬和劉建國先後從各自的單位下崗，家庭沒有經濟來源。論成敗，人生豪邁，大不了，從頭再來，劉建國受偶像劉歡的歌聲鼓舞，響應國家號召，開始自主創業，紮了個鐵皮車，扛來煤氣罐，在裡面包起餃子，扁木勺抿著芹菜豬肉餡，一起一落，一捏一合，乾淨利索，四塊錢一份，二十個，皮薄餡大，忙活了兩個月，被工商稅務連端兩次，算下來利潤微乎其微，遂作罷。餃子生意告一段落之後，劉建國又遭人蠱惑，加入直銷團隊，每日穿西裝打領帶，鬥志昂揚，逢人便講「天助吃自助者」，後來被人糾正，口號裡多了一個字。他四處推銷能吃的鞋油、多功能保健牙刷和糾錯能力超群的VCD機，三個月過去，商品一件也沒銷售出去。劉建國內心愁苦，每日在家刷牙六次，物盡其用；呂秀芬氣得哭了好幾場，終日發著牢騷，埋怨聲不絕於耳。某天刷牙時，劉建國幡然醒悟，吐著帶血的牙膏沫說，現在的人都太渴了，下崗職工的飯伙錢也騙啊。

路路皆行不通，唯有求助親朋。呂秀芬和劉建國拎一雙瓷瓶白酒，反覆猶豫，最終敲開姊姊呂秀麗家的門。客套話後，間接說明來意，兩人下崗後，事事不順，如今走投無路，一來沒手藝，二來沒體力，三來沒資本，姊姊和姊夫如果有好辦法，請指條明路，能賺個生活費就知足，有手有腳，日子總要過下去的。姊姊呂秀麗的廠子此時也處於減員狂潮，自身尚難保，只得皺著眉跟兩口子一起犯難，唉聲嘆氣。兩杯白酒下肚，趙大明在半空中揮舞著一塊醬脊骨，雙眼放光，把劉建國拉到一邊說，你倆做點兒買賣唄，我給你投資。劉建國心裡想，就你那摳樣兒，還能給我投資？但嘴上沒表達，小心翼翼地問，姊夫，你也知道以前我就是廠子上班的，也沒做過買賣啊，你要給我投資幹啥呢，能行麼咱，別再賠掉。趙大明俯下身子背過耳朵，大著舌頭，鼻音濃重地對劉建國說，足療兒，你整個足療兒。劉建國沒聽清楚，張著大嘴，滿臉困惑，反問了一句，啥？作妖兒？我作啥妖兒？旁邊的呂秀芬聽這邊聊的內容聲音漸低，認為也許有戲，著急地問，你們倆說啥呢在那，嘀嘀咕咕的。劉建國回應說，倒也沒說啥，姊夫說我整天作妖兒。呂秀芬說，姊夫說的真對，他下崗後，天天在家作妖兒，不愧是警察，有洞察力。劉建國更加困惑，不解地說，那他老洞察我幹啥玩意兒？我也不是犯罪份子。趙大明怒道，你們倆，都什麼耳朵啊。

趙大明的兒子趙曉東正對著電腦打遊戲，這會兒在一旁也樂開了花，說，爸，還說別人的耳朵呢，你也不看看你那什麼嘴啊。我爸剛才說的是足療，足療店，足底保健。現在大街上多得很呢。千里之行，始於足下。浴足拔火，釋放真我。

趙大明說，聽懂沒，我兒子都比你們明白。你照我的話辦，咱們也搞個家族企業，全球連鎖，榮耀百年，去納斯達克敲鐘上市。

有了明確指示，呂秀芬和劉建國著手準備，四處湊錢，租房裝修，貼壁紙改造隔間，擺下數張鐵架子床，準備掛牌營業。這時，呂秀芬和劉建國兩口子醒悟過來，趙大明所謂的投資，只是動用其工作之便利條件，不出一分錢，但是能保證安全經營，某些特種業務也是被默許的。按照趙大明的話，所謂足療店，醉翁之意不在酒，有幾個是真正去捏腳的呢，去消費的人往往心照不宣，想搞活經濟啊，思想首先得開放，畏首畏腳可不行，放下包袱，開動機器吧。呂秀芬和劉建國面面相覷，半晌後，趙大明又勸一句，台子都搭起來，咱這場戲還能不唱了？你們看著辦。

派出所那邊有趙大明通風報信，各項檢查來臨之前，菁菁足療門口紅紙一貼，外出旅遊，閉店幾日。之後照常營業，生意不溫不火，但能維持溫飽。劉建國時常心驚膽顫，半夜醒來滿背汗水，對呂秀芬說，咱們幹這個是不是違法的啊。呂秀芬罵道，有姊夫呢，再說了，飯都要吃不上了，又借了那麼多錢，不幹這個，咱倆去喝西北風啊。劉建國長嘆一聲，說道，我算明白逼上梁山的感覺了，我就是當代林沖啊。呂秀芬說，你可別給自己貼金了，林沖好歹以前在單位還是領導呢，國企幹部，你呢。

鐵打的足療店，流水的按摩技師。菁菁足療的門口常年貼著招聘廣告，要求十八至三十五歲，相貌端正，思想開放，有無經驗均可。足療店實力有限，只能養得起三、四個技師，其他足療店每接一單跟技師半對半分成，呂秀芬不忍，認為自己的店面也不夠敞亮，客源有限，女技師也都不容易，命途多舛，每次她只分四成，且供兩頓飯，營養套餐，葷素搭配。

十年彈指一揮間，這期間，菁菁足療來了又走的按摩女何止數十位，最長的待了四年多，跟呂秀芬情同姊妹，後來返鄉嫁人，呂秀芬還特意送去大紅包；最短的不過半天，只第一單，便跟客人互毆對打，扯著對方的頭髮嚎道：讓我管你叫爸？你咋不管我叫媽呢。呂秀芬上前拉架，說，行了，你們都是我祖宗，快鬆手吧。此時的劉建國，正在陽台上全神貫注地鬥地主，這一輪他搶到地主，正在以一敵二，情勢危急，需要調動全部智商來應對，對於外屋發生的一切暫顧不上回應。

事後，呂秀芬大罵劉建國，你真是個廢物，什麼都指望不上，等我死了我看你自己怎麼活。劉建國說，這些雞飛狗跳的事兒，你以後也少管，直接打電話找趙大明唄，怎麼，他每個月的錢白拿啊？這時候你不喊他來體現一下價值，都是對他生命的一種辜負。

趙大明保持著每個月來一次的習慣，風雨無阻。往往是天黑之後，他穿著便衣從後面的樓道裡敲門進入，先是慢敲三下，然後逐漸提速，三下一組，直至開門，像摩斯密碼。他每次來也都不空手，均有禮品相送，種類千奇百怪，有時是香腸、優酪乳、橘子，還有時是一大包手紙或者幾個衣服鉤子，他來店裡坐會兒，抽兩根菸，跟劉建國寒暄幾句，聊聊家常，也不吃飯，最後伸個懶腰，打個哈欠說時候不早得回家了，臨走著揣上呂秀芬準備好的信封。信封裡的錢，時多時少，春節過後的那陣子生意最差，剛入秋的時候各類檢查最多，所以在這兩個月份裡，呂秀芬給趙大明的信封最薄。呂秀芬在這時會補上一句，姊夫，這個月的情況你了解，別嫌少。趙大明點點頭，大義凜然地說，咱是實在親戚，多點兒少點兒都無所謂，你們生活得好，就是我最大的願望。

足療店是邊緣產業，小麻煩不斷。前幾年有一次，半夜時分，兩個酒鬼闖入店裡，滿身醉氣，衣著寒酸，也不說話，換鞋後便趴在店裡的魚缸上，臉緊緊地貼著玻璃，觀察裡面懸浮著的地圖魚。粉紅的光線，碧藍的魚缸，他們的臉龐隨著魚一併上下游動，目光如炬，緊緊相隨，兩張臉在倒影裡此起彼伏。其中一個說，大偉啊，大偉，我們是不是在潛水呢。另一個長得五大三粗，黑著臉膛呵斥道，住嘴！憋住氣！小心嗆著！

技師嚇得都跑回屋子。劉建國從後面出來，詢問道，哥倆，你們都做啥項目啊，我給你們安排，保證好好服務。倆人沒有反應，劉建國上去輕推幾下，他倆一屁股坐在地上，說，媽呀，憋死了，可算上岸了，你剛才問我啥來著，我們吃過飯了，海裡的魚不錯，你再給燉兩條就行，主要是上酒，酒不能差，不要廢話，我們是在大獄裡蹲過的，什麼都不怕。呂秀芬說，不好意思啊，我們這兒也不是飯店，是做足療的，保健養生，旁邊拐過去有串店。劉建國笑著想扶起他們離開，不敢得罪。不承想，倆人死活不肯走，嘴裡嗚哩哇啦地威脅道，今天就非要吃你們這海濱小店的活魚海鮮，必須現場打撈的，要是吃不上就砸店，你們看著辦。

呂秀芬慌了，連忙給趙大明撥去手機，趙大明夜未歸宿，此時正在外面打麻將，劈哩啪啦的洗牌聲清晰可聞，呂秀芬跟趙大明說清狀況，然後問能不能派過來兩個值班的警察，給他們攆走。趙大明不耐煩地說，這點小事還得麻煩人民警察嗎？你們就不能開動一下腦筋？這樣，聽我的，你讓劉建國去旁邊串店烤兩條偏口魚[3]，那東西跟地圖魚長得比較像，說是剛撈上來的，他們吃完不就走了麼，皆大歡喜啊，要懂得變通，不說了先，烤魚錢算我的，直接在信封裡扣就行。說完便把電話掛了。劉建國在一旁問，姊夫怎麼說的啊？能調過來人不？呂秀芬不耐煩地說，調，調，調了，好幾條偏口魚正往這邊趕呢。

除此之外，菁菁足療還不只一次地碰見過假記者和冒充的執法人員。服務過後，走出隔間，坐在沙發上晃著腦袋說，我是記者，你們這裡經營色情服務啊，我得給你們曝曝光啊。呂秀芬對此早已習以為常，滿不在乎地說，曝去唄，不曝你都是王八犢子。小敏啊，那個啥先別扔，保存好。嫖娼不給錢，就得算強姦。你看著辦，我現在就打電話報警。一般要是定罪，三年以上十年以下有期徒刑。你這號人我見多了。你也不是第一個。

3 比目魚。

又過幾年，趙大明已不在街道派出所工作，調去分局，算是升職，但勢力範圍還在，所以菁菁足療店仍屹立不倒，一來二去，竟成為這條街上名副其實的老店，安全可靠，值得人託付自己的子孫後代。臨調走之前，趙大明特意來趟店裡，跟呂秀芬和劉建國說，我要調走了。劉建國說，聽說了，上去了，分局，人往高處走了。趙大明說，走哪去啊，明升暗降，這你們不懂。呂秀芬說，咋還能降呢？趙大明說，唉，這都是家裡人兒，我才跟你說，我去了就沒實權了啊，撈不著，差多了比以前。劉建國說，哦，那不去行不行？趙大明說，我要是不去，現在這點權力都沒了，咱這個店兒就真開不成了。呂秀芬說，那姊夫你受苦了，淨替我們操心了。趙大明說，我倒沒關係，這麼大歲數了，啥沒經歷過，但我兒子曉東啊，現在挺苦，這孩子懂事啊，過得不易。

呂秀芬聽到這話，心尖兒微微一顫，但又覺出沒有退路，只好硬著頭皮往上頂，順著他的話問道，曉東怎麼了？沒聽我姊說呀也。趙大明由此便打開了話匣子，說道，這不，曉東在美國第二年了，天天學到後半夜，去年不還拿獎學金了麼，業餘時間自己還打工呢，在密西西比的農場幹活，放牛，美國王二小。劉建國跟著恭維說，你家那孩子，絕對錯不了。趙大明忽然嘆一口氣，說道，唉，可惜我這當爹的沒能耐啊，要是能給他多攢點兒錢，他也不至於打工受那份氣了，安心學習多好，那些老外精著呢，幹多少活就給你多少錢，不仁道，沒人情味兒，不像咱們之間。呂秀芬低著頭說，是是是。趙大明接著說，我這個人啊，從來不嬌慣孩子，從小到大，我們家曉東，吃的穿的，一直以來都很平庸，普普通通，前幾天視訊通話時候，曉東頭一次跟我說，打工賺到錢了，想給我換個蘋果手機，讓我也用一回好東西，隨時能跟他視訊，照相也清楚，你說我能要麼，孩子的東西，咱肯定不能要，當時我就拒絕了，說你別買沒用的，自己學好習就行，其他的不要考慮，現在還不是孝順我的時候；但我跟你說，這孩子有這份心，我就挺知足。呂秀芬低著頭說，是是是，曉東就是明白事兒，比我閨女可強太多了。趙大明接著說，掛了視訊，我半宿沒睡好覺，真的很感慨，有這樣的兒子，我這一輩子都值了，真的，我本身也沒啥文化，知足，什麼蘋果鴨梨的，用不用能咋地啊，不用還能死人了？那我不信。

劉建國陰著臉一言不發，呂秀芬咳嗽兩下，清了清嗓子，說，大姊夫，你這話我不願意聽了，咱們辛苦一輩子為了啥呢，這些年過去了，養完老的又養小的，還得出去給社會做貢獻，跟百姓心連心，容易麼，現在孩子也懂事，自己也能賺錢了，咱用個蘋果手機咋還過分了？我覺得不過分。趙大明點了顆菸，笑著拍劉建國的大腿說，看你媳婦，想法挺前衛呢。呂秀芬接著說，這事兒我做主了，必須給大姊夫整一個蘋果，咱也不圖別的，都是手機，就非得看看這個到底好在哪兒了，這事兒定了，我這把就非得較回真兒。趙大明的臉瞬間拉了下來，厲聲說，秀芬，說啥呢，我還用你給我整啊，我沒錢買手機咋地，淨扯沒用的，咱們剛才不嘮孩子呢麼。孩子的教育問題。那啥，我走了，老規矩啊，生活的煩惱跟你姊說說，工作的事情找姊夫談談，過幾天我再過來，蘋果手機，千萬別買，記住，你買我也不能要，再說就算我要了，那東西我也不會用啊，高科技，整不明白，沒那精力琢磨。呂秀芬說，好，好，記住了姊夫，這事兒你就別管了。

趙大明從後門離開，關門聲清脆，煙霧尚未散盡，但整間屋子瞬時安靜下來。劉建國默默地走回到陽台上，打開電腦，晃了幾下滑鼠，自覺無趣，便又關上。足療店裡暫時沒有生意，兩個女孩斜躺在沙發上玩著手機，其中一個忽然站起身來，撓著頭髮對呂秀芬說，芬姐，我今天得早點回去，我朋友從外地來了，我去陪陪她。呂秀芬心裡知道，這是她又要去跟客人單獨出去了，卻也沒有心情去反駁揭穿，只一揮手將她放走。

呂秀芬內心煩躁，在店裡來回走動，跟剩下的一個技師大眼瞪著小眼，無話可講，沒過多大一會兒，她便搖著頭說，你也走吧，等會兒我有事要出門，今天提前關店。

夏季的路燈亮得很早，天空裡還透著幽暗的藍色，街旁便出現模糊的星點之光，白色的燈盞掛在水泥或者漆成黑色的圓木之上，昏黃的光暈便從高處淡淡散開，塵埃、飛蛾與蚊蟲被其吸引、聚攏、摧毀。偶爾有乾熱的風吹過來，攜著一點灼熱嗆人的灰塵，人們低下頭，半掩著面，象徵性地咳嗽幾下，表達著微小的不滿情緒，彷彿如此便能維持自身的清潔，將被迫吸入的再次排出體外。

呂秀芬在門口站了幾分鐘，她不會抽菸，此刻卻很想抽一支，風吹過來的時候，她拉下了捲簾門，嘩啦啦啦，本該在午夜時出現的聲音卻提前降臨，「足」字霓虹燈還在她身邊不斷地閃著，映亮她的半邊身體。她想起很多事情，擁有的第一輛自行車、鄉下時光、病故的父母、倒閉的單位和跟一個瘦削男孩去南方打工的閨女，她小時候多聽話呀，大了說走就走，真氣人呐，可那裡的夜晚會有星星嗎？

呂秀芬繞回屋子，從裡面反鎖大門，鐵鈕擰到盡頭了，她卻還在發力，然後又一下子鬆懈下來，有氣無力地趿著拖鞋，徑直走向陽台。劉建國靠在暖氣片上抽菸，望向窗外，孩子們放學了，舉著樹枝互相亂抽。他手裡的半截菸散發出微弱的星火，在昏暗裡閃動跳躍，隨時可能隱滅。呂秀芬一頭栽倒在小床上，深深呼吸，鼻翼翕動，整個身體劇烈起伏，像一條剛離開水的魚。劉建國也不看她，自顧自地說，你還鬧啥情緒，話都是從你嘴裡說出來的。呂秀芬說，我難受，不甘心，憋著一口氣啊，雖然現在能做這個買賣得感謝姊夫，但隔幾天就來這麼一齣，這又算什麼事兒呢，我可真堵得慌。

劉建國說，堵有啥用啊，還能不給他買咋地，你啊，就是想不開，沒聽後院信教的老太太念叨麼，一個人不能侍奉兩個主……你不能既侍奉上帝，又侍奉瑪門。呂秀芬說，馬門兒誰啊？我伺候他幹啥？劉建國回答道，瑪門，就是趙大明唄，你看看你現在幹的事情，一邊伺候著顧客上帝，給上帝們做足療，一邊還得惦記著給趙大明買手機。我跟你說，耶穌最煩你這樣的老好人，誰都不得罪，沒原則，十誡聽說過沒，頭三條，戒菸戒酒戒憋氣，這些知識你以後得學習一下，能用得上。呂秀芬說，滾滾滾，有一句正經的麼你。然後一把將枕巾拽過來蒙在臉上，扭過身去，靠在床裡，一言不發。枕巾上繡著一對兒花鴛鴦，毛茸茸的，顏色搭配精巧，一前一後，正在黑暗的水裡游著，旁邊綴著水紋和花草，繁盛的夏日池塘。

過了半晌，劉建國掐了菸，掛上半邊簾子，也躺了下來，故意擠了幾下呂秀芬，開玩笑似的說，你起開點兒，給我騰點兒地方，瞅給你胖得現在。呂秀芬又往牆邊挪了挪自己的身體，依舊氣鼓鼓地不作聲，劉建國用手指捅了兩下呂秀芬，說道，化工車間的呂秀芬，我問問你，你還記得你腦袋上蒙著的這個枕巾不？呂秀芬沒好氣地回答，我記得個屁。劉建國說，怎麼不好好說話呢，這個枕巾是你媽去世後，咱去收拾東西拿回來的。當年你媽親手繡的吧，我記得你說過，早先想給你當嫁妝一併帶過來，結果結婚當天不知怎麼就給忘了，一忘就是好多年。這麼多年了，最終還是落回到你手裡了。

呂秀芬把枕巾從臉上拉下來一點，露出兩隻眼睛，夕陽透過縫隙照射進來，她凝視著空無一物的上方。劉建國繼續說，繡得好啊，活靈活現，真見手藝。我記得你媽從前跟我說過，我這老閨女啊，人太實在，做事圖良心，最後總得把自己搭進去。不過她的命好，什麼東西到了最後啊，也都有她一份兒，該是她的，總歸跑不了。你媽是不是有過這話兒？我沒瞎說吧。所以放心吧，有點耐性。我知道你腦子裡想的是啥，信你媽說的吧。買賣，魚，閨女，手機，蘋果，上帝，這個那個的，繞一圈後，最後都還得圍著你流轉，像水一樣。眼睛閉上睋會兒吧，我都睏了。

呂秀芬逐漸平靜下來，無聲無息。時間滯在半空，光卻更低更沉了，枕巾上的那對兒鴛鴦被一點一點漫過來的黑暗浸透，變得濕潤而混濁，彷彿要扎進無盡無涯的水裡，纏繞著水，環抱著水，從此不再出來。

雲泥

張久生給我打電話，說想吃螃蟹了，不要河蟹，要飛蟹，海蟹，學名三疣梭子蟹，挑殼薄肉厚、鉗子掛花的，不用多，仨公仨母，我一頓都造了就完事，不過夜。我說，我出車呢，你等過中秋節的吧，螃蟹肥。張久生說，不行，這禮拜我就想吃。我說，越活越迴旋，說你點啥好呢。張久生說，最遲禮拜五，你早點去塔灣市場，把這件事給我辦得明明白白的，聽見沒有。我說，行了，趕緊撂了吧。

車正開到建設大路，前面堵了一長溜兒。我點了根菸，數起四周的車來：金杯，桑塔納，寶來，凱美瑞，奇瑞，電動倒騎驢。乘客小姑娘跟我說，大哥，你鑽一鑽唄，我著急，我要去相親，對方在銀行上班的呢。我說，往哪兒鑽呢，你看，這都變停車場了。小姑娘說，那我咋辦啊。我說，不然你讓他過來吧，你倆就在我這車裡相，我也可以給你把把關，嘮渴了就喝我瓶子裡的花茶。小姑娘愣了愣，罵道，有病吧你。然後下車摔了門。她穿著高跟鞋，挎著鑲滿塑膠珠子的長方形手包，細帶搭在寬闊的肩膀上，在凝滯的車群裡艱難穿梭，一步一步挪到路邊後，繼續招手打車。我把車窗搖下來一大半，衝她喊說，打車錢不給啊。她對我翻了個白眼，又扭著胯往前走了幾步。電動倒騎驢在旁邊嘿嘿嘿地笑話我。這時，張婷婷又打來電話，問我在哪兒呢。我說，在建設大路上呢，讓人甩單了，我還動不了。她說，咋的你讓人點穴了啊，動彈不了。我說，堵車呢，你等會兒，我先罵她兩句，機會難得。張婷婷說，別罵了，十塊八塊的，說正事兒，我在麻將社呢，晚上不一定幾點回去，你給孩子做口飯吃。我說，知道了。

放下電話，我探探身子，通過前擋風看天上的雲，十分寫意，緩慢而柔韌地橫向移動，進退，顯隱，落下細微的痕跡，轉瞬又被磅礴的後來者所吞噬，覆蓋；沒有多少光從中洩露，卻也很晃眼，使人暈眩、渙散，我腦袋裡想著，六個螃蟹得多少錢呢。直到後面的車按喇叭。我往左一打方向盤，菸灰又落到了褲子上。

張久生是張婷婷的父親，張婷婷以前是我愛人，上個月剛離的，但暫時還住在一起，沒有對外界宣佈，關係比較微妙。原因是我女兒余娜明年要中考，怕她知道後影響心情，所以我們先對付著過，搭個伙唄。我無所謂，反正沒新目標呢，張婷婷有沒有我不知道，愛有沒有吧。

晚高峰之前，我把車開到皇姑區，鑰匙和份子錢交給車主大頭，大頭是我哥們，他養的車，我給他開白班。點了點兜裡賺的錢，出門時帶了三百四十五，剛才加了一百塊錢的油，現在兜裡總共有四百七十六元，淨賺一百三十一元，八個半小時。我從市場裡買了青筍、番茄和牛肉，還拎了一筐雞蛋，幾個鴨梨，兩紙兒掛麵。回到家裡，看了會兒新聞聯播，居然看餓了，便去做飯，牛肉炒筍絲，番茄拌白糖，熬了一鍋二米粥。余娜下自習回來時，粥正在灶上咕嘟著冒泡，晚上八點半，我倆捧著兩個瓷碗，轉著沿吸溜著。

我說，你也吃點筍，別光挑牛肉吃。余娜說，別管我，我吃點肉壓壓驚。我說，怎麼的，誰嚇唬你了？余娜開始給我講，話匣子打開了，嗚哩哇啦，連說帶比劃，繪聲繪色，很像她媽。

爸，我不有點感冒麼今天，在學校就沒精神頭，放學時也特睏，騎著自行車在路上畫龍，等交通信號時，一個不留神，車的橫把一栽歪，蹭到旁邊摩托車的後備廂上了。男的騎著摩托車，後面馱著個女的，都是中年人，跟你歲數差不多吧，給人感覺可兇了，不像好貨。女的穿一大披風，當場下車拽住我，然後跟男的說，快去，看看劃成啥樣了。我說，你別拽我呀，我也跑不了，鬆手啊，都快把我校服拽壞了。男的下車一看，指著說，你看，我新買的車，劃了這麼深的一道，你說怎麼辦吧。我是當時特著急，說，我能怎麼辦啊，你這也不是多大毛病，不就掉了點漆麼。男的往後備廂上吐口水，特噁心，用手使勁蹭那道印兒，邊蹭邊訓我，非讓我給他擦乾淨、補上漆，要麼就賠錢，百八十的至少。我說，我怎麼會弄啊，再說也沒錢啊，當時都要急哭了。然後我們那個同學，你見過，送過我回家的，趙曉東，他爸是警察，推著車從後面鑽出來，把車停穩，特生猛，指著那男的說，有你這麼欺負人的麼，好意思麼，這麼大歲數了還欺負小姑娘。那男的一聽，眼睛立起來，摘了手套，單手拎著舉到半空，擺出一副要用手套搧臉的樣子，跟他說，有你啥事沒，沒有趕緊滾。趙曉東挺爺們的還，也不怕，梗著脖子，挺起胸膛就撞上去。反正僵持了一會兒，圍觀的人越來越多，我都懵了，腦子一片空白，然後又有幾個我們班的同學圍過來，那男的可能見陣勢不妙，掏出手機裝作打電話，然後自言自語說，啊，算我認倒楣吧，我還得去做買賣呢，下次饒不了你們。於是一溜煙兒跑了。我在原地待了半天才緩過神來。

講完了？我說。講完了啊，爸，你怎麼都不關心關心我，我都嚇屁了。余娜一臉不樂意地說。我問，趙曉東老跟著你回家幹啥，我挺煩他爸那股勁兒，開家長會見過兩次。余娜說，爸，會聊天嗎？能抓住重點嗎？我說，下次再有這情況，你穩住對方，然後聯繫我啊。余娜說，情況緊急，來不及啊，但是你要在場，能怎麼處理啊？我說，我上去給他倆個電炮。余娜一撇嘴，說，簡單粗暴，一點處事智慧也沒有。說完又在盤子裡扒拉牛肉吃。

我刷完碗，又削了兩個梨，我一個，余娜一個，梨這東西不能分著吃。我倆隔著桌子啃水果，吭哧吭哧。她翻著生物書，我給張婷婷發短信，問她幾點回家。梨吃完了，只剩一個精瘦的核，她還沒回我訊息。

半夜一點半，我起來上廁所，張婷婷還沒回來。我按亮手機，發現她也還沒回短信，我沒忍住，給她撥去電話，響了五、六聲才接，那邊很嘈雜，有歌聲，像是在KTV裡，她問我，打電話有事啊？我說，幾點了，還不回來。她說，你管我幹啥，你現在有資格麼你。我說，我才懶得管你呢，我是怕你回來關門聲吵醒余娜，你不回來的話，我就不給你留門了。她說，你反鎖吧，我今天不回去了，正唱得高興呢，都是一個青年點的老朋友。我說，你他媽也沒下過鄉啊。然後她把電話掛了。

禮拜五，沒啥人打車，路上人特少，都提前進入週末狀態了。我早早收了工，買了幾個螃蟹，還有一斤蝦爬子，兩斤黃蜆子，拎著去了工人村張久生的家。院牆半落，舊樓在初秋風裡垂垂佇立，彷彿剛經歷過一場曲折綿長的戰鬥，而勝負已經不重要。

丈母娘王淑梅給我開的門，接過去我手裡的東西，眼睛瞄了下裡屋，低聲跟我說，這都一整天了，就等你過來呢。我說，他哪是等我啊，他等螃蟹呢。我朝著屋裡喊了一嗓子，老張頭，出來吃螃蟹了。張久生踱著步走出來，眼鏡頂在腦門上，表情還挺嚴肅，說，來了就好，來了就好，晚上吃海鮮的話，我們喝點好白酒，陳釀。我說，別扯犢子了，你家還有陳釀呢？張久生說，有，怎麼沒有，你媽一直沒讓喝，散白酒，存了一個多禮拜了，一直沒動。

張久生這個人，幹啥啥不行，唯獨吃螃蟹，那是一絕，我特別服。人家都說南方吃螃蟹得上八件，才能吃得乾淨剔透，張久生只用兩隻手加一張嘴，也能做到同樣程度，吃得那叫一個細緻板牙，一點一點地扣、擰、捻、捏，鉗子縫裡，背蓋的邊沿，他對螃蟹的身體結構比對王淑梅的要更瞭解。吃完一隻螃蟹，他又連扒了三個蝦爬子，然後舉起白酒跟我乾杯，抿一大口，跟我說，正國啊，你這麼做就對了。王淑梅在旁邊說，對啥對啊，大夫不讓你喝酒。張久生說，你別聽他的，我想吃啥，你就給我弄來，我不跟你客氣。我說，那是，你啥時候客氣過啊，從來沒有。張久生說，那你知道我為啥不客氣不？我說，知道，等你沒了之後，你這財產都是我的。張久生望向王淑梅，然後說，看見沒，我就願意跟明白人兒嘮嗑，我還能活幾年啊，對不對。王淑梅不吱聲。我心想，哪兒來的財產啊，就一個破房子，再說我跟張婷婷都離了。

三個螃蟹下肚，張久生喝得有點高，大手一揮，露出心滿意足的笑，回屋裡躺著睡覺去了，歲月不饒人啊，他是真老了，以前怎麼也能吃四、五個，酒也能喝個半斤八兩的。王淑梅去廚房刷碗，我換了啤酒，自己繼續喝，電視放著成龍演的電影，裡面有人跟他對打，出手之前大喊一聲，王淑梅從廚房伸出腦袋，說，你說啥。我說，媽，不是我，電視裡，成龍喊的。王淑梅說，你讓他小點聲。

王淑梅的耳朵不好使。前幾年病過一場後才這樣的，動靜聽不真切，沒得病之前，還不服老，出門前總愛打扮幾下，愛去跳舞，挺招風，公園裡好幾個老頭兒拄著拐棍圍著她轉，一個說，淑梅啊，你現在還能下得去腰嗎？另一個說，淑梅，你舞跳得真好，我從網上看見句話，記紙上了，特別適合跳舞時的你，我念給你聽聽：溫柔的你長了三頭六臂。得病後徹底完犢子了，乾巴巴的身子佝僂著，像晾乾的蝦米，在藍白條病號服裡直咣噹，一下老了得有十歲，歲數大了就是不抗折騰。住院期間，我白天開出租，晚上去肛腸醫院伺候她，張久生和張婷婷見我去了，恨不得拍起巴掌來，前後腳都撤退，一個回家喝酒，一個出去打麻將，整宿就我一個人陪著老太太。老太太開始還很含蓄，放不開，我問，媽，撒尿不？老太太擺擺手，皺著眉頭。我說，你是不是不好意思啊。老太太沒說話。我說，那沒事，你繼續不好意思，正好半夜也別喊我，我也省事了，你就直接往床上拉，明天護士來換床單，我看你好意思不。說完我就往地上的氣墊床上一躺，蹬掉鞋子，悶兩口酒，開始睡覺，其實也根本睡不踏實。到了半夜，老太太喊我，聲音特輕，小余啊，小余，喂，余正國。我挺來氣的，躺著跟她講，你有事大點聲說，別神神道道的，我還當是親媽回來喊魂了呢。老太太說，便盆。我說，想通了啊你可算，女婿是半子兒，沒啥不好意思的，都是自己家裡人兒，別總抹不開，再說，我來幹啥來了，對吧，是不是，就是照顧病號來了，跟我還外道，太沒有必要了，你這樣的啊，就得受一受憋，不然還不知道咋回事呢。老太太說，別叨叨了，快，給我上便盆。

出院之後，王淑梅對我的態度轉變很大，不像從前，結婚十幾年了，還瞧不上我，覺得我配不上她女兒，現在跟我比她女兒還親。她刷完碗，又給我沏一壺茶，然後說，你跟婷婷到底咋回事。我說，挺好啊，沒咋的。她說，婷婷都跟我說了，離了，她在外面有人了。我說，有就有吧，我也管不著。她說，真離了啊。我說，不信下次證帶過來給你看看，也是紅色，跟結婚證長得可像了，就差一個字。她嘆了口氣，說，正國啊，正國。我說，幹啥，別整沒用的，用不著你可憐，螃蟹我再來一個啊，今天不著急回家，不用給余娜做飯，她跟同學去吃肯德基。

張婷婷回來時，我瞇著眼睛躺在床上，沒睡著，腦子裡嗡嗡的，這幾年落了新毛病，喝點白酒就失眠，但有時候還忍不住想喝幾口。我聽見她換拖鞋，去衛生間撒尿，扯手紙，洗臉，泡腳，再把水沖入馬桶，然後躡手躡腳地走進來，從立櫃裡抱出一團鋪蓋，背對著我躺下。我翻個身，看見她那邊有亮，劈哩啪啦地按了半天手機，邊按還邊撲哧地笑。我說，有完沒？張婷婷沒吭聲。我說，你還知道回家啊？你女兒要考試了知道不？張婷婷說，一股白酒味兒，又跟誰喝去了。我說，跟你爸。張婷婷說，他身體不好你不知道啊？還跟他喝喝，喝死我跟你沒完。我說，這說你女兒呢，要中考了，最近還早戀上了。張婷婷說，你別聽風就是雨，要相信娜娜，孩子自己心裡有數。我說，那你呢，心裡也有數了？張婷婷轉過半邊身來，臉朝著天花板說，余正國，你有話說話，別跟我沒事找事。我說，沒事，睡了，明早還得出車。我能感覺到張婷婷在黑暗中斜了我一眼，一道白光閃過，然後她把身子又轉了回去，繼續按手機。

交車時，大頭跟我說，今晚我就開到十點，哥們請你喝酒，吃燒烤，然後白馬江唱會兒歌，你給孩子做完飯後早點去西塔那邊，放鬆放鬆。我說，喝啥啊，浪費錢。大頭說，不行，今天必須去，你剛離婚那幾天就想找你，開導開導，別想不開。我說，我很好，心態平和，說實話，我跟她也是過夠了。大頭說，那你就當陪我，我鬱悶，行不？我沒法推脫，說那行吧，我看看情況，爭取去。大頭說，還爭取啥，必須到，我都訂台了。

我騎著自行車去學校門口接余娜，好幾個家長也在等著接孩子，聚在一起說話，嘰嘰喳喳，大多是女的，我不認識，也沒加入。我站在稍遠處，抬頭望天，很久沒看夜晚的天空了，沒想到現在晚上也這麼亮，跟白天區別並不明顯，略陰沉，但似乎要更廣闊一些，也更蒼茫，深邃，暗光在其中湧動著，雲層遮蔽，彷彿混沌的黑洞，吞噬掉時間、力與經驗，空蕩蕩的沒有回響。烏雲如濕泥，遮住左眼的一部分，不斷遊移、膨脹，即將遮住天空更多的部分，我願有明亮而年輕的精魂駐守其背後。有學生從教學樓裡出來了，一個，又一個，然後是兩三成行的，零零散散，斜挎著包，穿著寬大的校服，去往自行車棚或者直接走出校門，幾句髒話夾雜在放肆的笑聲裡。

余娜出來了，一個在門口等著的男孩立馬跟了上去，走到她身邊，不斷地說話，我看著像趙曉東，但不敢確認，我不太能記得住長相。沒走幾步，余娜就看見我了，回頭跟男孩說了句什麼，男孩轉頭離去，余娜低著頭朝我走過來，老大不情願，問我，你怎麼來了。我說，沒做飯，合計今天帶你在外面吃一口。余娜說，來也不提前告訴我。我說，我接你還用向誰請示啊。余娜衝我甩臉子，說，不跟你一起吃飯，你給我錢，我找同學一起去，你自己先回家吧。我說，別生氣啊，吃肯德基去吧咱們。余娜氣哼哼地說，不吃不吃不吃，然後轉身要走。我掏出一張五十的，說，哎哎，算了，錢你拿著，路上加點小心，你們吃去吧，別不吃飯，千萬別不吃飯。

余娜一把拿過錢去，去取了車，越騎越遠，我往反方向騎，尋思去跟大頭聚一聚。剛騎兩個路口，王淑梅打來電話，說，你幹啥呢，快過來一趟，你爸好像在家裡摔了，然後就不會說話了，乾瞪眼，你來看看咋回事。我又掉頭騎到工人村，滿腦袋冒汗，張久生半坐在地板上，虛胖的身子斜靠著沙發沿，王淑梅嘴唇發青，說，你快看看，這咋回事，咋還不會說話了呢。我把張久生扶到沙發上，死沉死沉的，一點力也借不上。我拍拍他的臉，問，我是誰你認識嗎？張久生瞪著我，嘴裡說，嗚嗚嗚嗚。我繼續問，你家存摺放哪兒了還知道不？張久生依舊死瞪著我不放，說，嗚嗚嗚。我跟王淑梅說，媽，打120吧，情況不好，別再耽誤了。王淑梅顫巍巍地回屋裡撥電話。我點了顆菸，深吸兩口，然後往張久生的嘴裡塞，他努力想叼住，卻老往外掉，使不上勁兒，我說，這回可好，菸也抽不了了。張久生說，嗚嗚嗚嗚。我坐在張久生的腿旁，撿過來菸自己抽，在茶几旁磕了磕菸灰，然後跟他說，我跟婷婷離了啊，上個月的事兒，告訴你一聲。張久生說，嗚嗚嗚嗚，嗚嗚嗚嗚。

在救護車上，大頭給我打電話，說，到沒啊，跑哪兒去了你，就差你了，這麼能磨蹭呢。我說，家裡出事了，我爸病了，可能是血栓，挺重的，正往醫院去呢。大頭說，誰啊，你爸不早就沒了嗎？我說，不是親爸，張婷婷她爸。大頭說，你有病啊，你不離婚了麼，還啥事都管呢。我說，買賣不成仁義在。大頭說，雞毛仁義。我說，總有親情在啊。大頭說，雞毛親情。我說，你接著出車吧，今天不聚了。大頭說，出雞毛車，趕緊的，送完醫院過來唱歌，就願意聽你唱的刀郎，賊雞巴荒涼。

張婷婷到醫院的時候，張久生被推進去得有半個小時了，不知道是在做什麼檢查，開了一堆單子。張婷婷直奔向王淑梅，著急地問，我爸咋樣了，現在啥情況啊。王淑梅拿著手絹，一直在眼角上用力地揩眼淚。張婷婷扭過臉來，跟我說，就賴你，成天跟他喝，這回可好。我說，我不也圖他高興麼。這時，我身後又傳來一個聲音，沒關係，沒關係，我找找朋友，別著急，這個醫院我有朋友。我才發現，張婷婷並不是自己一個人過來的，說話的這個男的跟她一起來的，面目生疏，應該是新認識的，看著至少比我大十歲，頭髮花白，但穿得挺立整，夾著提包，派頭十足，手裡握著一盒玉溪和塑膠打火機。

然後他在走廊裡打起電話來，聲音很大。喂，喂，三哥，睡覺沒？哈哈，沒睡呢，休息挺晚啊，打擾你一下啊，三哥，有點事得麻煩你。我在你們醫院呢，不不不，我沒事，不不不，我家人也沒事，我的一個好朋友，父親犯病了，現在就在這兒呢，歲數大了身體不好，好像挺嚴重的，家人都挺擔心，不知道啥情況啊，我也在這邊呢，一聽說這事就趕過來了。啥關係啊，哈哈，沒啥關係，後來認識的好朋友，但挺交心的。對，對對，沒事，你現在不用過來，明兒早上的吧，上班時候你過來看一眼，幫咱囑咐兩句，該疏通的疏通一下，要不我這朋友也不放心。那行，那謝謝三哥了啊，回頭我找你喝酒。好嘞，不擔心，好嘞，今天我在這兒守著，咱們明天早上見。

掛了電話，他坐在張婷婷身邊，拍著她的大腿說，沒事，沒事，聽見我打電話沒，別擔心，我朋友明早過來給安排。張婷婷點了點頭，然後跟王淑梅說，媽，這我朋友，李林，在北京做醫療器材生意的。王淑梅點點頭，那個男的湊上去握手，恭敬地說，阿姨，您好，初次見面。我在旁邊說，按你這歲數，叫大姐可能也行。他們三個扭過頭來看我，動作齊整，但是誰也沒回話。又過了一會兒，我說，沒事我先走了，娜娜自己在家呢。仍然沒人搭理我。走出去幾步，拐彎時側頭一看，他們三個人挨得很近，互相低聲說著話，十分溫馨，我能感覺到一股家庭的力量正從中湧現出來。張久生的命真好啊，總有人惦記。

我沒坐電梯，走樓梯下去的，每一層的緩步台處，都有人在抽菸，男的女的都有，踱著步或者坐在臺階上，燈光昏暗，我也忍不住點了一顆，然後給大頭打個電話，說，今天真不去了，你們好好唱吧，我還在醫院呢，我爸可能要不行了。大頭說，唉，行吧，你也就這點出息了，不聽勸，需要幫忙時說話吧。我說，謝謝大頭，謝謝了。

出了醫院，我往工人村的方向走，我要去取回我的自行車，再騎回家裡，估計到家時余娜都已經睡著了，她姥爺生病的事情，我是今晚告訴她，還是明天早上再說呢，暫時還沒想好。雲散開了，夜在這時卻變得很黑，我在緊密的樓群裡穿行，卻仍覺得無比空曠，風硬邦邦地吹過來，從四面八方吹到我身上，一點一點地帶走剩餘的體溫，我打了個寒顫，很想唱一首刀郎的歌。

超度

「快點鎖車上樓，你磨蹭啥呢，幾點了都。」董四鳳催促著李德龍，嗓音尖細，語氣嚴厲，像一位母親在呵斥自己不爭氣的兒子，一撮染得枯黃的捲髮在風裡飄揚。

「我再跟你說一遍，這是最後一遍，這活兒你願意幹，你就幹，不願意幹，我找別人過來，一樣合作。人哪，得知道自己的位置，社會多殘酷啊。我說你呢！你聽見沒啊！別跟我裝聾！」董四鳳一邊以語言教訓著，一邊用拳頭重重地杵在李德龍的胸口，指關節直戳心臟。李德龍連退兩步，撫摸著胸口，滿臉不解的表情，眼神無辜，仍一句話不說。

「唉，我說的話，你得往心裡去啊，老李。起早貪黑的，咱倆圖啥呢，搞砸了都沒飯吃。」走上三樓，董四鳳的態度忽然有所好轉，語氣也緩和了許多，步伐放慢，走在後面的李德龍差點撞在她那肥大寬厚的屁股上。「做咱們這活計，啥最關鍵，你得專業呀，得贏得人家的信任。怎麼體現你的專業，首先必須得遵守時間，不能遲到。說幾點就位，必須幾點就位。咱倆現在是事業上升期，馬虎不得，一失足成千古恨啊。你看看，現在馬上十點了，咱們還得準備準備，著急忙慌的。十點一十八，黃鼠狼子搞批發。咱這仙家就得這個點兒出來，你說如果晚了，時間不趕趟，老仙家上不了身，錢賺不到不說，場子和名聲也毀了，我看你到時上哪兒哭去。咋地你還想二次下崗啊？」

李德龍嘆了口氣，說道：「知道了，別叨叨了行不，這些道理我還能不知道咋的？我傻啊我？祖宗，我求求你了，能不能閉會兒嘴，給我一點空間，好不好，讓我自己安靜地鬱悶幾分鐘。剛買的摩托車就被劃一道子，倒不倒楣。那道白印兒，跟他媽一道保險杠似的，還帶反光的。劃得我的心這個疼。那群小崽子，跟他們還講不了理，氣死我了。一分錢也沒賠上。媽的。」

「還想講理呢，你啊，整天鑽沒用的牛角尖，事情已經發生了，你去解決就完了，解決不了的，你就得認。今天沒讓那幫學生揍一頓，都是我給你帶來的福氣兒。你得知道感恩啊，老李。過去的事情就過去了，哪怕是剛剛過去的事情，也算是過去了。你都多大歲數了，這道理我還得跟你一遍一遍地講啊？」董四鳳撇著嘴自顧自地說，眼睛沒在李德龍身上停留過一秒鐘。

「感恩的心／感謝有你／伴我一生／讓我有勇氣做我自己……」李德龍在後面輕聲哼唱道，聲音是從牙縫裡擠出來的。董四鳳忽地停下腳步，回頭狠狠地瞪了他一眼，李德龍不再唱歌，苦臉上漾起一絲略帶歉意的微笑。

不足十平米的客廳裡，香氣繚繞，李德龍在中央正襟危坐，半閉著眼，淨手過後，他戴上方帽，手裡掛著鏈鈴，敲著單鼓，嘭嘭咚咚嘭，咚咚嘭嘭咚，咳嗽幾下，之後有板有眼地吟唱：

日落西山黑了天，家家戶戶把門關；
喜鵲老鴉上大樹，家雀燕虎子奔房檐；
大路斷了星河亮，小路斷了走道兒難；

十家倒有九戶鎖，還剩一家門沒關；
燒香打鼓我請神仙，哎嗨哎呀哎……
……
芝麻開花節節高，穀子開花壓彎腰；
茄子開花頭朝下，苞米開花一嘟嚕毛；
小姑娘開花嗷嗷叫，小夥子開花禿嚕三秒；
老娘們開花腿抬得高，老爺們開花得靠偉哥鬧；
拉拉扯扯老半天，我看老仙兒，好像要來到？
……
老仙家呀，已是十點一十八；
你要來了我知道，不要吵來不要鬧；
樓上的娃都睡著了吧，隔壁的兩口兒又胡一把；
老仙家呀，你聽我一句勸；
過去的恩恩和怨怨，前塵往事如雲煙；

有些故事還沒講完，那就拉倒吧；
那些心情在歲月中，它難辨真和假；
現在社會荒草叢生，上哪兒找鮮花；
好在你曾擁有他們的，春秋和冬夏；
…………
老仙家呀，電門你別摸，水閘你別碰；
咱家屋裡小，磕著碰著可不得了；
你上她身子來歇一歇，我去二番起個鼓，
圖啥呢我到底？二番起鼓我請幾個神佛：
通天教主上邊坐，金花教主陪伴著，
一請狐來二請黃，三請蛇蟒四請狸狼，
五請判官六請閻王，咱們來到客廳有事商量
哎嗨哎呀哎……

「咋這麼多，還都請咱家來了，裝得下嗎？」老孫小聲嘀咕著。「閉嘴吧你，聽人家唱，唱得多好。他倆是龍鳳傳奇，工人村這片兒辦白事的後起之秀，你對人家有點兒尊重。」老孫的二姊說道。她一直目不轉睛地盯著董四鳳和李德龍二人。董四鳳披頭散髮，穿著一件粉色的褂子，神情木然，始終在以同一頻率前後搖晃，忽然間，她連打了兩個激靈[4]，然後左腳開始快速上下抖動，幾十秒後，彷彿聽到遙遠的一聲呼喚，倏地一停，直挺挺地栽倒在地板上，目光直視沙發底下，雙眼放亮，彷彿在尋找遺失之物，同時渾身開始不斷抽動，雙手向著空中不規則地舞動、扭擺，口中念念有詞，活像一隻被翻了個的蝦爬子。

「哎我去，是不是我媽來了。」老孫一聲驚呼。他想起母親去世前，躺在醫院的床上掛吊瓶，臉上扣著氧氣罩，眼皮半耷，呼吸依然急促，有好幾次，母親忽然雙手舞向上空，連指帶比劃，力道很大，像是一直在反抗，老孫好容易才控制住，他輕輕地抓住母親的胳膊，然後緩緩地用力，將母親的胳膊掖到棉被裡，低頭輕拍著，溫柔地說道：「媽，好好休息吧，別凍著了。」老孫的母親怒目圓睜，趁老孫不備時，另一隻手迅速摘下氧氣罩，說：「小王八操的！我點滴瓶都打空了！叫護士，按鈴，快！」

那一瞬間，老孫盯著在地板上翻騰著的董四鳳，徹底恍惚了。李德龍也愣了神，呆坐一旁，腦子裡還想著自己被刮壞的摩托車，直到抽搐的董四鳳在地上蹭過去，猛踢了他一腳，他才緩過神來，對著老孫和他二姊大喊一句：「你倆等啥呢！還不把你媽扶起來！」

老孫和二姊不敢怠慢，連忙攙起咿咿呀呀的董四鳳，將她扶到沙發上，董四鳳癱坐其上，身體依舊微微顫抖，像是在不斷地打著冷顫，口水橫流，目光迷茫呆滯。

「快，愣著幹啥，給上顆好菸，讓它穩當穩當。」李德龍在一旁發號施令。

「給誰上菸啊？我媽以前也不會抽啊。」老孫納悶道。二姊掐著老孫大腿，大聲罵道：「你咋這麼多問題呢？就你聰明唄。趕緊給點上，聽人家的。」

李德龍在一旁說：「剛學的唄，在那邊老太太沒意思，偶爾抽一顆解解悶兒。剛過去的人兒都有這習慣，不算啥毛病。」

老孫不敢怠慢，兜裡掏出菸，連忙遞到董四鳳嘴裡，並打火點燃。董四鳳猛嘬一口，

4　打激靈，打冷顫之意。

吐出一團煙霧，煙和香融合在一起，整間屋子裡充滿了火的味道，溫度彷彿也在升高。董四鳳低頭咽了口唾沫，停滯五秒鐘，看了看手裡夾著的菸，然後慢吞吞地說了句：「紅塔山啊。」

老孫說：「對。行不，我平時就抽這個啊。要不我下樓給你買盒大會堂啊？」

李德龍把話趕緊截過來，說：「別扯沒用的了。時間有限，十一點鐘之前必須給人家送走。抓緊時間，你倆有啥想跟老太太說的。」

二姊怯生生地捅著老孫的肋骨，說：「你問啊。」老孫一皺眉頭，說：「不對啊二姊，今天是你組的局兒，仙兒都是你找來的。按理說得是你坐莊，你先問吧。」

「趕緊的啊，別浪費時間。」李德龍不耐煩地催促道，單鼓扔到一邊，他也點了一根菸，慢悠悠地抽起來。

二姊想了想，試探著問了一句：「媽，你走的時候難受不？」

董四鳳長嘆口氣，壓低聲音，啞著嗓子說：「唉，還行吧。」

二姊接著問：「你在那邊咋樣？」

董四鳳往地上彈幾下菸灰，說：「還行。」

老孫看著二姊說：「我的天啊，真是媽啊。這不是就是咱媽的性格麼，啥都還行，還行，還行的。」

「滾一邊子去，」二姊罵完老孫，繼續問，「媽你走後，有啥不放心的沒？」

董四鳳想了想，說：「有。我就不放心你們倆啊。」

老孫說：「這嗑嘮得。活著時候你也沒咋管過我倆啊。就想著找後老伴兒了。」

二姊瞪著老孫說：「你消停一會兒，能死不？能不？」

老孫點點頭，說：「行行行，從今往後，我再也不吱聲了。你問吧。好好溝通。」

二姊接著問道：「媽，你不放心我倆啥呢？」

董四鳳抽完最後一口菸，扔地上用腳捻滅，思索片刻，然後吐出兩個字：「家庭。」

李德龍在一旁感慨道：「老太太還是惦記你們哪。這當媽的。」

二姊低著頭說：「唉，惦記有啥用，我還有啥家庭。我這歲數了，老公跑了，還帶個孩子，誰能跟我啊。孩子也不省心，成天上網吧。我這天天給人打工，累得跟王八犢子似的，也不知道是在給誰累，唉！」說完後抬起頭，眼淚在眼圈裡打轉，望著李德龍，又看了看弟弟老孫，盯著看了半天。老孫被看得發毛，說：「瞅我幹啥。你不讓我別吱聲麼。我一句話都不說。」二姊說：「你現在給我置個屁氣，你倒是也問問啊。」

老孫想了想，對著董四鳳問道：「媽，你還有沒有什麼存摺啥的，是我和我姊不知道的？寶藏啥的也行，我的一大愛好就是探寶，這你應該知道。」

董四鳳愣了神，半晌沒有回話。

二姊接著問：「對啊，媽，你以前那對兒金鐲子呢？我記得你有一對兒，你走之後我這一頓翻騰啊，家裡找個底朝天，也沒發現。」

老孫心裡一驚，原來二姊還不知道內情，那倆鐲子早就被老孫忽悠到自己手裡了。前幾年，老孫從自己古董店旁邊的「菁菁足療」雇了一個小妹，假裝是自己的對象，帶回家裡吃過幾次飯，甜言蜜語一番，以要訂親為由，將鐲子順勢拿走。但此時他裝作毫不知情，幫襯著問：「對啊，放哪兒了啊？媽。你……慢慢想，媽，別有壓力。」

董四鳳又開始渾身顫抖，嗓子彷彿被繩子勒緊，聲音從其中僅有的縫隙裡鑽出來，危險、扭曲而嘶啞，如野貓的叫聲一般，她念了一首詩，因為生疏，中間卡頓數次：

「一錐草地要求泉，努力求之得最難；無意俄然遇知己，相逢攜手上青天。」

老孫和二姊面面相覷，連忙問道這是啥意思。李德龍說：「這就是鐲子放的地方。你們自己悟吧，不能說透。」

二姊問老孫：「你悟到啥沒？」老孫皺著眉頭，嚴肅地說：「感覺，可能，我感覺啊，是不太好。我聽著，怎麼讓咱倆攜手上西天呢。」

二姊聽後，身子頹著貼在椅背上，有氣無力地說：「不問了，不問了。媽，你走吧，沒啥事別回來了。」然後轉過身來，晃著身子，對李德龍說：「送走吧，送走吧。也到時候了。」

老孫起身，從後面靠住虛弱的二姊，生怕她支撐不住，跌倒在地。剛沒了一個，要是再病了一個，那可麻煩大了。

李德龍擦了擦頭上的汗水，又拿起單鼓，準備唱一套送神的詞。老孫一把攔住，說，你等等，我再替二姊問最後一個問題。李德龍對董四鳳使了個眼色，像是在問是否可以，董四鳳閉著眼點頭，說：「你問吧，最後一個。」

老孫跟李德龍說道：「我這二姊，人好，孝順，也能吃苦，就是命不好，生活過得挺難。」二姊半倒在老孫懷裡，自己靜靜地抹著眼淚。「老早年裡，廠子裡的第一批，二姊就下崗了，後來給人刷過碗、包過餃子、幹過保潔，不管冬夏，累出來一身毛病。後來老公也下崗了，也就是我那個前姊夫，他可不是個物兒，揣著買斷的幾萬塊錢，說是上南方打工去了，其實沒走，跑旁邊的村兒裡賭去了。」老孫頓了頓，繼續說道：「賭，咱不怕。但你得贏啊，他可倒好，輸個乾淨。輸就輸了吧，輸完你就回家唄。他家也不回，跟打麻將認識的一個女的，倆人走了，這回真去南方打工了。人沒了，找不到了。上派出所問了，人家說了，男人麼，生而自由，不給掛失。」

老孫給董四鳳和李德龍又點上一根菸，繼續說道：「最要命的吧，是我二姊的兒子。那大胖小子吧，小時候學習不錯，三好學生，榮譽證書好幾本，還參加過智力競賽呢。長大後完了，成天跟住網吧似的，天天打遊戲，著了魔了。經常不回家，回家就是來要錢。你說不給吧，怕他出去幹壞事，偷搶拐騙，那不犯大錯誤了麼；一直給下去吧，好像也不是個辦法。所以啊，我問問兩位。啊，不對，我問問孩子他姥，你給瞧瞧，像咱孩子這種情況，有沒有啥說法，怎麼處理能化解一下？」

董四鳳說：「這個事兒啊，明白了。」李德龍想了一下，嘆氣對二姊說：「你家孩子是不是小時候特別聽話，現在一點兒也不聽你的了。」

「對，對對。」

「是不是小時候長得挺好看，這兩年越來越磕磣[5]了，不如以前順眼。」

「對，對對。」

「小時候學習好，不用你操心，讓幹啥幹啥。現在成天跟你對著幹。」

「對，對對。」

「性情變化挺大的。跟以前像倆人兒。不孝順了，也不尊重你了。」

「可不咋地。」

董四鳳跟李德龍對望一眼，然後說：「我是孩子他姥，我整明白了。」

老孫問：「快說說，到底咋回事。」

董四鳳讓幾個人把腦袋聚過來，低聲說道：「上身了。剛才我在恍惚之間，看見那個玩意了。你家裡有影兒。」

二姊問：「上誰身了？啥意思。」

5 東北方言，有醜陋、邋遢之意。

李德龍鄙夷地說：「這咋還聽不明白呢，你兒子身上不乾淨，有髒東西一直跟著他。」

二姊說：「淨胡扯，他衣服也不埋汰啊，我總給洗。」

老孫說：「二姊你能有點文化不，人家說是上身了，附體，中邪，懂沒？孩子他姥，你快給看看，那東西到底是啥。」

董四鳳深吸一口氣，咳嗽幾聲，菸抽多了，嗓子眼裡卡著痰，她捏著脖子，奮力擠出兩個變聲的音調：「精靈。」

老孫和二姊都沒聽懂，一起抬高嗓門，不解地問了一句：「啥？」

董四鳳清清嗓子，剛想說話，李德龍立馬接過去說：「你們啥耳朵啊，這都沒聽明白啊。精靈，藍精靈，懂不懂。藍精靈上身了。好了，今天到此為止吧。我得給你媽送走了。想驅走精靈，得另做法事，選個黃道吉日，弄個車來，得帶好幾把大寶劍，在室外追擊，才能趕盡殺絕，今天是不行了。你們想想吧，超度加驅鬼，套餐給你們打個折扣啥的。」說罷，李德龍又敲起單鼓，念起送神的詞兒來。董四鳳再次跟著節奏，前後輕微搖擺，像是要將自己身體裡的魂魄甩出去。

二姊低聲跟老孫嘀咕著：「藍精靈誰啊？」

老孫說：「外國的。孤陋寡聞呢，藍精靈都不知道。歌兒沒聽過嗎？在那山的那邊海的那邊有一群藍精靈，他們活潑又聰明，調皮又任性。」

二姊說：「任性啊，那怪不得。小崽子怎麼還把外國老仙家招來了？等他回家，我非得削他一頓。」

老孫說：「藍精靈也分吧，挺多品種，不知道具體是哪個過來了啊。看看情況再說。我也納悶了，那玩意平時在森林裡啊，不咋出門，這次怎麼過來的呢，走的東西快速幹道啊？」

董四鳳坐在摩托車後座上，迎著風破口大罵：「李德龍，我他媽看你長得像藍精靈。」李德龍笑著說：「你的思維現在太活躍，我有點跟不上節奏。你說，他們能找咱們趕小鬼兒不？」董四鳳說：「我看你腦子有病，淨他媽想美事，今天差一點就栽了。電話趕緊刪了，這家的活兒以後再也不能幹了。記住了給我！」

李德龍點了點頭，之後他想到，身後的董四鳳可能體會不到他點頭的動作，便又

「嗯」了一聲，重重的鼻音，算是回應。董四鳳的雙手環抱著他的腰部，他對現在的姿勢非常滿意。時間已經臨近午夜，路燈全亮，車和行人都很少，摩托車發動機的聲音乾脆而清晰，李德龍騎得很慢，不怎麼擰油門，只在路上平穩滑行。他想像著，想著自己是在開一艘船，海風，燈塔，浪花，礁石，在黑暗的前方，正等待著他逐個穿越，唯有彼岸才是擱淺之地。船身有一些疤痕，那是搏鬥、撞擊或者侵蝕的痕跡，時間的痕跡，當然，他的身上也有一些，每個人的身上終究會有一些這樣獨特的痕跡。無論是在陽間，在陰間，在工廠裡，在黑夜裡，在海水裡，他們正是憑著這些痕跡找到彼此，並重新依附在一起。

破五

大年初五。戰偉說要帶我去見見世面。

「那陣勢，你這輩子都沒見過。比上次咱倆喝多了去足療可有意思多了。」他倚在我家的門框上，肚子突出，胡亂地比劃著，手裡夾著菸，披著件藍色棉猴兒，裡面穿著一件髒兮兮的T恤，上面印的是史努比狗，狗的臉跟他的一白一黑，相映成趣，除此之外，他臉上還有許多細密的暗坑，像雨滴落在沙灘上。

「我上次陪雷子去，雷子直接點五千扔下去，根本不眨巴眼睛。雷子現在可真不差事兒。」戰偉講得很來勁，越說越是露出一副瞧不起我的表情，此時，我正在往臉上打香皂，瞇著眼睛看他，現在是下午五點，我才起床，按照預定計劃，我今晚要跟戰偉去見見世面。

戰偉找到一家地下賭場。

用他的話講，「刺激，玩兒命，真刀真槍」。

上次他是陪別人去的，兜裡沒錢，只摸摸門道，過個眼癮，這次他準備親自動手，畢竟今時不同往日，他手頭寬裕了一些，說話底氣十足。

最近廠裡把戰偉他媽的喪葬費發下來了，總共一萬八。

我和戰偉是小學同學。

戰偉從小就特別淘氣，四處搗蛋，心眼兒壞，砸玻璃，堵鎖眼，放氣門芯兒，偷校辦工廠的塑膠瓶，沒有他不幹的，一塊滾刀肉，很難收拾。五、六年級時，他就學會了「扒眼兒」，上課期間跑到女廁所的隔間裡，雙手俯地，呈半倒立姿態，臉幾乎貼在便池的邊緣，大氣不出，默默欣賞隔壁廁間裡的女老師或者女校工小便，如此得手數次，直至審美疲勞。每次他看完後，都很熱衷於跟大家分享，「在那兒蹲一節課，也就能看見兩三個。」「別提了，尿崩我一臉，剛洗了半天。」「誰啊？葉老師我看過啊，別看表面溜光水滑的，底下毛兒太多。」

後來這些話傳到老師耳朵裡，導致戰偉被抓了現行。教導主任給他媽打電話，先撥總機，再轉分機，最後找人轉達，委婉地說讓她趕緊把孩子領回家吧，學校裡的年輕老師看見他在學校，都不敢來上班了。

戰偉他媽，離異十餘年，自己帶孩子，體格消瘦，一把骨頭，頭髮稀疏，戴眼鏡，像溫和且營養不良的知識份子，其實個性很強，脾氣暴躁，很愛激動。廠裡的同事們看她自己帶孩子可憐，給她介紹過幾個搭伙過日子的，都不成功，過不到一起去，互相老幹仗，索性也就不找了，一門心思都放在戰偉身上，寵到溺愛的地步，不讓他吃一點兒虧。

戰偉他媽風塵僕僕地騎著車來到學校，一把推開教導處的門，將繞在頭上橘色紗巾摘掉，橫著臉問教導主任，我兒子咋的了。教導主任把前因後果一講，戰偉他媽聽後，拉起戰偉就是兩記耳光，然後罵道：「不爭氣的玩意兒！學校裡都是鑲金邊的你不知道？再瞅眼睛都得瞎！」教導主任聽出這話不對勁，剛想發怒爭辯，卻被戰偉他媽搶先：「老師，這學我家孩子不上了，我帶回家自己教育吧。」教導主任說：「謝天謝地，求之不得。」

戰偉被他媽領回家，從此再也不用上學，我們都很羨慕。他偶爾還來學校裡找我們玩，穿著一件極不合身的灰色大毛衣，滿臉橫肉，剃了光頭，鼻涕橫流，每天在校門口叼著菸閒逛，說話聲音大，笑聲也很放肆，好像時刻都想證明，終於沒人能管得了他了。

再後來，我們這個年級都畢業了，但戰偉沒走，還在學校門口橫晃，截錢、打架、吃零嘴兒、玩遊戲機，以及跟帶著比他小很多的人一起看黃色錄影帶，扒褲衩彈雞子玩兒，太有出息了。

上學時候我跟戰偉一點都不熟，關係非常一般，最近這兩年走得比較近。

本來我們都好多年沒見過面了，差不多在前年夏天時候，他開始創業，跟朋友在我家樓下合夥擺了個燒烤攤，賣羊肉串、腰子和生筋，在兩棵大楊樹間拉了一條橫幅，紅底黃字寫著四個大字「邊喝邊嘮」，簡明直接，的確是戰偉的行事風格。

燒烤攤每天傍晚開始營業，人氣旺盛，當時我的妻子在外面有人了，每天不回家，我下班後自己也不愛做飯，就去他家喝酒吃燒烤。一來二去，認出彼此，共同追憶往昔，戰偉激動萬分，一手拎著啤酒，一手摟著我的肩膀，向他的朋友們逐個介紹我，「這我鐵子，我倆從小就好，以前一起跟人咣咣幹仗」，又笨拙又熱情。在我的印象裡，即便是小時候，我們好像也從來沒有這麼親密過。

後來某天，有人喝多了在燒烤攤鬧事，戰偉跟人對罵起來，順手操刀捅過去，又擰了一圈，角度沒掌握好，直接傷到脾，被派出所開車帶走。這可把戰偉他媽愁壞了，四處借錢，也來找過我，我當時正準備跟前妻分家產，看見老太太的樣子，內心不忍，從存摺裡取了三千遞過去，假裝仗義，說畢竟是從小一起長大的兄弟，老太太感恩戴德，淚灑銀行，就差給我磕頭了，搞得我還挺難為情。

最終賠給傷者大概幾萬塊錢，戰偉還被判一年多的勞教。

可戰偉還沒出來呢，他媽就先走了。我本來是去戰偉家找他媽要錢，敲門敲不開，才聽說老太太沒了，鄰居們七嘴八舌，「剛過六十吧也就，說她八十也有人信」，「走的時候皮包骨頭，心血耗乾了」，「為這個敗家兒子操碎了心」。我心說，完了完了，這下子我的三千塊錢可算是瞎了。

半年之後，戰偉出來了，居然比進去的時候更黑、更胖，窩窩囊囊，說話直喘大氣。出來後，他頭一個就來找我：「你真講究，我在裡面的時候，我媽把借錢的事跟我說了。說實在的，沒想到你能這麼敞亮。我小心眼了。你的真心，兄弟記一輩子。」

「大偉，咱不是哥們麼，互相幫忙，理所應當。」我說。

「你放心，這錢我肯定能還上，我媽的喪葬費過兩天就要下來了。」大偉把自己塞進我家破沙發裡，信誓旦旦地向我打包票。

我看看戰偉，又低頭看看自己。我倆今年都已三十六歲，一個是剛釋放出來的勞教人員，鬍子拉碴，定期還要去派出所報到；一個是剛離婚的下崗工人，家徒四壁，目前沒有任何謀生管道。倆人現在兜裡的錢加一起，估計都不到一百五。

這些年到底怎麼混的呢，我琢磨不明白了。

秋去冬至，戰偉來我家的頻率越來越高，每週幾乎有三、四個夜晚是在我家裡度過，天氣漸冷，他來我家主要是想蹭暖氣。戰偉他媽給他留下來的房子沒交採暖費，按照他的說法，「家裡人氣不旺，即便有暖氣，屋裡也暖和不起來」。

我說，「大偉，差不多就把你媽埋了得了，骨灰總不能一直放屋裡供著吧。」

戰偉頗為不屑地說，「你啊，啥也不懂，骨灰在那兒，就是我媽跟我一塊兒過呢。你啊，就是缺少人情味兒。」

我說，「行，你有，那你咋不給你媽交點採暖費呢。骨灰也知道冷啊。」

戰偉說，「不愛跟你嘮嗑，你們這些下崗工人就是事兒多。強詞奪理。大膽刁民。」

我從前作息規律，上班下班，雷打不動，月月都拿全勤獎，如今下崗半年，從前的好習慣全還回去，沒找到合適的工作，處於坐吃山空狀態，靠單位買斷工齡給的錢過日子，過一天少一天，提不起精神。我都想好了，要是哪天實在過不下去了，就把這老房子一賣，還能混個幾年吃喝。

春節連對聯都省了，我家的門上只貼了一個福字，福字也不是我買的，是附近超市挨家派發夾在門縫裡的，背面是春節期間超市商品的打折廣告。

戰偉發現了，指著鼻子笑話我，「這玩意貼門上，你糊弄鬼呢。這是打折單兒啊，你過得咋這麼湊合呢。」

我不覺得啊，下崗之後，我感覺整個人生也打折了，三五折處理。我們很搭。

戰偉幾折？比我還窮，還接受過勞動教養，我看頂多二五折。

我倆加一起，可能勉強及格？

大年三十，我去給爸媽拜年，拎了一隻燒雞和兩瓶白酒，說是給我爸買的，結果自己喝了將近一瓶，拆了個雞大腿啃，然後一頭栽在床上就睡著了，太狼狽了，電視裡的小品和外面的鞭炮聲都沒叫醒我，錯過了我最喜歡的潘長江。

年夜餃子我爸都給吃了，一兜兒肉餡的，包多少吃多少，一個也沒給我留。

我知道他生我氣呢，大孫子都讓人帶走了。

我有什麼辦法？我願意這樣？

再說回來，你那麼大歲數了，還那麼饞，半夜還吃那麼多，對身體好不好另說，你有個爺爺樣麼？也得反省反省。

大年初一，親戚朋友全來給我爸媽拜年，提著葡萄酒、飲料、乾果、成箱的砂糖橘……我老婆孩子工作全沒了，很怕被大家問，更怕被大家同情，就找個藉口回到自己家去了，樓下的租碟屋沒關門，我租了一堆港台槍戰片，連軸兒看。

裡面的男主角在瀕死之際，對另一個男主角說：「你終於可以丟下我這個包袱了。」我把大被一蒙，睡得昏天黑地。

一晃就到了大年初五，戰偉來了。

他一頓猛敲門，棚頂的灰都要震下來了，我才從床上爬起來，之後洗漱、刮臉，抹布蘸水，蹭了幾下皮鞋，又抓了一把從爸媽家偷回來的美國大杏仁，跟戰偉一起出了門。邊嚼大杏仁我邊琢磨，過年了，我也得補補啊，本來就沒錢，營養別再跟不上。

我倆在寒風裡等公車，他凍得直跺腳，哆哆嗦嗦地問我：「你帶多少出來？」

我很緊張，連忙躲到一邊說：「就一小把，馬上吃沒了。」

戰偉罵我：「你是不是缺心眼？我問你帶了多少錢出來。」

我這才反應過來，然後有些難為情地說：「春節從卡裡取了點，本來想給我媽花點，結果也沒買啥，現在可能兜裡還有不到兩千吧。」

「這錢我準備至少得過完下個月，」我補充道，「你呢？」

「兩千太少了，不夠玩的都。我媽給我留的一萬八，今兒我全帶了，」戰偉信心滿滿地拍著自己的腰包說，「放心，我也是看形勢，不能全押那兒，得還你錢呢。」

「咱們主要是娛樂，」戰偉繼續為自己解釋，「順道兒，順道兒發個家。」

我說：「我操，你瘋了吧？日子不過了？」

戰偉信心滿滿地對我說：「你啊，在工廠上班時間太長，腦子銹死了，社會上的事你不懂。有沒有聽過那句話：搏一搏，單車變摩托；賭一賭，摩托變吉普。年前我找人算過了，我苦到頭了，觸底反彈你懂不懂？今天破五，辭舊迎新，從今往後，兄弟天天開吉普。到時候可以讓你坐副駕駛。」

從公車上跳下來，戰偉在前面帶路，我在後面跟著，路過一家食雜店，他指使我說：「去，買兩盒玉溪。一會兒有用。」我有點捨不得錢，很不情願地買回來兩盒，跟著戰偉拐來拐去，又來到一條繁華的小路上，路兩旁有不少店鋪，飯館、理髮店、小超市、足療、成人保健、古董鋪子等一應俱全，由於過節的原因，很多家沒有開門，顯得有些冷清。

戰偉一路上走得異常興奮，蹦蹦跳跳，跟他的年齡極不相符，顯得很不理性。

我們來到一副藍色棉門簾前，他跟我使個眼色，意思是說，你看，就這兒了。

我抬頭一看，招牌上寫的是「通天網苑」。

雖是春節期間，但網吧仍聚集著很多青少年，多數在玩電子遊戲，三五成群，互相指揮、謾罵、埋怨，螢幕上花裡胡哨，小人兒拿著槍跳來跳去，我完全看不明白。可能真像戰偉說的，我腦子生銹，跟社會脫節了。

戰偉徑直走向網吧的最後一排，一個四十多歲的中年人聚精會神地坐在電腦前，正在劈哩啪啦地打字，邊打字還邊笑。

戰偉從我兜裡摸出一盒玉溪，直接扔在桌子，一言不發，手指叩擊桌面幾下，嗒嗒，嗒嗒嗒嗒，嗒嗒。

敲開天堂之門。

中年人的眼睛這才從電腦螢幕前移開，盯住我們看幾秒，把菸揣進裡懷，起身扭頭往後面走。我們連忙跟上去，跟著他轉過骯髒的衛生間，下了半截樓梯，來到一個黑鐵門前，中年人從懷裡吃力地掏出對講機，一陣腋窩的味道傳出來，他低聲說道：「倆寶。」

是黑話還是在罵我們呢？我一時沒鬧明白。

然後從褲襠裡掏出一串鑰匙，將外面的黑鐵門打開，之後的一層木頭門則被人從裡面打開，瞬間，一陣濃烈嗆人的煙霧湧了出來。

戰偉所說的大場面，並不如想像中的那般豪華、壯麗，跟電影裡看過的公海賭船什麼的相比，簡直是天壤之別。它看起來更像一個寒酸的遊戲廳，陳舊衰敗，散發出一點腐朽的味道，但裡面的人卻是生機勃勃，全情投入，躍躍欲試地想要打敗機器，一般這種情況，結局無非是人腦袋輸成狗腦袋。

賭場的整體面積跟上面網吧接近，幾十人在其中穿梭，來來往往，左牆擺著一排撲克機，中間擺著是拍魚的，這兩樣我認識。旁邊是淩亂的牌桌，有圓形也有長條的，每桌人數不等，有的擺了籌碼，有的直接上錢，總之幾百平米的空間，完全沒有浪費，滿滿當當的全是各類賭局，空間利用很合理，看起來有高手規劃過。

戰偉抑制不住自己的興奮，主動跟看著眼熟的工作人員打招呼，然後指著前方牆上的液晶電視說：「看見沒，太先進了。接的是大鍋蓋，轉播國外聯賽，直接下注賭球，比賽完了就直接開，霸道，專業。你不是愛看球嗎，去下點兒唄。」

聽人勸，吃飽飯。我走過去看看情況，一個穿著長筒靴的姑娘負責幫忙下注，我問她今天都有哪幾場比賽可以賭，她說今晚就一場，結果這倆球隊的名字我都沒聽說過。我問最少下注多少，她說五百起，買勝負平，也可以猜比分，你先看看賠率；我掏出一千，跟她說，不看了，買名字長的隊贏。她收好款，打出來個小票，蓋戳後返給我。

我順手揣在褲兜裡，忽然覺得這一千元變得好輕，甚至感覺不到它的存在。

扭頭一看，戰偉已經玩上骰子了，猜點數，兩百一把，贏了能返四百，直接往桌子拍錢，他已經連輸了好幾把，但面不改色，像個經驗老到的賭鬼，胳膊肘底下壓了一疊百元鈔票，甚至安慰我說：「預熱，預熱，這是準備活動，清清霉運，等點子來了，我就換大場。都是經驗，你學著點兒。」說完還跟旁邊人心領神會地點頭互動示意。

我心想誰能管得了你啊，別把我那三千塊錢輸進去就行。

晚上八點，黃金時間，賭場裡的人逐漸增多，我來來回回地轉了好幾圈，發現這裡大部分的賭博遊戲，我連規則都搞不明白，於是便站在後面看別人玩撲克機。有個花白頭髮的哥們，穿著西褲，每隔七八分鐘就喊老闆「上分」，我還沒看明白門道，他就又輸光了。

這點子也太背了，我正想著，結果他一扭頭，我倆對視十秒，我才反應過來，這不李林麼，外號智慧林。

李林，小學同學加老鄰居，高材生，聰明，猴兒精，愛搞對象，但從不耽誤學習，考上北京的大學，還讀了研究生，畢業順理成章留在首都上班了，當年筒子樓裡的先知，一代人的勵志偶像。誰家姑娘要是跟他早戀，家裡人反對得都不是那麼強烈。

所以啊，李林的人生不打折。

他也認出我來，驚訝地拍著我的肩膀說：「哥們，怎麼是你啊？」

「是啊，智慧林，多少年沒見了，在這兒碰上。」

「過年在家沒意思，來這邊玩玩，你常來？」

「哪兒啊，我這是第一次來，咱班的戰偉帶我來的。」

「咱班的誰？」

「戰偉，你忘啦，就後來被開除的那個黑胖子，總愛扒眼兒。」

李林好像還是沒有想起來，在一旁的戰偉看見我們寒暄，連忙跑過來，使勁揉著自己的小眼睛，嗓門巨大地說了一句：「我沒認錯吧，這不是智慧林嗎？你這頭髮咋還白了呢，學習學得吧！過年好啊！」

李林還是懵的，死活也想不起來這位稱呼如此親密之人到底是誰，但也沒忘回一句：「過年好！過年好！」

是啊，誰不希望誰好呢，畢竟是過年了。

三位在六歲時初次認識的、現在需要重新認識的，三十六歲的中年男人，站在地下賭場裡中央，互相敬菸。李林抽黃鶴樓，戰偉跟著蹭了兩根，夾在耳朵後面，嘿嘿地摟著李林的肩膀傻笑。

我提議說：「咱們一起玩點什麼吧，別白來。」

李林說：「今天手氣太次，拍半天撲克機就沒贏過。等下梭兩把哈，不行的話就先回家睡覺了。」

戰偉連忙說：「別呀，好容易出來玩一次，得盡興。」

為了顯示自己的時髦與幽默，他故意模擬港台腔，把「盡興」兩個字的發音改成「Gin Hing」，並且同時向空中揮了兩下拳頭。

「說的也是。現在咱這邊最流行玩啥？」李林問。

戰偉想了想，說道：「你腦袋快，咱們去玩個技術含量的。車馬炮，你會不會？」

李林說：「會！北京不興這個，憋死我了，咱們炮兩把去。」

我剩下的錢不多了，車馬炮我也打不好，便在一旁觀戰伺候局兒。

戰偉，李林，還有一個趙大明，我聽別人管他叫趙隊，據說是分局的，也是賭場常客，他們三人主戰；一個年輕的黃毛做閒手跟家。

車馬炮規則很奇怪，以象棋子為名號，卻要用撲克牌來打。五十四張撲克，只挑出三十張來。3和4最小，分別為兵、卒；10、9、8三張牌，對應的是車、馬、炮；Q是相，K是士，小王和大王分別為將、帥。三人各自抓十張牌，單張將帥大於相士，相士大於車馬炮，兵卒最小，對子、三對、四對同理。紅色大於黑色，紅黑桃子大於方片、草花。四對算一炸，加番。

具體出牌時，有點像鬥地主，兩家掐一家。順時針出牌，有能管住上家的，就壓上；管不上的，必須要反扣相同數量的牌，算作棄牌。每輪過後，最大的佔圈牌擺在自己前面，其他的全反扣過去，最終計算誰在明面上的牌最多。

車馬炮的精髓在於兩個字：算計。算，根據手裡的牌和已出過的牌，來推算扣什麼牌，手裡留什麼牌；計，計謀策略，先出單還是雙，根據手裡的牌，以及對家、本家的反應做全局規劃，想要打好，技術成分有，運氣同樣也是不可或缺的。

車馬炮玩起來頗費心機，而賭車馬炮的，往往會玩得很大，每把根據剩餘牌數記分，一般情況是每張牌一百，一輪輪進去三、五百很正常。更要命的是，因為只有三十張牌，所以每一輪進行得都很快；以及，莊家可以翻倍籌碼，每張牌頂到五百八百的都有，只要下家敢接，這輪牌就不走空。

剛開始的時候，趙大明總在坐莊，大手握牌，慢慢捻開，面無表情，相當沉穩。戰偉和李林二人打趙大明一家，有來有往，但兩人的配合越來越默契，一個小時不到，趙大明輸了三十多張，裡面還有幾個翻倍的，換算過來的話，差不多得五、六千塊。黃毛跟注趙大明，也輸了有兩千，退出不戰。

趙大明有點撐不住，眉頭緊皺，菸不離手。戰偉喜形於色，嘴巴也不閒著，總在跟李林說自己上一輪出牌有多麼聰明，扣下的牌又是多麼精準，滴水不漏。

李林明顯聽得很厭煩，又不好表現出來。可戰偉能有多聰明啊，幾輪下來，他那點出牌的習慣、伎倆，什麼出單不出雙，洗洗更健康，全被李林和趙大明聽去了。

我把另一盒玉溪扔在桌上，在一旁捅咕戰偉，低聲說：

「少說兩句，打牌那麼多廢話。」

戰偉還不樂意了，跟我說，「不玩的別插嘴，懂不懂規矩，看你的球去。」

好壞都聽不出來，我看他今晚要完蛋。

又過一個多小時，局勢開始有明顯變化。趙大明不再狂衝猛突，將莊家的位置讓出，往往是李林一打倆，單挑趙大明和戰偉。

戰偉對新形勢不適應，越打越忙亂，出牌明顯開始猶豫，趙大明還在不停抽菸，我的另一盒玉溪也要被他抽光了。李林則愈戰越勇，遊刃有餘，牌面上來看，他贏得最多。趙大明還在輸，戰偉把贏來的都還回去了。

臨近午夜的時候，局勢又有新變化，觀戰者都看得出來，戰偉跟李林開始較起勁來。純是鬥得。

兩人輪流坐莊，輪流翻倍，一個只要叫，另一個立馬跟上，氣勢上誰也不服誰。此時，趙大明已經撈回本來，穩中有賺，退居二線，靜觀虎鬥。有幾次他似乎想勸住戰偉，但伸出去的手又收回來。

戰偉有點殺紅眼了。

他脾氣急，而且現在越輸越多，我暗自算了算他的積分，帶來的錢可能已經不夠了。三個人的牌局，就他自己輸，等下結束時不知道要怎麼收場。

凌晨時，賭場裡的人走了大半，留下一地菸頭，氣溫越來越低。我賭的那場球終於鳴哨開賽，但寒冷使我開始犯睏，睜不開眼睛，坐在椅子上，身子直往下出溜。

每張牌已經叫到八百。我迷迷糊糊地想，兩張牌，頂我以前一個月的工資了。這種地方真是不能再來，到處都是陷阱。掉下去了，誰都拉不上來。至於怎麼掉下去的，沒人能說得清楚，就好像人生之路，不管怎麼小心，走著走著就一定會塌掉的。

賭到後來，心理素質很重要。李林披上風衣，運籌帷幄，瀟灑，有氣度，輸贏臉不變色；戰偉凍得渾身哆嗦，氣都喘不勻了，面部表情僵硬，明顯是要吃不消。

我問桌上的幾位，啥時候結束啊，太睏了，趕緊撤吧，做個足療回家睡覺了。

戰偉半轉過來身體，絕望地看了我一眼，他衣服上的史努比被扭曲的身體搞得變了形，看起來十分猙獰，臉分成三道，如被毀容一般。憤怒的美國大明星。

趙大明抽著我的玉溪，對我說，兄弟愛做足療啊，那我有地方。我說，花錢不。他說，淨開玩笑，現在幹啥不花錢。我說，你抽我菸就沒花錢啊。趙大明抬眼看了看我，問我這話啥意思呢。我說，啥意思都沒有，你抽完我再給你買，行不。

牌局還在繼續，戰偉靠著最後的一口氣硬撐著，不出牌時，大手拄在我的膝蓋上，冰涼，微微發抖。我看他是快到頭了，要繃不住了。大偉啊，大偉。

我心裡胡亂地盤算著：今天破五，破五的餃子還沒吃上，明天初六，然後是初七，初七大家就都上班了吧？過完年再上班，就要開春了，一天比一天暖和。真好，天氣一暖，人就不會哆嗦了。

戰偉真的坐不穩了，他媽的喪葬費即將雙手奉上給兒時同窗。但他還在賭，瞪大了雙眼，每張牌叫到一千五，他立著眼睛還想往上翻。

李林當然早就看明白狀況，笑著說：「大偉，差不多行了。大過年的，咱們主要是玩，消磨時間。」

戰偉急了，抖著嗓門說：「沒玩完呢，你今天想不想回去？想走的話，這輪就二千。」

李林說：「大偉，你這樣真的很沒意思了。」

趙大明扔了牌，又點根菸，說，這一輪，還是你們哥倆鬥。

戰偉出牌，李林打出兩張，戰偉全部壓住。戰偉十分激動，情緒難以抑制，出牌時甚至要跳起腳來，用力地將撲克牌甩在桌子上，讓人很擔心要把桌子砸出裂縫來。

這清脆果斷的聲音，也好像搧在李林的臉上。

李林說：「行啊，還來勁了。那咱們來吧。」

這一輪，以及之後的三輪，李林一直在輸，牌碼都是兩千一張。

戰偉撈回來了。

來之前他是怎麼說的來著，對，觸底反彈。

我們從地下賭場裡出來的時候，已經是大年初六了，凌晨四點，天降小雪，李林揉揉眼睛，掏出明晃晃的車鑰匙朝著我們擺手，說道：「不送你們哥倆了，我先回家，今天很 Gin Hing！有機會來北京找我。拜拜了。照顧好大偉。」

李林說完便開車離去，只剩下我扶著戰偉，戰偉的身體還在突突發抖，站不利索，上下牙關緊咬著，面色鐵青，嘴裡發出嗚嗚的聲音，好像隨時可能抽過去。顯然，他還是沒能從剛剛緊張的局勢裡面緩過來。

我們走在枯黃的路燈下，雪花灑落在鞋面上，棱角鮮明，顯得非常立體。我挎著他的胳膊，緩緩前進，每一步邁得都很艱難，他的身體越來越重，而且在不停地往下墜，我攙扶得相當吃力。

走到小路口時，他一下子倒在地上，喘著粗氣，死活扶不起來。空空蕩蕩的清晨街道，一切尚未蘇醒，戰偉跪在路中央，哇的一聲大哭出來，十分突然。淒厲而渾濁的哭聲撕破街巷，微弱的路燈光芒混合著晨曦，共同附著在他的身上，在那一瞬間，他看起來甚至具備了一些神性，他離升天成仙，彷彿只欠這一跪。

戰偉雙手高舉，褲襠緊繃，仰面長嘆：「媽！啊——媽你看見了麼！媽！大偉我也有今天！我把學習最好的李林給贏了！媽！我沒辜負你啊——沒辜負你！啊——」

他反反覆覆地說這幾句，之後便繼續雷鳴般的號啕，但只聞聲音不見有淚，哭聲聽起來慘痛、虛假，並且令人恐懼。我甚至能感受到來自他胸腔裡的強烈震顫，嗡嗡不已，像一台即將報廢的機器，遍佈鏽屑，鬆散、變形而失衡。

我把他丟在原處，自顧自接著往前走，哭聲仍在持續，我心裡只想著兩件事：

一是，大偉啊大偉，正如李林所說，你可真夠沒意思的。你媽都沒了，還演這一齣，到底要給誰看呢。

二是，那個名字很長的球隊，最後到底贏了沒有。

槍墓

吳紅又說，不要含怒到日落，太陽下山了，只有你一個人還在河邊，抽打水浪，徒勞無功，風總會將水面撫平。孫少軍想了想，說，耶穌沒認出我來，河邊的不是我，我在水底。

一

肖雯給我打電話時，剛過中午十二點，出版社的午休時間，她沒下樓吃飯，而是往上走兩層樓梯，在一條陌生的走廊裡跟我通話。她先是告訴我，面前的窗戶關不嚴，涼風直往她脖子裡鑽，又說，此時此刻，腳邊有一盆君子蘭，估計已被遺棄，肥厚的葉片上散滿菸灰，她準備抱回辦公室，用濕抹布擦一擦，自己養起來，最後說道，房子已經租好，立水橋南，八十五平米，兩室兩廳，屋內裝飾極少，南北通透，採光很好，一個月五千五，押一付三，不含水電。我還沒睡醒，停頓了幾秒，想起來龍去脈之後，對她說，很有行動力。肖雯說，別廢話，你抓緊起床，晚上帶你去看房子，王沛東也去，到時你別亂講話。

我洗了把臉，抽了兩根菸，打開電腦，看了幾篇社會新聞，然後又倒在床上，想繼續睡會兒，但卻怎麼也睡不著。枕邊有一本《遙遠的星辰》，上次跟劉柳去書店時買的，她當時推薦說，這個人寫得好，她最近非常喜歡，南美洲人，波拉尼奧。我說，什麼尿？劉柳有點生氣。我說我是真沒聽清。劉柳說，波拉尼奧，智利作家，蹲過監獄，後來流亡海外，四十歲開始寫小說，他的全部寫作都是獻給那一代人的情書或告別信。我說，代筆唄，那跟我基本屬於同行。劉柳說，滾蛋吧你，我走了。我連忙哄她說，開玩笑呢，我買一本，回家研究一下。

我躺在床上，翻開《遙遠的星辰》，開篇講的是大學裡的兩姊妹，跟詩社裡的英俊青年交上了朋友，所有人的名字都比較長，同一個人好像還擁有不同的名字，我讀得有點累，便起身去廚房燒了壺水，期間無事可做，便立在一旁，想像著自來水的升溫過程，直至壺內沸騰亂響，水氣衝出來，我趕緊拿出玻璃杯，裡面放幾片乾燥的茶葉，又倒入熱水，杯中的葉片逐漸舒展，以一種奇異的姿態。

肖雯和王沛東在地鐵口等我，我剛一出來就看見他們了，兩人都很高，所以比較顯眼。我假裝沒看見，低頭對著手機一通亂按，直到聽見肖雯喊我的名字，才又抬起頭，朝著他們揮揮手，然後走過去會合。

王沛東有一米八多，肖雯也將近一米七，我穿上鞋的話，一米六五，也比較瘦，他們倆一左一右，我夾在中間很有壓力，從後面看，頗像是他們倆的孩子，這讓我覺得尤為不適。邁開幾步後，我便刻意跟他們保持一定距離，肖雯吃力地探著腦袋跟我說話，問我書稿的進展情況，我說，還可以，有三、四萬字了，能按時交。其實我一個字兒也沒寫呢。

王沛東本來說要吃涮羊肉，去他在幾年前吃過的飯館，據說麻醬小料是一絕，味道醇厚，回味無窮，結果快走到時才發現，那家店已經拆了，只好去吃旁邊的家常菜館。雖然正是晚飯時間，但裡面卻沒什麼人，落座之後，王沛東舉著菜譜問服務員，你家是什麼菜系？服務員說，啥菜都有。王沛東又問，有什麼特色？服務員說，看你想吃啥。王沛東說，我們這裡有位東北朋友。我連忙說，我吃啥都行，不用特意照顧我，別太辣就行。服務員說，東北菜，有，蘿蔔丸子湯，炸茄盒，大拌菜。王沛東說，行，就這三個菜，另外再來一瓶白牛二。

菜端上來之後，王沛東先給自己倒一杯，然後問我，你喝點不。我說，喝不了酒，過敏。王沛東顫巍巍地舉著滿杯白酒，我和肖雯舉著飲料，三人碰杯，王沛東說，祝你們的事業一帆風順。我說，謝謝，借你吉言。王沛東說，你上次給出版社寫的，講民國時期的名人愛情，那本我看了。我說，我都不知道已經出版了。王沛東說，故事雖然有點老套，不過你的文筆不錯。我說，都是別的書裡扒下來的，我就是換幾個句子，重新改寫一遍，也有的是我自己瞎編的，不要當真。王沛東說，有點才華，能看出來。我說，攢的稿子，不值一提。

肖雯胃口極好，大概是中午沒吃飯的緣故。白酒還剩下小半瓶時，菜便已經吃光了，王沛東眼神發直，肖雯去前台結帳，我上了個廁所，回來時發現服務員正在收拾桌子，兩人都不見了，我猶豫著走出去，發現他們正在路燈下等我，王沛東抽著菸，我也點了一根，肖雯帶路，我們向著無光的前方走去。

兩側都是平房，生銹的鐵架橫擺在地上，偶爾有騎電動車的從身邊經過，悄無聲息，王沛東摟著肖雯走在前面，我走在他們身後，盯著肖雯的屁股，被牛仔褲緊緊包裹，來回扭動，又性感又可笑，看了一會兒，眼睛發花，許多光斑在眼前飛舞。王沛東說話聲音很大，酒後的山東口音，更加難以辨認，走著走著，他忽然回頭，斜著腦袋，望著我發笑，然後又瞟了一眼肖雯，說道，原來你才二十五啊。我說，對，虛歲二十六了。王沛東說，真年輕啊，我比你大一輪，在東北，你管我得叫啥。我說，叫王沛東。王沛東說，不可能。我說，那你說叫啥。王沛東想了想說，反正你說的不對。

肖雯帶著我們走進小區，門口原本是景觀設施，有噴泉和水池，可惜由於天氣漸冷，怕被凍住，所以水都被抽掉，只剩下一道水泥壕溝，看著還比較深。四面都是高樓，且少有人住，沒幾戶是亮著燈的，我們在裡面轉了兩圈，又給房東打了個電話，才確認我們所租住的那幢樓。走入電梯後，燈泡一直在閃，像恐怖片裡的場景，王沛東靠在角落裡，問我怕不怕鬼，我說不怕，我問他怕不怕，他說怕，怕鬼也怕黑，但喝完酒，就什麼都不怕了。我們上到十二樓，出了電梯左轉進入二單元，肖雯掏出鑰匙，擰開最裡面那間的房門。

屋內裝修的味道還未散盡，聞著頭疼，陽台上擺著一套塑膠桌椅，窗戶半敞著，王沛東坐在椅子上，望向窗外，又抽起菸來。肖雯帶我看房間的格局，介紹道，這是主臥，以後在這裡談工作，這是次臥，樣書、資料和印表機放在這裡，這是客廳，以後你們辦公主要在這裡，這是洗手間，幹啥的不用我說了吧。我說，你也能幹房產中介。肖雯白了我一眼，說，我看了很多房子，就這個比較合適，沒有多餘傢俱，周圍也比較安靜，適合攢稿。我說，我能住這裡嗎？肖雯繼續說，美中不足的是，這個廁所是花玻璃拉門，沒有鎖，外面看著朦朧，以後有女員工的話，可能不太方便。然後又補充說，全憑自覺吧，我再找房東商量商量，爭取給換個門。我說，不用換，這種就挺好，脫完褲子，外面能看見虛影兒，白花花的一片，有衝擊力，刺激創作。

我坐在次臥的窗台上，肖雯坐在桌子上，跟我說，明天去辦寬頻，然後配電腦，你寫個公司簡介和招聘啟事。我說，這就要開始了。肖雯說，對，寫得懇切一些，體現出求賢若渴的感覺。我說，員工什麼待遇。她說，正要跟你研究，我想的是，底薪一千八，按工作量績效，當然也得考慮稿件的操作難度與做出來的品質。我說，這個比較複雜，需要摸索。肖雯說，是，你也做一個大致的方案。我說，現在咱們手裡總共幾個專案。肖雯說，三本書吧，你在寫的這本，還有一本段子裡的簡明中國史，模仿余世存的筆法，另外還有一本歷史人物傳記，另類讀史，這個社裡可以簽版稅，賣好了興許能賺。我說，這次寫哪個歷史人物。肖雯說，張居正，大明首輔。我說，不太熟悉，就知道他的一條鞭法。肖雯說，不難，你肯定有辦法。我說，盡力而為。

外面傳來王沛東的呼嚕聲，曲裡拐彎，聲音很大，我跟肖雯相視無言，屋內燈光幽暗，我從窗台輕輕跳下來，俯下身子，伸手去握她的腳踝，踝骨很硬，皮膚冰涼。她一邊警惕地回著頭，一邊抬腿將我踹開，力道很足，咬緊牙小聲說道，你他媽要瘋是咋的，幾次了都。我沒有說話，被她一罵，也有點洩氣。她從桌子上下來，走回客廳裡，我跟在她身後，王沛東仰倒在塑膠椅子上，手臂下垂，姿態難看，睡得極熟。我又問一遍，我以後能住在這裡嗎？肖雯說，不行，這是辦公室。我說，那我以後能加班嗎？肖雯說，那可以。我說，那我能每天都通宵加班嗎？肖雯沒有說話，從壁櫃裡拿出一柄綠色的掃帚，遞給我說，這幾天一直開著窗戶，進了不少灰，從裡到外，好好打掃一遍。

第二天早上，我躺在床上給劉柳發訊息說，我的公司馬上開張了，在立水橋，環境優雅，風光秀麗，周邊設施完備，隨時來玩。直到下午，劉柳才回我消息，總共就三個字，恭喜你。我覺得有些失望，便在床上繼續翻波拉尼奧的那本小說，又看了十幾頁，接到肖雯的電話，問我是不是幹過編劇。我說，幹過一陣子，但是……肖雯不等我把話講完，便說道，那我幫你把這個活兒接了，價格不錯，不妨一試，現在做出版利潤不是很高，但影視行業不錯，我們也要多條腿走路。我說，還沒開業，就要轉型。肖雯說，少廢話。我問，到底是什麼題材呢？肖雯說，也是歷史劇，王陽明的故事。我說，這個真不懂，心學，深了。肖雯說，你就按照歷史小說的套路寫，查查資料，通過更好，通不過也沒啥損失。我剛想拒絕，肖雯卻已經將電話掛掉，我再撥回去，她也沒接。

在此之前，我確實做過一段時間的編劇，事實上，編劇還是我的本職專業。劉柳以前就總問我，你這文憑到底是真的嗎？我說，千真萬確，全日制本科，教育部認可，音樂學院，戲劇影視文學專業，比較稀少，總共就兩屆，我是第二屆，再往下就招不到人了，統招調劑的也都不來，直接回去重考了。劉柳拍拍我，說道，對你們表示同情。我勸她說，其實也還好，還有個什麼經紀專業，我入學那年剛創立的，說是練習眼神兒的，畢業後能當星探，結果就只有這麼一屆。劉柳問，那他們都當星探了麼？我說，當個屁，都在活動策劃公司上班，負責搞路演，賣洗衣粉，聯繫野模，充話費送豆油。

剛畢業時，我揣著這張文憑四處面試，總是碰壁，甚至有的公司負責人見我是音樂學院畢業的，讓我當場唱一首歌，我還以為是什麼性格測試，雖然五音不全，但想了想，還是鼓起勇氣，在他的辦公室裡唱了一首齊秦的《大約在冬季》，比較難聽，中間還忘詞了，他提醒了我兩次，我勉強唱完，他聽後點了點頭，客氣地將我送出門，從此再無聯繫。

畢業之後，我一直沒有回家，在外面租房住，大概過了三、四個月，基本彈盡糧絕。也是在這個時候，政府頒布一項政策，要建設動漫產業基地，投入資金，扶持行業發展，霎時間，新公司如雨後春筍，各方面人才緊缺，於是我在動漫公司找到了第一份工作，負責給動畫片寫腳本。老闆姓張，我叫他張總，他擺擺手，說，叫老師就行，張老師。入職之後，我問他，張老師，我們要做一部什麼題材的動畫片？張老師說，按照我的設想，應該是有正派和反派，他們之間有不間斷的鬥爭。我說，明白。張老師說，要一集講一個故事，不需要有太強的連續性，每集都要解決一個問題。我說，明白。張老師說，還要體現出團隊力量，一個主角，帶著幾個性格各異的配角，共同克服弱點，排除萬難，通力合作，對抗敵人。我說，明白。張老師說，還要插上想像的翅膀，小孩兒嘛，就喜歡幻想故事。我說，明白，張老師，我們是要拍《西遊記》吧？

公司的辦公地點本來說是在二十一世紀大廈，但由於裡面租金較貴，張老師只租了很小一間，用來註冊。事實上，公司裡的大部分員工，都在姚千地區的一套農家院裡工作。姚千，全名姚千戶屯鎮，距離瀋陽市區三十公里，往返有長途，農家院是張老師親戚家的，門口有一條年邁的狼狗，沒精打采，毫無攻擊性，平時都不栓鏈子，張老師的親戚每天負責照顧我們的起居，非常仔細，無微不至，按照張老師的意思，這樣就可以方便我們將全部身心投入到創作之中，抓準時間節點，爭取一天出一集。張老師每週會來開一次會，查看進度，驗收工作，晚上再喝一頓大酒，坐在炕上跟大家暢想未來，像一位返鄉的親戚，功成名就，為我們帶來城市裡最新的變遷。

我在姚千待了十幾天，就有點坐不住，趁著午飯時間，總拉著同事出去轉悠，這個地方比較野，人少風大，雜草瘋長，空房無數，滿地燒廢的玉米稈，像微小的新塚，紙錢紛紛，全部滲在泥裡。旁邊還有一片荒廢的別墅區，始建於二十年前，碎玻璃滿地，繩索電線纏繞，白天房間裡擺太陽能唱佛機，循環播放《大悲咒》，晚上四處有鬼叫，無論何時，走在路上都提心吊膽。

我在南屋工作，睡在北屋，臥室緊鄰精密儀表廠，已經廢置多年，廠區的圍牆上還扎著玻璃片，看著相當鋒利。開始幾天，我睡到半夜總會醒來，恍惚間聽到儀表廠裡有槍響，而且不只一聲，還有人在喊，在奔跑，像是在打仗，場面混亂，而某一瞬間，又全部安靜下來，這些聲音令我十分恐懼，難以入眠。第二天中午，陽光猛烈，飯後，我走到儀表廠門口，發現大門仍舊緊閉，鏽跡斑斑，沒有生命活動的跡象，透過門縫往裡看，也只是一片無盡的雜草，綠意洶湧，與亂石和狹長的蒼穹結合在一起，回憶昨夜的聲音，宛如一幅幻景。

有一次，張老師喝多了酒，跟我們說，我們這個動畫做完之後，肯定會大獲成功，風靡全世界，到時候，我們要轉型實體產業，在這邊建一座大型魔幻樂園，比肩迪士尼，以西遊記為主題，九九八十一難，門口就是一座火焰山，真燒，二十四小時點火，模仿奧運會，操你媽的；然後還能讓你家孩子飛，迪士尼讓他飛十米，我他媽讓你家孩子飛上去二十米，三十米，四十米，我操你媽的，你們說，有意思不。我們沒人說話。

我在姚千待了將近兩個月，寫了三十集的內容，車軲轆話兒來回講，每天腦袋裡都是小動物幹仗，瀕臨崩潰，但動畫組那邊，連一分鐘都還沒做出來，舉步維艱。這樣一來，我的時間變得較為寬裕，正好在網上看見有人招募圖書寫手，稿費還可以，千字六十，但要得比較急，因為是要追一本暢銷書，我發去郵件聯繫，按照給過來的資料，熬了一個星期，將初稿做完，對方看過後表示滿意，打來電話，溝通細節修改，這我才知道是對方一位女編輯，名叫肖雯，在南方一個出版社的北京分社上班，之後她又發給我一部書稿，是要寫袁世凱，這個人物我比較熟悉，從前看過不少資料，也有一些自己的想法和見解，順利完成之後，她把兩部書稿的款項一併打來，又問我目前從事哪一行。我說，編劇行業吧。她說，好做嗎？我說，不太好做。她說，那不如來北京，我們一起成立工作室，做好稿子賣給出版社，買斷也行，簽版稅也行，我這邊都有資源。我沒有立即答應，掛掉電話之後，想了兩天，之後準備拖著箱子離開這裡，因為沒簽合約，也不想驚動其他同事，所以我是半夜走的，按照預計行程，我沿著丹霍線步行，在天亮時，正好能趕到汽車站，然後坐第一趟車回到市內，從而逃離姚千，稍晚一點也沒關係，車有的是。當天半夜，我悄悄出門，走出一段距離後，便聽見身後又傳來幾聲槍響，這次也像是孤零零的鞭炮聲，我索性坐在地上，面朝著儀表廠的方向，風很大，天空沉寂而高闊，我彷彿置身荒原，在等待著沖天的火光，但在遠處，卻往往只是一閃，便又迅速消逝，只剩下如謎的黑暗。

二

我查了半天王陽明的生平資料，還是理不出頭緒，他的人生經歷不算曲折，故事性不強，亮點全在於思想，比較難寫，正在發愁時，收到劉柳的訊息，問我晚上有沒有空，我回消息說，是不是要來看我的辦公室，歡迎。劉柳說，沒有興趣，說如果有空的話，可以陪她去看一場地下演出，順便喝杯酒。我說，我對演出也沒有興趣。劉柳說，機會難得，不來別後悔。我想了想，斜挎著背包出了門。

劉柳原籍齊齊哈爾，在秦皇島的海邊長大，我跟她是在網上認識的，當時我還沒畢業，假期比較有空，亂寫過幾個短篇小說，貼在某個網站上，講的都是發生在北方的故事。第一篇講的是一位計程車司機，外號老頑童，開白班，駕齡較長，經驗豐富，人緣也不錯，還是某電台的路況報導員，忽然某天，在毫無徵兆的情況之下，連人帶車一起失蹤，全城熱心司機都在幫忙，發起尋找老頑童的行動，每天掛著手台來回呼喊，不放過任何蛛絲馬跡，行動負責人二十四小時開機，分析線索，逐步排查，失蹤一週之後，車在內蒙古找到了，已被焚毀，面目全非，最後是通過發動機編號確認的，緊接著，人也找到了，在附近的一口枯井裡，已經死亡多時，被荒草和積雪覆蓋，面頸有多處利器襲擊傷痕，案子到最後也沒有破，所有人都非常失落。第二篇講的是一對夫妻，都是變壓器廠的，女的看庫房，男的開叉車[1]，雙職工家庭，有個十幾歲的兒子，在讀初中，兩口子感情很好，很少吵架，總是結伴上下班，對同事也很禮貌，樂於幫忙，生活雖清苦，但也令人羨慕，有一天，他們的兒子提前放學回家，看見父母一個躺在床上，一個癱在沙發上，神情怪異，餐桌上擺著幾支空針管，兒子嚇得冷汗直流，拿起電話想聯絡親戚，其父神志不清，誤以為他要報警，上去將電話奪過來，雙方一陣廝打，最後，夫妻二人合力，將親生的兒子勒死，第二天還給老師打去電話請病假，近一週過後，實在瞞不下去，他們才決定去派出所自首，那天跟往常一樣，兩人衣著素樸、乾淨，趕在上班時間，與所有人一起推著自行車走出院門，濃霧從遠處的煙囪裡散出來，遮蔽部分天空，他們跨步上車，一前一後，騎得很慢。

1 堆高機。

這兩個故事結構比較鬆散，沒頭沒尾，並沒有引起廣泛關注，但劉柳是為數不多的在文章底下留言的人，寫了很長的一段，我沒有太看懂，但大意是覺得第二個故事很好，讓她想起曾經的鄰居，我發去郵件，跟她講，我寫的就是我曾經的鄰居，他們的兒子是我同學，我住二樓，他們住三樓，那天學校並沒有提前放學，是我拉他一起逃的學，在外面玩膩了，於是提前回家，他死之後，有一段時間裡，我也很自責。劉柳回郵件說，那第一個故事呢？原型是誰，感覺沒有結尾。我說，沒有原型，倖存者很失落，他們已經很疲憊，但不得不打起精神去提防黑暗；沒被抓住的凶手也很失落，他本來短暫的一生，將會因此被抻得極長，直至無限，這就是所有人的結尾。劉柳說，有點意思，我在北京，甜水園圖書市場裡上班，當出納，平時愛看書和演出，喜歡搖滾，也想自己寫小說，但總寫不好。我說，我也寫不好，有機會一起探討。

我來北京的第二天，便來跟劉柳見面，她跟照片上幾乎沒有區別，長得很白，看著不太健康，頭髮像只碗一樣扣在腦袋上，唇下有痣，眼神發鈍，跟我一樣，也是深度近視，披一件黑色的短夾克。我提著一口袋水果，對她說，不知道買啥，給你買了一盤香蕉，兩個火龍果。劉柳說，我還以為你要去看望病號呢。我說，都是熱帶水果，營養豐富。

劉柳帶我去吃一家羊蠍子，說是北京特色，結果全是骨頭，根本啃不下來什麼肉，我沒吃飽，但也不好意思說，席間她喝了兩瓶啤酒，一瓶涼的，一瓶常溫，摻著喝，喝到後來，酒撒在衣領上，她用手擦掉，顯得有些狼狽，但也可愛，我假裝沒看見，趁她去衛生間時，順手把帳結了。飯後，我送她回家，走到她家樓下時，我說，你家裡有刀嗎？她很警惕地說，你要幹嗎？我說，沒別的意思，就是想嘗嘗火龍果的味道，一直沒吃過。劉柳說，我吃過幾次，也沒啥特殊，不香不臭。我說，是吧，我還是有點好奇。劉柳又說，那你上來吧，這東西剝皮就行，不用使刀。

劉柳是跟朋友合租的房子，她住北屋，南面是一對在附近超市上班的情侶，我們躡手躡腳地回到她的房間裡，她拉開燈管，滿屋子都是書，很多都還沒拆封，我隨手拾起幾本，說道，這麼多書，沒有想到。劉柳說，賺的錢都買書了基本，看書也慢，越攢越多，現在就怕房東忽然漲價，搬家實在是太麻煩。我說，借我幾本看看。劉柳說，抱歉，從不外借。我說，行吧，那有機會給我推薦幾本。劉柳掏出一個火龍果，對我講解，看見沒有，火龍果的腦袋上有個洞，這是它的致命弱點，你把手指伸進去，找好發力點，往外使勁，就能把一層層的皮全剝下來，剝開之後，像一朵綻放著的花，特別好看。我嘶了嘶口水，一把將劉柳拽過來，她飛快地掙脫掉，笑著說，你要幹嗎啊，我起身再次將她抱住，她忽然變得一臉嚴肅，推開我說，今天不行，生理期，你冷靜一些。我忽然覺得也很沒意思，便將她鬆開，她整理好衣服，打開電腦，放了一首極為沉悶的曲子，夾雜著淅淅瀝瀝的雨聲，我們互相都沒再講話，只是坐在床邊，花了很長時間，終於將那兩個火龍果吃完了。

我在圖書市場閒逛，等劉柳下班，順便翻翻各個攤位上的書，還看見了我寫的一本，封面上署的都是假名，我問攤位老闆，這本賣得怎麼樣。他說，你是出版社的發行吧。我說，是。他說，剛開始賣，不知道好壞。我說，什麼樣的書賣得好呢。他說，啥書賣得都不好，沒人願意看書了，都在看手機。我說，也是。他說，但是地圖賣得還可以，總會有人來買地圖，銷量不斷。我說，什麼樣的人群呢。他說，說不清，有老有少，就愛看地圖，地圖冊和掛紙都買，世界地圖，中國地圖，外國地圖，各省市地圖，青藏高原地圖，四川盆地地圖，洋流圖，航海地圖，有啥買啥，來者不拒。我說，買回來幹啥。他說，那我說不清楚，收藏，搞研究吧或許，還有的在上面擺小人兒，用圓珠筆畫行軍路線，今天攻佔大西洋，明天解放匹茲堡。我說，厲害，軍事家。他說，也不排除有人就是愛看地圖，這樣的我也聽說過，盯著地圖發呆，眼睛都不眨，一看就是一整天，坐地環遊八萬里。

劉柳穿著一件十分寬大的橘色防曬服，風吹過來，她的後背上鼓起一個大包，看著像動畫片裡的人物，我們在圖書市場對面的韓餐館吃飯，劉柳要了一杯米酒，我嘗了一口，難以下嚥，她喝完一杯，又要一杯，我很不理解。劉柳夾起一筷子炒米條，問我，波拉尼奧看完了嗎？我說，沒有。劉柳說，那麼薄的一冊，還沒看完，我本來還想跟你探討一下呢。我說，看了一部分，最近在忙新公司的事情。她說，飛行員。我說，什麼。她說，小說的主角，那個連環殺手，也是飛行員，開著戰鬥機，在太陽底下穿梭而過，用白色的尾跡寫詩，它們像雲一樣，掛在半空裡。我說，還沒讀到這裡，但能想像得到，在瀋陽的法庫縣，每年都有國際飛行大會，全是飛機拉線，五顏六色的，有機會帶你去看看，比較壯觀。劉柳放下筷子，說，有時候我覺得跟你真是沒法聊。我說，你再給我一點時間，最近我的腦容量比較緊張，每天想的不是王陽明就是張居正，裝不下外國人名。

飯後，我們步行到亮馬橋附近，劉柳說，這邊有個汽車電影院。我說，啥意思，在汽車裡也能看電影。劉柳說，差不多，我也沒看過，好像是坐在自己的車裡看，車內的音響調到一個頻段收聲，透過擋風玻璃看大螢幕，我猜是這樣。我說，真不如去電影院，這又要擦玻璃，又要調收音機，颳風下雨什麼的，估計還會影響效果，簡直脫褲子放屁，多此一舉。劉柳說，這你就不懂了吧。我在等著她接下來繼續反駁，但過了一會兒，她又說，其實我覺著也是。

劉柳帶我去的酒吧就在汽車電影院內，我們剛從漆黑的水潭轉過去，便看見幾簇零散的燈光，三、四十人正在亮處逐漸聚攏，相互談笑，有人弓著腰，用毛筆蘸足墨水，在門口的桌子上寫字，姿態誇張，宣紙拉起，掛在門口的柵欄上，上面四個大字：門票五十。劉柳掏出一百元，買了兩張門票，我們在酒吧裡等候，我要了一罐可樂，打開折疊椅子，靠著暖氣坐下來。劉柳拎著一瓶啤酒，來回走動，神態興奮，偶爾會跟我說，這個是誰誰，玩硬件噪音的，那個是誰誰，什麼獨立廠牌的運營者。我說，這些人想不想找個工作呢，底薪一千八，績效另算，創業公司，氛圍單純。劉柳先是哈哈大笑，然後又說，滾吧你。

當天晚上總共三個人演出，第一個人，登台之後，也沒說話，打開筆電，開始放歌，嗞嗞作響，如同耳鳴，毫無旋律，我十分不解地看著劉柳，但她卻不看我，專注於那些收廢品一樣的聲響；第二個人，長髮垂肩，拿著一把吉他上場，前後跳躍，像是在施法，音量很大，我坐在椅子上都要被掀翻，實在撐不住，於是跑出去透氣，門外是一片草地，有人支起爐子烤羊肉串，我聞著很香，很想過去買幾串吃，卻又覺得不夠嚴肅，於是作罷。第二個人演完之後，劉柳出來找我，問我為什麼不繼續看演出，我說，理解不了這種音樂，沒調，嗚哩哇啦，太吵，都是噪音。劉柳在臺階上坐下來，掏出手機，找出一篇文章，告訴我說，你看看這個，別人寫的樂評，關於剛才演出的那個吉他手，你試著通過文字理解一下。我接過手機來，讀道，東海之外大壑，少昊之國。少昊孺帝顓頊於此，棄其琴瑟，《山海經》，卷十四，大荒東經。劉柳說，功底不錯，這一段裡，好幾個字我都不認識。我說，以前做過一本關於《山海經》的注釋，邊做邊查，記住不少生僻字。她說，你接著看。我繼續讀道，山無稜，天地合，肉身墜海，性靈遊弋，懸崖景深萬丈，斯人流連忘返，只待縱身一躍，便可羽化成仙，抑或陷入萬劫不復之地，這一次，他把吉他當成愛人，把演奏當成了一場交媾，披荊斬棘，濁浪排空，魂飛天外，塵世裡魔怪紛擾，我們黃泉路上見。劉柳說，怎麼樣，寫得挺炫吧？作者跟你一樣，好像也是瀋陽的。我說，這裡面他媽有一句是人話麼。

演出結束時，已經差不多晚上十點，劉柳又交到一位新朋友，留著長鬚，腦袋上盤著髮髻，一身長衫，有點像道士，他給劉柳買了一杯啤酒，之後就一直站在吧檯旁邊聊天，連說帶比劃，眉飛色舞。我看著有點來氣，便從側面走過去，拉了下劉柳的衣服，告訴她說，我有點事先走，你自己回去時，注意安全。屋內放的音樂聲音很大，劉柳好像沒太聽清，我也沒管，直接往外走，出了院門，走到水潭附近，劉柳從後面追上來，氣喘吁吁，拉住我的衣服，跟我說，你沒生氣吧？我說，沒，看你們聊得挺好，就先不打擾了。她說，還是生氣了。我說，真沒有。她說，我又沒說不走，你等我回去上個廁所。

我點了根菸，望著劉柳折返的背影，雨絲落入水潭裡，蕩出一圈輕微的波浪，相互侵擾，不斷變幻；我閉上眼睛，聽見歌聲從狹窄的遠處傳來，低沉的呢喃，鈴鼓與提琴，有人喊起口號，幾句鏗鏘的外語，其中又夾雜著尖銳的槍聲。劉柳的腳步走遠，隨後又逐漸接近，我在木橋上，聽著她一步一步走過來，在我身前停下，抬頭望天，然後說道，什麼星悄然墜落而無人見之。我說，什麼星。劉柳說，不是問你，這是小說的引文，福克納的一句話。

當天晚上，我們又走回圖書市場，住在對面的客棧裡，八十六塊錢一宿，不貴，但條件一般，房間全是在地下，走進去像迷宮，轉了好幾道彎，才找到我們的房間，屋內挺乾淨，也算寬敞，但沒有衛生間，這點不太方便，公共浴室也在屋外，走過去得好幾分鐘。劉柳讓我先去洗，她打開電視，遙控器來回調台，我沒直接去浴室，而是又轉回地上，出門去超市買了兩盒菸、一盒避孕套，還有兩罐啤酒，回來開門，把東西扔在床上，劉柳半躺在枕頭上，看起來十分疲憊，好像就快要睡著了，電視裡還在播著新聞，我把她搖醒，又脫掉她的褲子，輕輕撫摸，她沒有回應，但也沒有拒絕，我爬上去做了一次，時間有點短，不太成功。做的過程中，她一直眯著眼睛，咬著嘴唇，表情有些不耐煩，剛開始時，我想把電視聲音調大一些，她卻示意我把電視關掉，於是我們只開著床頭的暗燈，周圍安靜，呼吸聲清晰可聞。做完之後，我們躺在床上，誰也沒有說話，過了大概十分鐘，劉柳說，有點想撒尿，慫得慌，但是不愛出門，還得穿衣服，懶得動。我從桌子下面翻出來一個臉盆，跟她說，往這裡尿吧。她伸手關掉暗燈，跨過我的身體，光腳蹲在地上，撒了泡尿，黑暗中的所有聲音都極為生動，不知為什麼，我竟然十分緊張，心跳很快。尿完之後，她對我說，對不起，酒勁兒上來了，太睏，於是又爬到床裡面，腦袋頂著枕頭，睡著了。我悄悄穿上拖鞋，拿著臉盆出門，長舒一口氣，走到衛生間，將尿液倒掉，又沖刷幾遍，順便洗了個澡，回到屋子後，翻來覆去睡不著，於是打開床頭燈，掏出包裡的那本波拉尼奧，繼續看書。

三

午夜時，書已經讀過大半，情節緊張，我愈發精神，毫無睏意。劉柳忽然醒來，問我幾點了。我說，快一點了，你接著睡吧。她說，睡不著，後背怎麼一直發涼。我說，不是你的後背發涼，是這個房間潮氣太重，被單精濕，泛著陰氣，使點勁兒都能擰出水來。劉柳說，渾身酸痛。我說，要不然這樣，你先起來一下，我把外衣和襯衫都墊在被單上面，你再躺上面，多少能好一些。劉柳說，我好像感冒了。我說，實在不行，我們換個賓館，我兜裡也還有些錢，或者送你回家也行。劉柳說，算了，將就一宿，有水麼，嗓子發乾。我說，忘買了，只有兩罐啤酒。劉柳說，來一罐吧，潤潤喉嚨，興許還能再睡會兒。

我伸手打開一罐遞給她，她接過來，小口喝著，我將另一罐也打開，喝下一口。劉柳盯著我說，你不是不能喝酒麼。我說，是，酒精過敏。劉柳說，那怎麼還喝？我說，我也渴，整個晚上，基本沒咋喝水。劉柳說，那你喝完酒後什麼反應？我說，也沒啥，頭暈，臉發紅，渾身起紅斑，不好受，過一會兒能消下去。劉柳問我，那你現在暈嗎？我說，本來不，你這一問，有點暈了。

劉柳喝完了一罐，我喝掉半罐，她把我的酒搶過來，自己繼續喝，然後說，剛才我沒做什麼不好的事情吧。我說，沒有。她說，是吧，當時有點醉，晚上喝的米酒，後勁兒挺大，我們好像做了一次，是吧。我說，是。她說，做完我就特想撒尿，每次都是，控制不住。我說，正常，生理習慣。劉柳看見我手裡一直拿著書，問我說，這本書有意思吧。我說，寫得不錯，氛圍恐怖，也像偵探小說。她說，對，你要繼續看書嗎？我說，看也行，不看也行。她說，不看的話，我們就再做一次，屋裡怎麼這麼冷。我說，好。

開始做之前，劉柳有點不好意思地說，我能在上面嗎？不想躺著，後背還是涼，於是我躺在下面，她騎在我身上，掌控節奏，非常投入，我的狀態也比前一次要好些，但好像還是沒能讓她滿意。做完之後，我們分別又去沖了個澡，然後躺在一起，把電視打開，她問我，現在幾點了。我說，兩點半。她說，我又有點睏。我說，我也是，不然閉了電視睡覺。她說，別閉，有個動靜，也許睡得更好。我說，也行。她說，再說會兒話。我說，說啥呢，對了，可以談談這本《遙遠的星辰》，我馬上就看完了。她說，不聊這個，說說你的作品，北方故事怎麼不寫下去了。我說，後來我就畢業了，找了個工作，去郊區寫動畫片，就沒時間繼續寫了，再說，本來也是寫著玩的，沒有規劃。她說，可惜了，那兩篇都挺好看。我說，也就你這樣認為吧，當時寫得很草率，兩個晚上寫完，基本沒改，就貼上去了，語病錯字連篇。她說，這不要緊，主要是有一種很不同的氣質，包括你後來寫的幾個隨筆，回憶一些往事，我不知道怎麼形容，說不清楚像誰，反正我覺得不錯，就幾百個字，但每篇都會看好幾遍。我說，慚愧，謬讚。她說，北方故事還有嗎，再講一個。我說，沒了，就這倆。劉柳說，你別不耐煩啊。我說，就這倆刺激的，剩下的都很日常，吃燒賣，喝羊湯，漬酸菜，涮火鍋，北方美食故事。劉柳說，不要這個，要出人命的那種，冰天雪地，白茫茫的一片，總得有點不一樣的色彩點綴。我說，沒看出來，你的內心原來是這樣的。劉柳說，是吧，不信你數一數，看看《遙遠的星辰》裡面死了多少人。我說，我沒有這樣的故事了。劉柳說，那你現在編一個。我說，編不了，從小不會撒謊。劉柳說，那得了，我還是走吧，退房，沒意思，回家睡覺，明天還得上班。我說，這麼晚了，還折騰啥，那我講一個，我聽說的，真假不知，現在頭暈，不一定能講好。她說，好，你說，我閉著眼睛聽，等我睡著，你就可以停下了。

我拿出手機，裡面存著一篇故事提綱，很久之前開始寫的，偶爾會翻出來，改幾個字，但始終沒有寫完，我壓低嗓子，盯著螢幕講道：故事主角，年齡跟我相仿，名叫孫程。其父孫少軍，年輕時下過鄉，是七一屆知青，在青年點與其母相識，回城之後，通過祖父的安排，同在線路大修段上班，隨後兩人結合，次年生有一子，即孫程，早產，體重剛過四斤，後雖精心照顧，仍瘦弱多病，不比同齡者。

八十年代末，其母託人調動工作，從此遠離生產一線，轉至附屬醫院的行政部門，較為忙碌，孫少軍由於性格原因，在工作中常與領導發生爭執，時而激烈，難以調和，遂申請停薪留職，坐火車去南方，學做生意，觀察數月，背回來幾捆皮鞋，回到瀋陽時，正值冬至，走街串巷，一雙也沒賣出去，心灰意冷，之後染上麻將癖好，經常徹夜不歸。偶爾也會出門賺錢，穿著嶄新的皮鞋去蹬倒騎驢，在火車站附近拉腳兒，或去傢俱城對縫，賺到錢之後，除簡單貼補家用之外，大部分都浪費在賭桌上。

三年之後，其母與一年輕醫生交好，並再次懷孕，便與孫少軍離婚，法院將孫程的撫養權判給孫少軍，他開始跟著父親一起生活，這一年裡，孫程剛滿七歲，默默目送母親離開，沒有叫喊，也沒流淚。也是在此時，祖父雙耳發聾，城區改造伊始，四面拆遷，他每日處於巨大的崩塌聲響中，卻置若罔聞，面容嚴峻，半年之後，祖父去世，葬禮冷清，悼者寥寥，火化前夜，孫少軍徹夜賭博，輸光現金，沒錢買骨灰盒，只得從家中帶去月餅鐵盒，焚化過後，將其骨灰鏟碎，再倒入其中，鐵皮滾燙，盒蓋上四字，花好月圓，孫少軍捧著返程，狼狽不堪。

周圍平房均已拆完，只有他們一幢矗立街邊，從旁邊的樓頂拉來一條長長的電線，在風雨裡飄蕩。父子二人相依為命，葬禮過後，孫少軍痛定思痛，改邪歸正，借遍故人，兌下來一家抻麵店，開在衛工街的橋頭，當時此地是鐵西區的物流中心，跑車的司機、裝卸的力工、養車的老闆，都在此聚集，人聲鼎沸，形似陸上碼頭。孫少軍起早貪黑，苦心經營，一年下來，收入頗為可觀，家庭經濟狀況有所緩和，但仍住原址，沒有搬遷，旁邊的高樓在一夜之間站立起身，龐大堅固，遮住全部陽光，如巨人一般，日夜俯視著這間舊屋。

經營飯店期間，孫少軍與外地女服務員吳紅產生感情，搬至一起生活。好景不長，夏季某日中午，兩方物流人員，同在他的飯店吃飯，發生衝突，互不相讓，激烈爭鬥，打完一場之後，又迅速集結人員，再戰一輪，警車鳴笛，一哄而散，只留幾人倒在血泊之中。其中一位傷者被砍十三刀，沒搶救過來，孫少軍也受到牽連，不得不將店關掉，從長計議，又回火車站拉腳兒。

拉腳兒也分幫派，東西南北，各有勢力，孫少軍性情愈發孤僻，不願加入任何一方，只在周邊拉些零碎的活計，三、五塊錢，積少成多，回家悉數交給吳紅。吳紅也出去打零工，她年齡不大，但幼時吃過苦，為人勤快，懂得節約，規劃合理，所以日子得以維持。

一九九六年的春節，整個瀋陽都極為蕭條、冷清，沒有一絲過年氣息。早在幾個月前，政府頒布禁放令，限制極為嚴格，周邊各大鞭炮廠早已停止生產，市民沒有合法攤位可以購買鞭炮，只有零星的私人爆竹廠還在運轉，吳紅當時在一家這樣的工廠上班，每日隱蔽生產，產量小，銷路堪憂。臨近除夕，廠長宣布由於銷售情況慘淡，產品積壓過多，提前放假，工資只發一半，至於另外一半，或以鞭炮等值抵還，自尋銷售出路，或等來年境況改善時，廠裡再彌補回來。

吳紅回家與孫少軍商量半宿，決定還是要鞭炮，賣一分錢是一分錢。次日淩晨，兩人頭頂大雪，蹬著倒騎驢，拉回一車鞭炮，火藥味道極為香濃。當天下午，吳紅與孫少軍分頭行動，各自提著皮箱，箱裡裝滿各種鞭炮，在市集的角落處販賣，半天下來，吳紅拖著空箱歸來，鞭炮售空，神情興奮，而孫少軍只賣掉一捆閃光雷。吳紅問他，賣得如何。孫少軍騙她說，雖然沒你多，但也不少，明天拉腳兒回來，我再繼續去賣。

朗月當空，吳紅與孫少軍歷盡疲憊，很快入眠，孫程卻悄無聲息地起了床，他其實一直沒睡著，眼瞪天棚，內心興奮。起床後，他披一件外套，又從抽屜裡取出一盒火柴，拖著孫少軍的皮箱，隻身出門，繞到屋後，將箱子打開，劃亮一根火柴，就著火光，開始翻揀鞭炮，他挑出一些不會發出大的聲響的，逐一燃放。孫程又緊張又興奮，先是將數支呲花[2]插在雪堆裡，間距平均，形成一排，按順序從尾部點燃，星火綻放，大地開花，連成一片，十分壯觀；再點燃幾個紙蜜蜂，旋轉上升，照亮空中的煙霧，又跌入到黑暗裡；最後放的是細長的魔術彈，他夾在欄杆上，小心點著，然後手持尾部，斜射入空，一顆顆魔術子彈，沖得極遠，在空中綻放又消逝。放完這幾隻鞭炮，孫程又將剩下的整理好，重又拖回屋中，躡手躡腳，上床睡覺，閉上眼睛，光的魔術仍在他眼前浮動。

火災發生時，孫少軍和吳紅還都沒有起床，外面煙霧極大，但不見明火。孫少軍聞到煙味時，叫醒吳紅，兩人一起望向窗外，沒發現任何異常，再穿上拖鞋轉向屋後，發現未竣工的大樓裡，某層煙塵滾滾，孫程此時睡得正熟。他住在裡屋，隔音較好，所

2　類似仙女棒的玩具煙火。

以消防車來時，並沒有吵醒他，後面的警車趕來時，他也還是沒有醒。

劉柳輕微的鼾聲響起後，我仍未停止自己的講述，儘量維持著平穩的語調，我說得口乾舌燥，伸手拿來劉柳身邊的啤酒罐，可惜裡面已經空了，只剩幾滴，我將最後幾滴倒在舌頭上，放平枕頭，也沉沉地睡了過去。

第二天早上起來時，劉柳已經從外面買好早餐回來，幾個包子，兩杯豆漿，她穿著整齊，還簡單化了妝，跟我說，不知道你愛吃什麼餡的，隨便買了兩種。我說，都行，不挑。劉柳又問我，你等會兒去幹嗎？我說，看你安排。她說，別看我，我得去上班。我說，那我吃完也走，公司剛開，很多事情要處理。她說，祝你順利，有件事情，咱們還是說清楚為好。我說，什麼事情。她說，昨天晚上，我有點喝醉了，所以我們發生的事情，不可能變為常態的，希望你理解。我說，行。她說，我覺得我們還是當成普通朋友相處，這樣比較舒服，我這個人吧，對進一步的關係比較懼怕，你別怪我，這是我自己的問題。我說，不怪你。她用吸管扎開豆漿，一口氣喝掉大半杯，最後說道，你吃吧，吃完可以再休息一會兒，我得先去上班了，中午十二點前退房就行，這你都知道吧。

劉柳離開之後，我想來想去，心情愈發糟糕，飯也沒吃，蓬頭垢面地出門退房，然後坐上地鐵，回到肖雯租的辦公室裡，趴在桌子上睡覺。中午，肖雯打過來電話，問我王陽明的劇本寫得怎麼樣了，那邊十分著急。我說，還沒寫完，時間不夠。肖雯說，梗概總有吧，大致內容先發給對方看看，要快。我說，梗概也沒有，他的生平也不複雜，幾句話就講完了。肖雯說，你要是這個態度，咱們沒辦法合作了，我真的很失望，昨天你一直也沒在辦公室。我說，那是特殊情況，我現在就寫，你別急。

掛掉電話之後，我開始整理資料，參照相關書籍，撰寫內容梗概，一口氣連寫兩集，然後將文檔傳給肖雯，不知不覺，已是傍晚，光線垂落，我下樓準備吃飯，忽然劉柳又打來電話，我猶豫了幾秒鐘，還是選擇接聽。劉柳說，下班了吧，今天忙完沒有。我說，暫時告一段落，正準備去吃飯，要不要一起？她說，不要，我今天忽然想起來，昨天後半夜，你是不是給我講了個故事？我說，是。她說，好像還挺有意思，但我聽到一半睡著了。我說，你聽到哪裡？劉柳說，好像是有個小孩，半夜出門放鞭。我說，後面我還沒講呢。她說，那我就放心了，有機會把故事講完。我說，不講了，後面沒意思。劉柳說，愛講不講，也沒求著你。我說，也不是這意思，你要非得聽，那改天我就繼續講。

劉柳說，寫出來也行。我說，真沒時間，欠了一堆稿子。劉柳說，不說這個了，昨天的演出你覺得怎麼樣？我說，聽不懂，又亂又吵。劉柳說，實驗音樂，其實是很講究結構性的。我說，理解不上去。她說，你不是音樂學院的麼。我說，是，但我學的也不是音樂，平時也不怎麼愛聽歌，聽也是流行歌曲，或者電視劇插曲。她說，什麼電視劇？我說，很多，小時候看《倚天屠龍記》，馬景濤主演，裡面的歌就都不錯，滾滾的紅塵翻呀翻兩翻，天南地北隨遇而安，這劇裡面，我最喜歡光明左使楊逍，武功高強，卻甘願為情所縛，看完之後，對孫興這個演員也很有好感，後來他還演過個喜劇，太白金星，叫什麼來著，對，《春光燦爛豬八戒》，主題曲也好聽，好春光不如夢一場，夢裡青草香，你把夢想帶身上，藍天白雲青山綠水，還有輕風吹斜陽，最後一集，小龍女死了，一生坎坷，總共沒過幾天消停日子，最後還要奉獻自己，家人朋友都在哭泣，十分惋惜，卻也無能為力，後來響起主題歌，唱得真他媽的好啊，相聚短暫，人來又人往，輕風吹斜陽。

四

我連續工作趕稿，只能睡在辦公室的沙發上，週日早上，還沒睡醒，肖雯便提著幾個箱子闖進來，箱子裡裝的都是辦公用品，筆記本、列印紙和各種顏色的筆，大概是從出版社順過來的。她看著我的眼神，解釋道，我們剛創業，資金有限，得省著來。我說，收到應聘履歷了麼？她說，公司沒註冊，招聘資訊不讓發，不過從出版社的郵箱裡挑出來幾份，已經打電話讓他們過來面試。我說，今天面試？她說，對。我說，不早跟我講，怎麼也得換件乾淨衣服。她說，記住，我們招人不容易，不管來的人怎麼樣，一定要先把他穩住。

肖雯在上午總共約了三個人來面試，結果只來了一個，男的，比我大八歲，講話口齒不清，履歷後面附上小學徵文大賽的複印件，告訴我們，正是這篇獲獎徵文，讓他決心要走上文學之路。我說，我這邊不提供走上文學之路的途徑，事實上，我們只需要能幹活的，邏輯清楚，文字通順，有基本的語文能力，會改寫，把一段話的意思，用另一種表達方式講出來，使其不涉及版權問題即可。肖雯趕走這個應聘者後，表情失落，問我，怎麼我們要做的就是這個事情麼，我還以為可以改變產業模式，成就一番新事業。我說，怎麼可能呢，按照現在的趨勢來看，這個事情做起來，只會越來越難，這個你應該比我清楚。肖雯說，現在想想，有點後怕，對形勢判斷有些失誤，之前談了一個系列的歷史小說，王沛東寫的樣章，對方很滿意，昨天忽然打電話說這條產品線不做了。我說，王沛東也會寫書啊。肖雯說，會，他以前還攢過幾本暢銷書的稿子，我就是跟他約稿認識的，只不過現在不怎麼幹了，只想寫自己的作品。我說，寫出來了嗎？她說，還沒有。然後又說，我最早找你合作，就是因為覺得你跟他有點像，但見面發現不一樣，你比他更踏實一些，他現在還寫詩呢。我有點不服，說道，我也寫啊。她說，真的假的，背一首我聽聽。其實我從來也不寫詩，她讓我背時，我腦子一片空白，忽然想到波拉尼奧書裡的那位殺手的短詩，便稍加修改，背給她聽：死亡是友誼——死亡是成長——死亡是愛情——死亡是潔淨——死亡是我心——拿走我的心吧。肖雯聽後愣了一會兒，回味許久，然後說，行啊你，寫得不錯。

我們點了一些外賣，在辦公室裡吃午飯，飯後，肖雯說有點睏，想瞇一會兒，便脫掉鞋子，回到裡屋，倒在新買的簡易沙發上。我在電腦前寫文，狀態不錯，其間喝了一大杯濃茶，上了兩次廁所，從門外偷看肖雯幾眼，發現她還沒醒，睡得很香，我雖有些心神不寧，但還是忍住衝動，沒有進去騷擾，繼續回來工作。下午三點多，門鈴響起，我打開門，發現王沛東在外面，拖著行李箱，他問我，肖雯是不是在這裡。我說，在裡面睡覺呢，你快進去看看，好幾個小時了，別再醒不過來。

王沛東悄聲進來，把箱子放在門口，坐在陽台上的塑膠椅子上抽菸，跟那天晚上的姿態很像，我過去把窗戶嵌開個縫，他也遞給我一顆，我在對面坐下來，聞見一陣酒氣，便問他，喝了多少？他說，半斤多一點兒。我說，提著箱子要去哪兒？他說，要回老家一趟，跟肖雯道個別。我說，回家有事情？他說，女兒的事情，老毛病，又住院了，回去照顧一段。我說，不知道你們還有個女兒。他說，不是肖雯的，是跟我前妻生的，小學三年級。我說，學習不錯吧。他說，數學不行，勉強及格，語文那是沒得說，每篇作文都要上牆，這點隨我。我說，聽說你在寫自己的作品。他搖了搖頭，說道，別提了，沒寫出來。我勸慰說，別灰心，慢慢找狀態。這時，肖雯從裡屋走出來，眼神惺忪，看見我們坐在陽台上，眉頭一皺，沒有說話，逕自走回屋裡，王沛東連忙跟上，肖雯想從裡面關門，王沛東在外面推門，僵持一陣，王沛東還是進屋了，兩人關門說話。屋內隔音不好，我在外面偷聽，好像不太禮貌，於是我把菸灰倒在外賣袋裡，又下樓扔掉垃圾，在小區裡轉了十幾分鐘，才又上樓，聽見兩人好像在屋裡爭吵，我戴上耳機，繼續工作，半個小時後，他們從屋裡出來，王沛東拖著箱子離開，肖雯眼睛腫著，跟他一起下樓，沒多大一會兒，又回到屋裡，坐在電腦前，用外接音箱看綜藝節目，音量很大，十分嘈雜，我完全沒法工作，心神不寧，只好挎上背包，直接出了門。

我在地鐵站裡給劉柳發訊息，問她在幹嗎。劉柳回覆我說，跟朋友吃飯。我說，我能去嗎？她先是說不太方便，然後又說，你來吧，其實我沒跟朋友吃飯，自己在家呢。我從超市買了一條魚，又憑記憶走到她家附近，但記不清具體是哪座樓，給她打電話，說已經到樓下了，但找不到具體是哪裡。劉柳說，對不起，現在又出門了。我說，沒關係，今天本來是想把故事給你講完。劉柳說，什麼故事，噢，半夜出去放鞭的那個。我說，對。她說，電話裡說行麼？我說，不太方便，有點長，那還是下次。劉柳說，別動，我看見你了，你手裡拎的是什麼？我說，一條魚，準備蒸著吃。她說，上來吧，看見我沒有，我的窗戶開著呢，在這裡。

魚在超市已經收拾利索，我在兩面抹好鹽，準備上鍋蒸熟，我問劉柳有沒有蔥薑，可以切一些放上面，去腥提味，她說從來不在家做飯，連鹽和醬油都是隔壁那對情侶的。蒸好之後，我們回到她的房間裡吃魚，腥味很重，我有點吃不慣，劉柳也覺得難以入口，問我這是什麼魚，我說，鱸魚，她說，我看著怎麼不像，我說，這是花鱸，相對少見一些，背鰭有黑色斑點，斑點隨年齡的增長而減少。她說，你怎麼什麼都知道。我說，我以前在超市打過工，負責水產部門，每天秤魚餵龍蝦。劉柳說，經歷挺豐富。我說，你呢？她說，沒啥經歷，在河北讀書，三流大學，畢業後因為喜歡文藝，愛看演出，來北京隨便找了個工作，已經快兩年了。我說，準備一直在北京麼？她說，不知道，想出去旅遊，但沒有錢，你的故事沒有講完呢。我將手伸過去，撫摸著她的後背，說，要不然，完事再講。劉柳甩開我的手臂，又跑去電腦前，背對著我，不再說話。我掏出手機，倚在床上，嘆了口氣，屋內安靜得讓人無法適應，我清清嗓子，劉柳也沒有回頭，我繼續為自己講述。

外面傳來一陣響動，孫程在夢裡聽得並不十分真切，他翻幾個身，繼續睡覺，再醒過來時，孫少軍已經被帶走調查，連同那些沒賣掉的鞭炮，一併清繳。吳紅抹著眼淚燒煤爐，面對孫程的詢問，無法開口，似乎覺得這場大禍是因自己而起，她默默做好早飯，在桌上擺好兩副碗筷，自己沒吃，然後出門蹬上倒騎驢，獨自去車站拉腳兒。

在這一天裡，以及接下來的幾天裡，孫少軍和吳紅都沒有回來，孫程在同學家吃了幾天飯，又從炕琴裡翻出幾十塊錢，買了數袋速凍餛飩，每天早上煮五個，中午十個，晚上八個，餛飩幾乎沒什麼餡，薑味極重，湯料裡都是味精，吃到後來，喉嚨極為不適。第六天時，已經是臘月二十九，孫少軍放回來了，案件基本查清，煙花爆竹引燃樓板上的油漆和裝飾材料，沒有人員傷亡，損失不算慘重，但加上非法經營販賣違禁品，數項併罰，家底幾近掏空。

孫少軍回家之後，吳紅仍未歸來，又去報案找人，春節期間，相關部門放假，直到大年初七，各部門正常運轉，孫少軍才得到消息：吳紅在火車站拉腳兒期間，正逢年關，收容遣送站來查三證，凡是不全者，一律拉走，裝上輕貨，去郊外自留地裡幹活，吳紅解釋不清，又有抵抗情節，被直接拉走，進行勞動改造。

家中少人，沒法過年，孫少軍心神不寧，孫程戰戰兢兢，二人將吳紅接回家時，已經出了正月。父子進站領人，滿屋都是信納水[3]的味道，進門處掛著工作人員名單，由於日光長期斜照，照片已經泛白，但看來更為蒼涼、恐怖。在九十年代，收容遣送站有執法能力，抓放一套系統，抓吳紅的是副站長楊樹，位於名單的第二行，戴著眼鏡，五官模糊，臉頰上的肉往下墜。孫少軍一直等到當天下午四點，楊樹才回到站裡，滿身酒氣，語氣不耐煩，本要在上面簽字時，幾番猶豫，孫少軍上前，遞菸賠笑，好話說盡，楊樹抬著眼睛問，吃喝拉撒都在我這裡，怎麼一點表示也沒有。孫少軍剛繳過罰款，傾盡口袋，不過幾張毛票，攏著堆到楊樹面前，楊樹看著孫少軍，嘴角一歪，大手一橫，將毛票撣在地上，起身反手又抽孫少軍一個耳光，響亮無比，綠門大敞，聲響迴蕩，然後他緩緩坐下，盯著孫少軍看，孫少軍捂著半邊臉，不敢發作，楊樹低頭劃拉幾筆，簽下名字，說了一句，滾。孫少軍拿著單據，扭頭走出兩步，又轉回身來，低頭仔細收好滿地毛票，孫程此刻就在門外，呆立半晌，不知所措。

三人頭髮蓬亂，眼眉掛霜，從東陵騎回鐵西。吳紅坐在板車後端，神情呆滯，已

---

3 香蕉水。

無人樣，講話反應極慢；響亮的耳光仍迴蕩在孫程耳畔，他似乎深陷於時間漩渦之中，那一幕在其腦海反覆播放，生動而清晰；孫少軍滿眼血紅，呼吸粗重，似發怒之虎，在冰面上奮力蹬車，經轉彎處，輪子打滑，車身傾斜，三人全部滾落在地，黑雪沾身，滿臉印痕。回家之後，孫少軍生火燒炭，爐膛滾燙，紅光映照，三人坐在桌邊，吃光最後一袋餛飩，家中從此一無所有。

收容遣送期間，男女混雜，瘋者無數，日夜顛倒，吳紅受到數次侵害，有苦難言，隨後一段時間裡，精神雖恢復不錯，但有些婦科疾病，難以治癒，吳紅時常因此飲泣，幾欲自殺，孫少軍反覆勸慰，出門借錢，帶她去醫院檢查，由於費用高昂，治療時斷時續，始終未見好轉。同年六月，孫程參加小升初考試，成績中上，繳納九千元便可去讀重點中學，但這筆錢對孫少軍來說，的確很難負擔，親朋已經借遍，其生母當時下海經商失敗，又再度離異，隻身帶著女兒生活，對此也是無能為力。

隔壁情侶下班回來，脫掉鞋子，互相說著話，有來有往，像是在爭吵。劉柳轉過頭來，跟我說，噓，不要讓他們知道你在這裡。我說，好。她說，我放個音樂吧。我說，別了，不想聽。衛生間傳來一陣水聲，我說，他們在洗澡吧。劉柳說，對，他們總在一起洗，很長時間，特別不方便，有時候還在裡面弄一次，聲音很大。我說，那我們出門走走。劉柳說，也好。於是我穿好衣服，輕手輕腳，跟著劉柳來到門外。我們悄悄往樓下走，我在前面，她在身後，走到二樓時，感應燈忽然滅掉，一片漆黑，我的脖頸上感受到她的呼吸，她幾番跺腳，大聲咳嗽，但燈仍未亮，我默默向後伸出手去，她在黑暗中抓住我的手，小心前行，在走出樓洞的一瞬間，又鬆開了。我們走在路燈之下，光線昏黃，路上來往的行人車輛很多，我們一起向地鐵站走去，路上遇見水果店，我買了兩個進口蘋果，紅得不像話，遞給劉柳一個，她簡單擦了擦，張嘴便咬一口，聲音清脆，風吹過來，我們走得愈發輕快，像在水裡穿梭，空氣波蕩，景物漂浮，這樣的夜晚我已經很久沒有經歷過了。

一九九六年七月八日，瀋陽捲菸廠發工資，早上八點三十分，司機艾曉峰，保衛幹部劉國喜，女出納員彭璐，開車去附近銀行提款，共計二十一萬五千。回程途中，始終有輛計程車緊隨其後，紅色拉達，遼A牌照。早上九點，提款車開進廠門，拉達在廠外急剎車，跳下來兩個人，戴著前進帽和白口罩，身披藍大褂，掏出改造後的獵槍，大步上前，將艾曉峰和劉國喜當場打死，然後去後車廂裡拎錢，搶得鉅款後，臨走之前，又將自製獵槍從車窗伸進去，照著腦袋又補一槍，逝者滿臉鐵砂，不成人樣。二人隨後跑出廠區，直接回到計程車上，迅速逃離現場。案發後一小時，在鐵西區重工街的居民區發現歹徒丟棄的計程車，車的後備箱裡發現計程車司機屍體，經勘察係被尼龍繩勒死。

孫程去學校報到那天，騎的是二手山地車，孫少軍從滑翔二手車市場裡收過來，二百六十塊錢，騎著很沉，但可以變速，孫程一路來回調節檔位。孫少軍沒跟他一起，自己坐著公車來的，他穿著以前的工作服，站在教室外，跟其他家長一樣，望向室內，報到當天不必上課，每個人要做個自我介紹，孫少軍側耳傾聽，孫程的介紹非常簡單，顯得有點沒信心，他站起身來，紅著臉，支吾著說，我叫孫程，沒啥愛好，希望在未來的三年裡能跟大家成為朋友。

一九九六年十月十五日，早上八點四十五分，一輛取款車停在皇姑區敏江街的華山信用社門前，迎面駛來一輛天津大發麵包車，遼A牌照，在兩車相距五米之時，麵包車上突然下來兩名蒙面歹徒，戴著前進帽和白口罩，身披藍大褂，手持獵槍，將取款車司機和押運員逼住，隨後將裝有二十七萬元現金的皮包搶走，動作極快，前後過程不足兩分鐘。當天，警方在鐵西區德工街附近樓群裡發現歹徒拋棄的麵包車。隨後，又在于洪區的苗圃裡發現麵包車司機的屍體。

吳紅的失蹤非常偶然，沒有任何徵兆。孫程騎車放學回來，便看見自己家的屋子塌掉一半，煙囪已經倒在地上，他進屋一看，吳紅並不在家，而這幾天，孫少軍正去外地幫朋友忙，孫程聯繫不上，於是他只好住在剩下的半間屋子裡，天氣很冷，他睡不安穩，夜晚能聽到砂土下墜的沙沙聲響。孫少軍出門回來後，見此情況，父子二人在附近租了一套房子，將屋內的擺設逐一搬入，孫程舉著吳紅的病歷，問還要不要，孫少軍嘆了口氣，說，先留著吧。搬完家後，孫少軍掏出兩千塊錢，交給孫程，說省著點花，自己還要出去一段時間，你照顧好自己。

一九九七年三月九日，瀋陽閥門廠經銷部主任姚遠帆，欲購入一台轎車，其妻子上午去機動車交易市場看好一台，並與賣車人到銀行取得十三萬元現金，送回經銷部，之後又轉去另一家銀行取錢，兩名歹徒從銀行尾隨而來，先是買閥門為名，進入銷售部，查看情況，並未引起當事人注意，隨後，兩名歹徒走後不久，又戴著摩托車帽再次來到經銷部，姚遠帆見勢不妙，將一袋現款全部倒在地上，歹徒舉槍打到了姚遠帆的左肋，然後持槍脅迫賣車人，讓他蹲在地上一一拾起，作案時間較長。隨後，兩名歹徒騎上一輛紅色摩托車逃離現場，行駛至泵業市場附近，與一輛正常行駛的廂貨相撞，兩名歹徒均受輕傷，提著錢袋，準備逃脫，未遂，被逮捕歸案。據調查，兩人本是兄弟，名為肖知仁、肖知禮，肖知仁原為線路大修段職工，後因單位精簡人員而下崗，在南站拉腳兒、打零工，肖知禮原為五金商店售貨員，後商店關張，他開過幾年計程車，現無業。

吳紅失蹤之前，有一段時間在家休養身體，附近有個十三路教堂，毗鄰菜市場，有一次，吳紅買完菜後，隨著人群進入教堂，尖頂高窗，有專門人員發餅乾，吳紅攥在手裡，汗水浸透，也不敢吃，場地寬闊，琴聲撫慰胸懷，有人站在講台上，給大家講道理，聲音洪亮，像晚會歌手，有的道理吳紅能聽懂，有的聽不懂，但去了一次，還想去第二次，後來變為常客，別人唱歌，她不唱，聽完道理，提著菜回家，複述給孫少軍父子，她說，少軍，耶穌今天講，你必忘記你的苦楚，就是想起來，也如流過去的水一樣，你在世的日子，要比正午更明，雖有黑暗，仍像早晨。孫少軍說，一句沒聽懂。吳紅又說，不要含怒到日落，太陽下山了，只有你一個人還在河邊，抽打水浪，徒勞無功，風總會將水面撫平。孫少軍想了想，說，耶穌沒認出我來，河邊的不是我，我在水底。

審訊過程中，肖知仁、肖知禮對犯罪事實供認不諱，並由此引出七八、八一五兩個案件，同時，他們也交代出另一位犯罪嫌疑人，肖知仁曾經的同事，後來的同行，下崗職工孫少軍。隔天，警方將孫少軍在家中抓捕。前兩次案件搶劫所得，孫少軍基本作為家用，另一部分存在炕琴底層，用報紙包著捆好。肖氏兄弟兩次作案得手之後，逃去南方，很快揮霍一空，回來之後，來找孫少軍策劃下一次行動，孫少軍拒絕參加，肖氏兄弟手裡握有獵槍，三番五次以家人作要脅，並雇人將孫少軍家的平房鑿得半塌，此後，孫少軍為防備起見，聯繫上另一條通路，出門去買槍，他並不想殺誰，只是為了能對肖氏兄弟起到一定的制衡作用，但在外被賣家蒙騙，付款之後，卻沒有買到槍，失望而歸，這是他在提審時所講的話，警察去家裡搜，翻天覆地，髒亂一片，也確實沒有找到任何可疑物品。

孫程坐著公車去德勝火葬場，花一千塊錢買了個骨灰盒，黑檀木制，四壁盤龍，典雅大氣，回來準備將月餅盒裡的骨灰換到新的骨灰盒裡，他抬起沉甸的月餅盒，用指甲摳開月餅盒，相當吃力，打開一看，發現裡面不只有灰燼、碎骨和泥土，在最下面，還埋著一把槍，新五四式，旁邊還有一個小塑膠袋，拉著封口，裡面裝著五顆子彈，他看了半天，將槍放在新骨灰盒的下方，灰燼、碎骨和泥土撒落覆蓋其上，嚴密蓋緊，又以紅布包裹幾層，放在皮箱裡，出門坐車，去跟他的生母一起生活。孫少軍被槍斃之後，孫程想去取回骨灰，孫母始終沒有同意。此時，孫母又另組家庭，生活不便，孫程放棄讀書，開始四處打工，自力更生，起初在超市打工，後來換在新華書店理貨，每月工資一千二百塊，他在附近租一間四百塊錢的單間，剩下的錢基本用來買書，堆在地上，徹夜閱讀。剛上初中時許過的願望並未實現，他沒有跟任何人成為朋友，性情愈發內向，工作之餘，與同事少有交集，基本只在看書，有以前的同學來逛書店，見過他幾次，舉手打招呼，他卻避到一旁不理。次年冬天，他所租住的房間暖氣漏水，十分嚴重，他回家推門，滿地散發著白色熱氣，那些書在鏽水上漂浮，像一艘艘擱淺的船隻。

五

我退掉臨時租的插間，徹底搬到辦公室來住，黑白顛倒，每天除了睡覺之外，凡是醒著的時候，都是一邊抽菸一邊幹活。肖雯來看過我兩次，第一次來檢查進度，跟我說，現在不好招人，讓我自己多做一些，盡快出活；第二次來的時候，我列印出來一摞稿件，準備讓她帶走，交稿審核，另外又做出幾個新的選題，肖雯簡單翻兩頁稿子，坐在凳子上，跟我說，能不能研究個事情？我說，啥事兒。肖雯說，王沛東回家照顧孩子，這次情況不太好，需要一筆治療費用，我的錢都投在這裡了，實在沒了，最近社裡還有一筆稿費，我催一下，應該很快會開過來，你看如果方便的話，能不能先借用幾天？我想了想，說，倒是可以，但能不能也稍給我留一些，最近手頭也不太寬裕，其餘隨便。肖雯聽後很高興，說，那是一定的，等我消息吧，謝謝，謝謝。

肖雯說完剛要走，我站起身來，上前一步，拉住她的手，笑著說，要不別走了，等下一起吃飯。肖雯看著我的眼睛，說道，都什麼時候了，還有這心思。我說，實在是太無聊了。肖雯一臉苦相，說，求求你，別添亂了。我嘆了口氣，便鬆開她的手，獨自下樓散步，肖雯在屋裡，不知道在給誰打著電話，臨走之前，電話接通了，她開始說一種我完全聽不懂的方言，語速很快，像在吵架，我輕輕把門關上。

我已經很久沒有跟劉柳聯繫過了，自從上一次她把我送到地鐵站後。第二天，北京下過一場大雨，水淹低地，我們從此失聯，我發訊息她不回，打電話也沒接，連續兩天，我便放棄了，想起曾經在一起的數個夜晚，彷彿夢境一般，潮濕而黏膩。那天在地鐵站分別時，劉柳說，我有一種感覺，孫程這個人，好像也認識，怎麼好像你故事裡的人，我都認識。我說，不必這麼跟我套近乎吧。她說，不是，是真的，從前你寫失蹤的計程車司機，前幾天我媽打電話，也講了個類似的事件，不過是發生在我們老家，齊齊哈爾，司機失蹤，全城尋找，最後也是枯井裡發現，不過最後警方鑒定為自殺，種種跡象表明，他是自己投的井。我說，你信麼？劉柳說，當然不信，怎麼可能啊。我說，我信。劉柳說，別打岔，這個孫程，我總覺得也很熟悉，上次你講完，我還夢見過一次，跟我一起困在湖底，我們想上岸，但卻不知該往哪裡游，湖面結冰，太陽照在上面，金光折射，但裡面卻依舊很冷，四處都找不到出口。我說，最後一趟車要來了，你們慢慢找，我先走一步。

我獨自在外面吃過飯，又回到辦公室，肖雯已經離開，我坐在電腦前，想把給劉柳講的故事寫出來，卻不知從何開始。只有一輛紅色計程車，不停地在我腦海裡閃過，拉達，手動檔，遼A牌照，從巷口拐出，開得飛快，兩邊灰塵都揚起來，裡面坐著三個人，坐副駕駛上的人，滿頭大汗，將車窗搖下一半，朝著我這邊看，我騎著山地車，與其並行，風將我們身上的汗水一併吹乾，我看見他張了張嘴，彷彿要對我說些什麼。

幾天之後，我接到一個陌生號碼，掛掉兩次後，還在不斷打來，我只好接聽，發現居然是劉柳，她在電話裡問我在哪裡，我說在辦公室裡，立水橋附近。她解釋說，這是她老家的號碼，前段時間，剛回了趟老家，家裡有點事情，回來之後，發現租的房子漏水，沒辦法住，跟房東吵了一架，隨後退房，現在沒地方住，能去你辦公室對付兩天麼？我說，不太方便吧。她說，好，那我再想想辦法。我猶豫一番，又說，要不你過來吧。

劉柳來找我時，我已經很長時間沒出過門了，這幾天裡，我在盡量減少開銷，在我的銀行卡裡已經取不出來整數時，肖雯打來一千塊錢，我撥去電話，本想讓她多打一些過來，畢竟前一部的書款，再加上接下來這本的預付款，總數應該有近萬元，但肖雯沒有接電話，晚上我又打，還是沒接，於是我發了條訊息給她，措辭半天，想讓她盡量照顧周全，我這邊也比較為難。我躺在沙發上過夜，第二天早上醒來，翻開手機，發現肖雯還是沒有回信。

第一個晚上，劉柳睡在屋裡的床上，我睡在沙發上，她洗漱時，神情猶豫，動作有些警惕。我說，你放心休息，我現在沒有多餘的想法。劉柳說，不是這意思，我沒有要防備，不然我就不來找你了。我說，你洗完好好休息，我繼續寫稿。劉柳說，這次回家，其實是去處理我爸的喪事，燒百天。我說，節哀。劉柳擺擺手，說，我跟我爸沒啥感情，很小的時候，他跟我媽就離婚了，我一直跟著我媽過，這次又去燒我爸生前的一些東西，發現許多火車票，從齊齊哈爾到瀋陽的，臨住院之前的一段時間，他往返許多次，我沒想明白，他去瀋陽做什麼呢，我家在那邊也沒有親戚。我說，這我怎麼知道。她說，想不通，唯一我想到的，就是許多年前，也是離婚之後，他去瀋陽打過兩年工，在建築工地，說是在郊區蓋別墅，但那也是二十多年前的事情了。我說，別墅的名字叫什麼？劉柳說，記不住了，就知道旁邊有座山，有一張我爸的照片留念，站在山底下，背後的山有兩峰，並排矗立，酷似兩個耳朵。我說，那可能是馬耳山，在瀋陽南郊，我也去過。劉柳說，現在是什麼樣呢，以後也帶我去看看。我說，開發成種植園了，可以採摘草莓，一百一位，進去了草莓隨便吃，吃多少都行，能管飽。

次日中午，我還沒醒，便傳來一陣急促的敲門聲，劉柳跑去開門，進來一對中年夫妻，我勉強打起精神，問他們是誰。他們說是房主，準備來收回房子，提醒我們要盡快搬走。我說應該還沒到期吧，押一付三，這個房子剛用沒幾天。他們說，房子是肖雯租的，她昨天打來電話，說家裡有事，急需用錢，房子暫時沒辦法繼續租了，押金可以不退，但希望我們把付過的租金還她一部分，我們今天過來收房，她沒跟你說麼？我說，沒有，你等一下。我又給肖雯撥去電話，還是沒接。劉柳站在一旁，看著我，我想了想，對房主說，給我一天時間，明天我就搬走。

房主走後，我跟劉柳說，要不要出去找房，我們合租一間，節約成本，但也難辦，我的錢被肖雯借走一部分，所剩無幾。劉柳說，她是還有一些錢，但是不多，不過要再考慮一下，目前沒有住處，工作也已經辭掉，這樣的情況，繼續留在北京，意義也不大，不如回老家休息一陣，再從長計議。當天晚上，我取出最後的一千塊錢，本想請劉柳吃一頓好的，結果她說不餓，只在樓下超市買了幾袋零食和啤酒，她躺在沙發上，我在網上找房子，她跟我說，這次回來時，發現房間漏雨，滿屋潮氣，牆壁掛著水珠，當時想起來你講過的孫程，由於暖氣漏水，他家的書都被泡在水裡。我說，對。她說，我的書雖然沒那麼嚴重，但有一些也已經變形，我打開門，看了一眼，一本都沒拿出來。我說，書濕後，先將水擦乾，再放在冰箱裡的冷凍室裡，幾個小時後取出，這樣就不會產生褶皺，生活小竅門。劉柳說，孫程的那些書，放在冰箱裡了嗎？我說，沒有。劉柳說，那些後來怎麼處理了？我說，曬乾之後，賣給廢品站，一本不留。我闔上電腦，點了根菸，繼續為她講述。

孫程從書店辭職後，買來一張假文憑，文科專業，較難識別真偽，之後去各中小公司面試，撰寫藥品和保健酒的宣傳文案，輕車熟路，無奈後來公司倒閉，他又去動漫企業面試，開始創作動漫腳本，撰寫梗概，也幫忙劃定分鏡，工作地點本來說是在渾南，老闆提出集體創作概念，包吃包住，待遇優厚，孫程沒有猶豫，整理行囊，坐上客車來到瀋陽南郊村落，背靠山峰，在此安營紮寨。

他們住在一戶大院內，主人是老闆的親屬，一對老年夫婦，退休後來到這裡，養一條狼狗，在後山也有菜園，這對老年夫婦負責員工飲食起居。第一天晚飯之前，張姓老闆介紹說，這是我老舅，姓楊，從前是國家幹部，也有點文化水準，大家以後叫楊老師就行。孫程也跟著大家叫楊老師，楊老師舉起杯酒，站起身來，對大家說，別叫我老師，不敢當，我比你們大一個輩分，本名楊樹，大家叫我楊叔就行，以後有問題儘管找我，別客氣。孫程遙遠而模糊的記憶，被一點一點喚醒，響亮的耳光，從前反抽過去的肉手，如今正舉著酒杯，神態拘謹，目光慈祥。他看著眼前這張臉，想道，原來這麼多年，自己真的活過來了，輟學之後，無論在哪裡工作，渾渾噩噩，每一天過得都像同一天，他想起孫少軍說過的話，生活在水底，如今他好像有了一個浮上來的機會，這一瞬間的想法，使他打個冷顫。楊樹喝完半杯白酒，晃晃悠悠地坐下，沉默不語，不再刻意維持笑意，臉上的肉耷下來，佈滿褶皺，看著很像一條年邁的狗。

孫程被甦醒的一刻所震懾，無數念頭持續上湧，他開始竭力去躲避，每天辛勤工作，查看資料，撰寫腳本，儘量讓自己不去想過去的仇怨，但在夜深人靜之時，他還是控制不住，他曾讀過一本小說，其中的一段對話在他的心裡無盡地重複著：

甲：您最好別殺了他，這種事會毀了我們的，您和我，再說也沒必要，那個傢伙不會對任何人造成傷害了。

乙：這事不會毀了我，相反，會給我帶來資本。至於說他不能再傷害任何人，我能對您說什麼呢，事實是我們不知道，也無從知道，您和我都不是上帝，我們只能做力所能及的事，僅此而已。

幾個月後，公司經營不善，沒有持續的投資進入，張姓老闆決定就地解散，由於事先跟職工沒簽合約，他只賠付極少一部分，作為眾人的酬勞。大家相當失望，孫程也是，他徒步走向長途公車站，回到市內，在賓館住了兩晚，看了兩天電視劇，在第三天重又出門，打起精神，整理背包，像要進行一次遠行。

孫程返回瀋陽南郊地區，那附近有一片廢棄的別墅區，由於資金鏈斷裂，已經荒廢近二十年，破敗不堪，罕有人跡，有的只打了樁，有的蓋起二層，孫程選擇其中一間，爬上二樓，連住兩天，白天睡覺，晚上仔細勘察，他回到楊樹的院子附近，找到一個隱蔽的入口，進入到北面的廢棄廠房，從前在半夜，這裡總有莫名的聲響，但這次他沒發現任何動靜，只有無數深坑與廢井，隨後，他返回二層的別墅裡，從骨灰盒裡掏出那把槍，裝上子彈，來到野外，朝著黑暗放了一槍，以證明這把槍還可以使用。第三天夜裡，十點左右，他揣好槍，輕裝上陣，再次返回到農家院，風聲割裂山谷，他走到門口，頂著大風，不顧嚎叫，將那條老狗打死，然後迅速離去，他想，如果楊樹看出這是槍打的，想起應是曾經的仇家，一定會落荒而逃，在餘生的每一天都心驚膽顫，那樣他的目的就達到了。

槍聲在山谷裡迴蕩，他在月光之下爬回廢棄別墅的二樓裡，點起一堆火取暖，睡到半夜，他聽到下面有響動，於是十分警惕，將槍揣在褲兜裡，屏住呼吸。借著火光，他看見有影子持續閃動，於是提聲問道，是誰？那個聲音說，兄弟，沒別的意思，外地的，路過，外面看見有火光，過來取取暖，我有白酒，一起喝點兒。孫程沒有答話，那人一步一步邁上來，邊上臺階邊咳嗽，上到二層後，孫程借著火光看他，消瘦而憔悴，衣著乾淨，他坐下來，吸幾下鼻子，雙手靠攏火堆，來回搓動。孫程問他，從哪裡來的？他回答說，北邊。然後從背包裡掏出一瓶白酒，遞向孫程，說，來一口，北大倉，酒廠裡出來的。孫程擺擺手，他便自顧自地喝起來，咳嗽得越來越兇。孫程問他，來這裡做什麼？他沒有回答。孫程便不再說話，躲在角落裡，半閉著眼休息。那人走在窗邊，透過水泥窟窿向外望，自言自語道，別墅區總共一萬一千畝，長城式圍牆，曲折延伸三十二華里，現在總共有二百七十五幢殘缺不全的撂荒別墅，很多別墅只打了個樁，其中鋪好水泥樓梯的二層別墅，不超過十棟，這是其中之一，也是最偏的一處，兄弟，你在這裡做什麼，我不便多問，但你很會找地方。孫程說，你到底是誰？他說，誰也不是，二十年前，我在這裡工作，負責監督施工。孫程說，回來幹啥？他說，出來工作之前，我已離婚，女兒當時還不知道，她吵著要來看我，老婆帶著她過來住了半個月，回去那天，工地突發情況，我沒來得及去送，她們便消失在去車站的這條路上，從此再無音信，我找了很多年，什麼辦法都用過了，至今還沒找到，別墅案後來廢掉了，但我每隔幾年都會回來看看，偶爾還能夢見她們，在夢裡，她們哪兒也沒去，還困在這裡，走不出去，像是在湖底，所以我要回來看看。

孫程不再說話，天亮之後，這個男人先一步離開，孫程也收拾東西走掉，整天在山谷裡遊蕩，密林交錯，他躺在樹下，閉目養神。剛一入夜，他再次回到農家院時，發現裡面仍舊亮著燈，並且有楊樹的說話聲，他覺得非常失望，預期效果並沒有達到，楊樹並沒有落荒而逃，他正準備離開時，楊樹的妻子正推門走出來，端著臉盆，與孫程對視，在那一刻，孫程本來可以低頭走掉，但他沒有，他選擇抬起頭來，直視院內熾烈的白光，選擇進入其中，回到記憶的某個刻度裡，即便他還沒有完全準備好。孫程的個子很矮，但走進去時，影子卻拉得很長，他雙手插在口袋裡，想起昨夜的那個男人，困在湖底的母女，以及那部小說裡的另外一段：

乙：你最好別插手這事了，我很快就回來。

甲：我坐在那兒看著漆黑的灌木叢，枝條隨風搖擺相互纏繞交織出了一幅畫。腳步聲逐漸遠去。我點了根菸，開始想些無關緊要的問題。比如時間，地球變暖，越來越遙遠的星辰。

劉柳說，後面肯定是你編的故事，這兩段出自《遙遠的星辰》，我印象太深了。我說，全部都是我編造的，從頭到尾。劉柳說，孫程殺死楊樹了麼？我說，不知道，可能殺了，也可能沒殺。劉柳說，孫少軍算得很好，五顆子彈，試槍一顆，打狗一顆，復仇兩顆，最後留一顆，用於自殺。我說，簡直異想天開，不是的，沒人會給自己的兒子留一顆子彈，沒人會那麼做。劉柳說，最後出現的那個男人是誰呢？我說，他說他是誰，他就是誰。劉柳說，孫少軍說他沉在水底，吳紅豈不是比他更要艱苦。我說，吳紅有人拯救，她離開之後，會艱苦，但也有希冀與喜悅，雖有黑暗，仍像早晨，但孫少軍沒有，自始至終都沒有，孫程可能有，也可能沒有，帷幕拉開，他的眼前就是那道白光，他必須要走進去，才能看見光裡有什麼。

白天裡，我們已經收拾好各自的行李，將鑰匙交還給房東，肖雯的電話依舊打不通，我發訊息告訴她，我走了，記得管房東要回剩下的房租。我和劉柳買了一輛長途客車的車票，傍晚時上車，去往更北的北方，午夜時分，我給劉柳講完整個故事，她靠在我的肩膀上睡著了，夜海磅礡，貧瘠的山峰隱藏在月影裡，恰如礁石，一閃而過，到下一站時，有人下去抽菸，舒展身體，劉柳皺著眉頭醒來，拉著我的手，又睡著了，我也很疲倦，但卻始終無法安眠，我輕輕親吻她的頭髮，然後抽出手來，提著背包走下車。在公路邊，我看著客車緩緩開走，劉柳枕在車窗上，呼出均勻的白氣，將其遮蔽，愈發不真實，接著便消失在前方的黑暗裡，彷彿從來沒有存在過。我打起精神，繼續前行，我知道，在所有人醒來之前，還有很長的一段路，只能獨自走完。

附錄

打個共鳴的響指吧

專訪《漫長的季節》文學策劃班宇

採訪撰文 羅昕

（編按）口碑創下年度紀錄的電視劇《漫長的季節》，幕後有位「文學策劃」、作家班宇。不但劇名出自班宇同名小說〈漫長的季節〉，劇中人物王陽那首以「打個響指吧」開頭的短詩也是班宇的作品，至於劇集結尾那場落在所有人身上的大雪，靈感取自班宇寫在小說集《冬泳》封面上的一句話：「人們從水中仰起面龐，承接命運的無聲飄落。」

二〇二三年五月，班宇接受《澎湃新聞》記者專訪，談談他在劇中的角色，以及他和辛爽導演對故事的共同想法。

二〇二一年六月，導演辛爽找到班宇，希望班宇加入劇組，一起打磨這部劇。他給班宇講了整個故事——當然，當時的劇情和最後呈現的《漫長的季節》還有很大差別。但總體聽下來，班宇覺得還是挺有意思的。

這是班宇第一次參與一部劇的製作，他甚至不知道所謂「文學策劃」該是什麼樣子。最初，他的任務是把整部劇情以小說大綱的方式重寫一遍，其中大約百分之八十的內容基於之前的人物關係和情境設定，他修改了部分人物的命運走向，又增加了一些人物。

比如，他新增了樺鋼廠的李巧雲，並把她從過去的時間線拿到現在的時間線。後來越來越多的人物，比如邢三兒也出現在過去和現在兩個時間線裡。

「我想寫的相當於一個群像。這不是一個人，而是一個時代呼嘯而過。它既落在王響身上，也落在宋玉坤身上，也落在邢三兒身上。」班宇說：「我覺得王響在現在的時間裡應該有一條感情線索，這條感情線索可以把他過去那些樺鋼工友的命運勾連在一起。」

在許多網友心目中，第十一集王響、李巧雲和吳老師在計程車裡的「黃昏三角戀」

可謂封神之作，字字句句不提愛，字字句句都是愛。

班宇也特別喜歡那場戲：「有一種隔空喊話的感覺。王響朝前說話，但聽見那些話的人其實坐在他身後，也相當於王響向前說的話是被過去的人聽到的。而且這二十年來，你以為王響只在乎追尋兒子的死亡真相，其實不是，他對每一個生活細節都有留意，他也一直認真地生活了這二十年，只不過，他一直困在了那個秋天。」

一個男人的二十年，困在了一個秋天

在班宇看來，整部劇最打動他的其實是整體的一個表述，「這個表述就是，人活到三十五歲之後，並不是按照一個線性時間去活，而是被一個個事件所切割。你的生命計時方式不再是一年、一月、一分、一秒，而是你因為這一件事，可能五年無法釋懷，可能十年揮之不去……所以漫長的季節，最漫長的是等待重逢的那些時間，最短暫的是每一次重逢。」

「漫長的季節」這個名字，原本屬於班宇發表於《十月》二〇二二年第三期的一篇小說。小說講述一個女人的媽媽身患重病，作為女兒的她自此所有的生活重心都發生變化。對她而言，這也是她生命中的一個新的季節。

班宇碰巧在加入劇組前寫完了這篇小說。一次辛爽說起對原劇名不滿意，班宇就想到了這篇小說，他感覺小說和劇都想表達「時間在人身上留下的痕跡」。辛爽聽完也覺得不錯，劇名《漫長的季節》就這麼定下了。

而無論在小說還是在劇裡，「時間在人身上留下的痕跡」沒有對錯，也沒有道理。這樣的變化和留下，本身就是一種命運。

接著我問班宇，你怎麼理解人的命運？

「我回答不了這個問題，我回答不了。」停頓了一會，班宇說：「有段時間我會想，在很多境況下，命運看似有所選擇，其實沒得選，人只能走一條路。但現在我不這麼想了。此刻我認為所有的選項都是真實存在的。命運就是你的那些選項，而非指定了你走哪條路，最終還是你自己來做判斷和權衡。」

打個共鳴的響指吧，一首沒有技巧、真誠的詩

打個響指吧，他說
我們打個共鳴的響指
遙遠的事物將被震碎
面前的人們此時尚不知情

吹個口哨吧，我說
你來吹個斜斜的口哨
像一塊鐵然後是一枚針
磁極的弧線拂過綠玻璃

喝一杯水吧，也看一看河

在平靜時平靜，不平靜時
我們就錯過了一層臺階
一小顆眼淚滴在石頭上

很長時間也不會乾涸
整個季節將它結成了琥珀
塊狀的流淌，具體的光芒
在它身後是些遙遠的事物

《漫長的季節》劇中多次出現的這首詩。詩在第五集出現時，無法理解兒子的王響還指導王陽第二句應該是「吹起小喇叭，嗒滴嗒滴嗒」；後來，王陽在鐵軌上為沈墨讀詩；再後來，王陽不在了，王響對王北念起了這首詩。

這首詩在小說《漫長的季節》中也出現了。但事實上，在小說和劇誕生之前，班宇就已經寫好了這首詩，它是一首寫給朋友的詩。

「這些年我很少寫詩了，可能一年就寫那麼一點點。這首詩是一個獨立的存在，只是後來我發現它用在小說裡，用在劇裡，都非常合適。所以無論在我的小說還是這個劇裡，這首詩都起到了道具的作用。它不是只代表我的詩歌審美取向，而是我小說裡的人和劇裡的人都需要寫一首詩。這首詩不能太艱深晦澀，也不能寫得太差，我寫它時在心裡把它想成一種謠，有點那種感覺。它是我小說裡的文學初學者，或是劇裡王陽這樣一個東北文藝小青年可以寫出來的，沒有什麼技巧，但能流露出一點真誠的，這樣一篇東西。」

有一種聲音認為，近年的中國東北文學熱衍生出東北影視熱，尤其是懸疑、犯罪影視熱，東北的形象在很大程度上被工廠、下崗、鐵皮火車、命案等元素固化了。

在班宇看來，這種說法並沒有什麼意義，因為除了共通的地域，每部作品都是獨特的，每個創作者的切入視角也不一樣。

「我們一直想講的不是特定地方，而是人和命運的故事。我覺得《漫長的季節》之所以成功，這算是成功吧，是所有觀眾在共情人和人的命運，而不是共情東北這片土地。大家看到最後，可能都忘了這是一個懸疑故事，這是第一；第二，也忘了這是一個發生在東北的故事。事實上這兩點根本就不重要，大家最後只要記得這些人就行了。」

確實，不少觀眾留言說他們提前知道了「沈墨還活著」，也因此猜到了案情的走向，但這個「劇透」絲毫沒有影響他們繼續看下去。

「我們想做的，恰恰是把東北這個地方重新打開了，敞開了。」班宇說：「這兩年東北成為一個典型，因為媒體，也可能因為有關這裡的敘事集合了八十後、九十後共同的時代記憶。我和辛爽導演想告訴大家的是，東北不是一個被卡通化的死氣沉沉的地方，彷彿只有大雪覆蓋，彷彿每天都有命案發生，不是這樣的。我們有過很熱烈的生活，我們也有過很美妙的季節。」

回想這小半年的劇組旅程，班宇也覺得深受啟發。他記得當時劇組在雲南一個近乎廢棄的地方搭建維多利亞舞廳的拍攝場景，在那些幾乎拍不到或至多一閃而過的牆上，都有美術組做的那種一九九〇年代街邊牆上的小廣告。

「我想到小說也是這樣，是靠無數這樣小小的微不足道的細節堆積起來的，不管這些細節在最後有著多大程度的呈現。」

如今班宇回歸日常生活，聽聽音樂，偶爾寫寫東西。他很久沒有朝九晚五地上班了，對於今天星期幾這種人為制定的時間概念都比較模糊。

「作家塞巴爾德（W. G. Sebald）寫《奧斯特利茨》（*Austerlitz*）的那個感覺對我影響很大。他的那篇小說相當於一個回憶之書，在不斷的記憶裡，一個圈套另一個圈，層層疊疊的。可能從這一段記憶裡突然出現了一個小小的枝杈，然後他就開始講枝杈是如何開花，如何繁衍的。過去和未來都有這樣的枝杈，然後交互形成一個織體，這些織體在每個時刻燃燒，一直在閃光，從而顯現出一種真正的共時性。」

這也是三十七歲的班宇如今對於時間的感覺——沒有過去，也沒有未來，現實就是一個晶體，「透過這個晶體，你可以看見你想看見的那些東西。」

（原載於二〇二三年五月《澎湃新聞》）

文學森林 LF0181

冬泳

作者
班宇
一九八六年生，小說作者，瀋陽人。
曾用筆名坦克手貝吉塔。
已出版小說集有《冬泳》、《逍遙遊》、《緩步》等。

封面設計　蔡南昇
主　編　詹修蘋
責任編輯　李家騏
行銷企劃　陳彥廷、黃蕾玲
版權負責　李家騏
副總編輯　梁心愉

初版一刷　二〇二三年十一月六日
定價　新台幣四〇〇元

ThinKingDom 新經典文化
發行人　葉美瑤
出版　新經典圖文傳播有限公司
地址　10045臺北市中正區重慶南路一段五七號十一樓之四
電話　886-2-2331-1830　傳真　886-2-2331-1831
讀者服務信箱　thinkingdomtw@gmail.com
臉書專頁　http://www.facebook.com/thinkingdom/

總經銷　高寶書版集團
地址　11493臺北市內湖區洲子街八八號三樓
電話　886-2-2799-2788　傳真　886-2-2799-0909
海外總經銷　時報文化出版企業股份有限公司
地址　桃園市龜山區萬壽路二段三五一號
電話　886-2-2306-6842　傳真　886-2-2304-9301

冬泳 / 班宇著. -- 初版. -- 臺北市 : 新經典圖文傳播有限公司, 2023.11
336面；　14.8 x 21公分. -- (文學森林 ; LF0181)

ISBN 978-626-7061-92-3(平裝)

857.63　　112017409